유랑의

달

RUROU NO TSUKI

by Yuu NAGIRA

Copyright ⓒ 2019 by Yuu NAGIRA

First published in Japan in 2019 by TOKYO SOGENSHA CO., LTD.

Korean translation rights arranged with TOKYO SOGENSHA CO., LTD.

through JM Contents Agency Co.

Korean edition copyright ⓒ 2020 by EunHaeng NaMu Publishing Co., Ltd.

유랑의 달

流浪の月

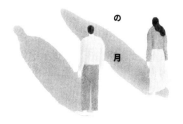

나기라 유 장편소설

정수윤 옮김

은행나무

| **일러두기** |

본문의 주는 모두 옮긴이의 것으로, 괄호 안에 글씨 크기를 줄여 표기했습니다.

차례

1장

여자아이 이야기

휴일의 패밀리 레스토랑은 붐비고 있다. 떠드는 아이, 꾸짖는 부모, 시끄럽게 웃어대는 학생들 사이로 점원이 분주히 돌아다닌다.

"신선한 복숭아에 생크림 휘핑을 올린 빙수입니다."

여자아이 앞으로 화려한 장식의 빙수가 나왔다.

"이거 통조림이 아니라 진짜 복숭아야. 전부터 쭉 먹고 싶었어."

눈을 반짝이는 십대 여자아이 앞에 한 쌍의 남녀가 앉아 있다. 삼십대 즈음인데 부모라고 하기에는 젊다. 남자는 먹음직스럽게 광택이 나는 과일을 들여다본다.

"빙수에 생크림이라니, 기묘한 조합이네."

"원래 이런 거 아니야?"

여자아이가 고개를 갸웃했다.

"내가 어릴 땐 없었거든."

"아저씨 같아."

"아저씨 맞아."

남자가 인정하자 여자아이는 눈을 깜박인다.

"그렇구나. 내년에 마흔이랬지. 처음 만났을 때랑 거의 안 변했는데. 둘이 나란히 있으면 비슷한 나이로 보여."

"조만간 내가 더 들어 보일지도 몰라."

여자가 한심하다는 듯 두 손으로 볼을 감쌌다. 여자아이가 깔깔거리는데 테이블에 올려둔 휴대전화 진동이 울린다. 여자아이는 화면을 확인하고는 관심 없다는 듯 도로 내려놓는다.

"답장 안 해도 돼?"

"응, 엄마야. 오늘 밤 자고 온대."

또 남자 친구랑 데이트겠지. 그러면서 몸을 살짝 숙인 채 덧붙였다.

"난 괜찮아. 어릴 때부터 혼자는 익숙하니까. 더구나 이번 남자 친구는 생긴 건 몰라도 마음씨는 착해 보여. 그 사람하고 결혼해주면 나도 마음이 놓일 텐데."

"누가 부모인지 모르겠군."

"원래 부모가 엉망이면 애가 건실해져."

다시 진동이 울린다. 귀찮아 죽겠네. 여자아이가 화면을 들여다본다.

"앗, 친구다. 잠깐 받고 올게."

여자아이가 휴대전화를 들고 일어서자 옆 테이블 대화가 멎는다. 남학생들의 눈길이 여자아이의 스커트 아래 쭉 뻗은 다리로 향했다. 늘씬하네, 죽인다, 같은 말을 신나게 속닥거리는 남학생들을 무시하며 여자아이는 테이블 사이를 빠져나간다.

"아, 우리 학교에도 저런 애 있으면 좋겠다."

여자아이의 다리를 넋 놓고 보고 있던 남학생이 말했다.

"방금 쟤, 중학생 아냐?"

"고등학생 같은데?"

"화장해서 어른스러워 보이는 거지."

"헐, 우리 로리콘(롤리타 콤플렉스의 일본식 줄임말)이네."

"귀여우면 됐지. 중학생이든 뭐든."

"너 그러다 유괴라도 하겠다."

고등학생들끼리 미친 놈 어쩌고 하며 떠들어댄다.

"그러고 보니 작년에 어린 여자애 유괴사건 있었잖아. 범인 잡혔던가?"

글쎄, 하며 다들 휴대전화를 꺼내 검색하기 시작한다. 과거 비슷한 사건들이 줄줄이 나와 답을 찾는 데 애를 먹는다.

"우아, 이 영상 좀 봐. 진짜 끔찍해. 아홉 살 여자애를 유괴한 남자 대학생 체포 장면이래. 여자애 엄청 우네."

다들 휴대전화 화면으로 머리를 들이밀고 본다.

'후미이이이, 후미이이이.'

어린 여자아이 우는 소리가 흘러나오자 왼편에 앉은 노부부가 인상을 썼다. 오른편에 앉은 남녀는 모른 척 커피를 마신다.

"있지, 다음에 이사하면 어디서 살까?"

불쾌한 소리를 차단하려는 듯 여자가 남자에게 물었다. 그 들뜬 목소리에 커피를 따르던 점원의 한쪽 눈썹이 살짝 들렸다.

"지금 있는 데는 언덕이 너무 많아서 힘들어. 다음엔 평지로 가자. 경치는 좋은 데로. 매일 아침 창문을 열면 절경이 펼쳐지는 곳. 산이나 바다, 정글도 좋고. 말해봐, 어디가 좋아?"

"너 좋을 대로 해. 난 어디든 따라갈 테니까."

남자가 쓴웃음을 지으며 대답했다. 어린 점원은 커피를 따르며 행복해서 좋겠네, 하듯 짧게 한숨을 내쉬고는 다시 빠릿빠릿하게 홀을 돈다. 여기는 어때, 저기는 어때 따위의 이야기를 나누는 남자와 여자 옆에서 고등학생들은 여전히 불온한 영상을 들여다본다.

'후미이이이, 후미이이이.'

"로리콘은 병이야. 전부 사형시키면 좋을 텐데."

누군가가 불쑥 중얼거렸다.

2장

그 여자 이야기 1

"그러니까 아이스크림이랑 밥은 달라."

책가방을 메고 집으로 가는 길에 요코가 말했다. 물론 밥과 아이스크림은 다르다. 밥은 힘차게 부풀어 오르지만, 아이스크림은 힘없이 녹아내린다. 나는 둘 다 좋다.

"아이스크림은 영양가 없지, 충치 생기지, 살도 찌지."

흠 하고 고개를 끄덕이며 요코의 말을 듣고 있다. 여기까지는 선생님이나 이모가 하는 말이랑 다를 바가 없고, 지금부터 진짜겠지 하며 기다리고 있었다. 하지만 요코는 잠시 생각하더니 그렇다고, 하고 말을 끝맺어버렸다. 그러는 사이 공원에 도착해서 요코는 책가방을 나무 밑에 던져놓고 먼저 온 아이들한테로 달려갔다.

"사라사, 빨리 와!"

힘차게 손을 흔드는 요코를 보며 나도 으쌰 하고 책가방을 내려놓았다. 손잡이가 너무 딱딱하다. 산 지 얼마 안 되어서 아직 손에 익지 않은 탓이다.

아홉 살 때까지는 다른 가방을 들었다. 이런 란셀이 아니라 납작한 배낭처럼 생긴 카터블. 아주 멋진 밝은 하늘색 가방이었다.

*

"사라사는 뭐가 좋아?"

초등학교에 들어가기 전, 엄마와 아빠가 내게 물었다.

가방뿐만 아니라 다른 결정을 할 때도 두 사람은 내 의견을 들어주었다.

아빠가 아는 사람한테서 빌려 온 빨간 란셀과 엄마가 친구한테서 빌려 온 카터블. 그 밖에 손에 드는 가방이나 스포츠 백도 있었다. 나는 첫눈에 카터블이 좋았다. 파랑과 하양 조합을 좋아해서 하루빨리 하늘색 가방을 메고 흰 원피스를 입고 싶었다. 다른 가방도 들어봤지만 손에 드는 건 팔꿈치 안쪽이 아팠고 란셀은 너무 크고 무거웠다.

"옛날보다는 가벼워진 것 같은데."

아빠가 한 손으로 란셀을 쓱 들었다.

"거기에 교과서까지 들어가니까. 무겁다는 것만으로도 유죄야."

엄마가 재판관처럼 단호하게 말했다.

"당신은 클러치도 싫어하잖아."

"손이 자유로운 게 좋으니까."

엄마는 참지 않는다. 그래서 학부모 친구가 없다. 없다는 사실에 신경조차 안 쓴다. 학부모 친구보다 훨씬 더 재미있는 일이 많다고 했다. 영화를 보고, 음악을 듣고, 아침이고 낮이고 원하면 언제든 술을 마시고. 아빠랑 나랑 사는 걸 사랑하기 바빠서 시시한 일에 시간을 쪼갤 틈이 없다고 한다.

엄마와 반대로, 시청에서 일하는 아빠는 마음이 안 맞는 사람과도 매일 착실하게 만난다. 당신은 훌륭해, 대단해, 진짜 좋아해. 엄마가 늘 하는 말이다.

엄마와 아빠는 오래전 야외 페스티벌에서 처음 만났다. 몇 해 전 보컬이 죽어서 기타리스트가 보컬을 겸한 밴드 공연이었다. 정수리부터 발끝까지 온몸의 세포를 음악에 내맡기면서, 엄마는 죽은 보컬의 영혼이 거기 와 있다고 확신했다.

"유령? 안 무서웠어?"

내가 묻자 엄마는 유령이 아니라 영혼, 하고 정정했다. 뭐가 다를까 싶지만 영혼은 유령보다 순수하고 강한 에너지가 있다고 한다. 무슨 소린지. 그러나 늘 있는 일이다. 엄마는 뜻 모를 말을 자주 했다. 아빠는 엄마가 감각적이라고 했고, 같은 아파트의 아주머니들은 엄마가 속세를 벗어난 사람이라고 숙덕거렸다.

속세를 벗어난다는 말뜻을 잘 몰랐기에 아는 게 많아 보이는 도서관 언니에게 물어보았다. 내가 이해할 수 있도록 설명해달라고 부탁했더니, 도서관 언니는 안경 코 받침을 두세 번 위아래로 움직이며 "지나치게 마이 웨이로 살아서 위험한 사람"이라고 대답했다. 아하, 나는 납득했다.

지금보다 훨씬 더 마이 웨이로 살면서 시한폭탄 같았던 젊은 시절의 엄마는, 이미 세상을 떠난 보컬의 영혼을 느끼다 문득 옆을 돌아보았다. 그때 엄마처럼 눈물범벅이 되어 있던 아빠와 눈이 마주쳤다. 마지막 노래가 끝나고 두 사람은 "왔네" "왔어"라고 말했다. 주어가 빠져 있었지만 충분히 공감할 수 있었다. 두 사람은 울며 서로 부둥켜안았다고 했다.

"그때 당신하고 결혼하기로 결심했어."

하고 싶은 게 아니라 결심했다, 라고 말한 게 엄마답다.

그로부터 3개월 후 두 사람은 정말로 결혼했다. 엄마는 진중함과 거리가 먼 사람이었다.

벌써 여러 번 들은 연애 이야기를 그날도 들으면서, 지금은 성실해 보이는 아빠도 사실은 엄마처럼 위험한 부류가 아닐까 생각했다. 진짜 모습을 숨기고 있을 뿐. 그렇다면 이 둘 사이에서 외동딸로 태어난 나는?

─나도 언젠가는 위험한 사람이 될까?

거실 탁자에서 그런 생각을 하며 점토를 짓누르자니 집중이 안 됐다. 기름 섞인 점토라 냄새가 심하다. 인상을 쓰며 엉망으로 고양이 얼굴을 만드는데 엄마가 냄새난다고 핀잔을 줬다. 엄마는 부엌에서 코를 잡고 있다.

"숙제니까 조금만 참아줘."

"참는 건 싫단 말이야. 그 냄새 때문에 밥할 기분이 안 나."

"밥해?"

엄마는 요리를 잘한다. 하지만 기분이 내킬 때만 하고 평소엔 미리 만들어둔 반찬이나 슈퍼에서 사 온 것들로 때우곤 한다. 가끔 집에서 영화를 볼 때는 아예 요리를 포기하고 양동이 사이즈의 팝콘과 아이스크림을 준비했다. 메인으로는 피자를 시켰다.

오늘 저녁 메뉴는 드라이카레라는 말에, 나는 고양이를 닮을 기미가 전혀 보이지 않는 점토를 짓이겨 상자에 꾹꾹 눌러 담고 뚜껑을 닫았다. 냄새나고, 귀찮고, 이런 건 이제 그만하자.

꼼꼼히 손을 씻고 엄마를 도우러 갔다. 잘게 썬 채소와 저민 고기를 볶기만 하면 되지만, 엄마가 만든 드라이카레는 무척 맛있었다. 마늘과 사과와 허브가 중요해. 엄마는 콧노래를 부르며 프라이팬 속 재료를 휘저었다.

잠깐만 해줘. 엄마는 내게 뒤집개를 넘기고 찬장으로 가서 아름다운 바다색 봄베이 사파이어 병을 꺼냈다. 거기다가 한여름 초원 같은 그린페퍼민트와 레몬즙과 시럽과 소다를 잘 섞어 얼음이 가득 담긴 큰 유리잔에 부었다. 완성된 옅은 녹색 술을 실눈으로 살피더니 꿀꺽꿀꺽 소리 나게 마셨다. 술을 아주 맛있게 마시는 건 엄마의 특기다. 엄마의 손톱에 연녹색 술과 잘 어울리는 펄 매니큐어가 반짝인다. 배스킨라빈스 아이스크림의 팝핑 샤워 색이다.

고맙다며 다시 뒤집개를 받아 간 엄마는 한 손에 술잔을 들고 서둘러 드라이카레를 만들었다. 억지로 하는 게 아니라 취미로 하는 요리는 엄마도 좋아했다. 취미니까 즐겁게 술을 마시고 콧노래를 흥얼거리며 기분 좋게 만든다. 그래서 맛이 좋은 건지도 모른다.

"맛있는 냄새가 나네."

낮잠을 자던 아빠가 일어났다. 요즘은 금세 피곤해지는지 휴일에는 꼭 낮잠을 잤다. 티셔츠 소매에서 가느다란 나뭇가지 같은 팔이 삐죽 뻗어 있다.

"아빠, 오늘은 드라이카레야. 아빠도 좋지?"

"아주 좋지."

아빠와 나는 하이 파이브를 했다. 키가 큰 아빠에게는 로우 파이브였지만.

"당신, 맛있는 걸 마시고 있네."

그러면서 아빠가 엄마의 허리를 안았다.

"에메랄드 쿨러, 당신도 마실래?"

응 하고 끄덕이며 아빠는 엄마의 볼에 키스했다. 안녕, 잘

자, 다녀올게, 어서 와, 그때마다 두 사람은 키스했다. 우리 집에서는 늘 있는 일이지만 학교 애들한테는 신기한 일인 것 같았다. 학교에서 그 이야길 했더니 남자아이 하나가 징 그럽다고 큰 소리로 놀려서 놀란 적이 있다.

"내가 만들어줄게."

나는 찬장에서 봄베이 사파이어를 꺼냈다.

"네가 만들 수 있어?"

"만들 수 있어. 아까도 봤는걸. 아빠는 햇볕이나 쬐고 있 어."

나는 아빠에게 베란다로 가 있으라고 명령했다. 아빠는 호리호리하고 피부가 창백해서 허약해 보인다. 허약한 건 어쩔 수 없지만 건강하면 좋겠다.

나는 엄마가 했던 대로 에메랄드 쿨러를 만들고, 마지막 에 엄마에게 맛을 봐달라고 했다. 엄마는 가늘고 긴 바 스푼 으로 칵테일을 떠서 자기 손등에 한 방울 떨어뜨리더니 혀 로 날름 맛을 보았다. 바텐더 경험이 있는 엄마의 동작은 아 빠의 말에 따르면 아주 제대로라고 한다. 그런 엄마가 손가 락으로 원을 만들어 오케이 해줘서 기뻤다.

"손님, 주문하신 칵테일 나왔습니다."

베란다 창문 아래서 무릎을 끌어안고 앉아 있는 아빠에게 유리잔을 가져갔다.

"감사합니다. 사례는 이걸로."

아빠가 베란다에서 키우는 새빨간 방울토마토 하나를 따서 내 입에 넣어주었다. 또 찾아주세요, 하며 인사하고 부엌으로 돌아가니, 엄마가 "완성!"이라고 아이처럼 외치며 가스 불을 끄고 아빠 쪽으로 갔다. 아직 샐러드도 없는데 완성이라니? 하지만 어쩔 수 없다. 엄마는 아빠를 너무 좋아해서 늘 사이좋게 붙어 있으려 한다.

두 사람이 나란히 앉았다. 유리잔을 달그락거리며 건배하는 소리가 어렴풋이 들렸다. 나는 냉장고에서 사이다를 꺼내 얼음을 채운 유리잔에 붓고 녹색 액상 식용색소를 한 방울 떨어뜨렸다. 휘저으니 투명한 사이다가 에메랄드 쿨러색으로 물든다. 그걸 들고 두 사람 사이로 비집고 들어갔다.

"사라사도 음주?"

"응, 음주."

엄마와 나는 킥킥 웃으며 눈짓을 했다.

옆에서 아빠도 웃음을 터뜨리고, 우리는 셋이서 유리잔을 마주 대고 건배했다.

작년 생일 때, 엄마 아빠가 마시는 예쁜 빛깔의 술이 부러워서 과자에 쓰이는 액상 식용색소를 사달라고 했다. 셋이서 과학 실험을 하듯 다양한 빛깔의 사이다를 만들었는데, 나는 빨강과 파랑을 섞은 사이다가 제일 마음에 들었다. 봄에 피는 제비꽃색을 닮은 사이다였다. 황홀하게 바라보고 있는데 아빠가 폴라로이드 사진을 찍어주었다.

나는 너무 기뻐서 그 사진을 학교에 가져가는 바보짓을 하고 말았다. 몇 명 안 되는 친구들에게 귀엽지, 다음에 같이 만들자, 하고 전에 없이 떠들어댔다.

"이거 바이올렛 피즈 색이네."

"그게 뭐야?"

"술 이름."

"사라사, 너 술 마시니?"

근처에 있던, 반에서 리더 비슷한 그룹의 아이가 물었다. 사진을 들여다보며 같이 찍힌 엄마 아빠가 마시는 술병도 보았다. 그 아이가 종례 시간에 "사라사는 술을 마십니다"라는 말을 꺼내서 문제가 되었다. 나는 당황했지만 자리에서 일어나 대답했다.

"그건 사이다입니다."

"사이다가 그런 색일 리 없습니다!"

"과자 만들 때 쓰는 물감 같은 걸 탄 겁니다."

"그 말이 사실이라면 증거를 보여주세요!"

멍청한 말다툼 끝에, 담임선생님이 액상 식용색소를 학교에 가져오라고 했다. 별 시시한 일도 다 있네. 엄마는 단칼에 그렇게 말했고, 아빠는 사라사가 색소를 가져가더라도 술을 마시지 않는다는 증거는 되지 않는다고 냉정하게 말했다.

아빠의 지적대로 내가 음주를 한다는 의혹은 애매모호하게 결론이 나고, 초등학생이 벌써 술을 마신다는 소문이 나

돌았다. 진짜 어처구니가 없다.

그 후로 내가 색소 탄 사이다를 마시고 있으면 엄마는 "음주?" 하고 놀렸고 아빠는 웃음을 터뜨렸다. 우리 집에서는 그 일이 웃음거리라서 누가 학교에서 내 험담을 해도 전혀 상처받지 않았다.

그 사건이 있기 전부터 나는 이상한 아이 취급을 받고 있었다. 반에도 몇 명을 빼고는 친구가 없었고, 그룹을 짜야 하는 수업 시간이 불편했다.

내가 무리에서 떨어져 나온 이유는 '이상한 집에 사는 아이'이기 때문이었다.

예전부터 반 아이들은 우리 엄마가 대낮부터 술을 마신다고 수군거렸다. 마음이 내킬 때만 요리를 하는 것도, 가끔씩 저녁으로 아이스크림이 나오는 것도, 집에서 과격한 성인용 영화를 보는 것도, 엄마와 아빠가 키스를 하는 것도, 반 아이들에게는 신기한 일인 모양이었다.

엄마의 손톱색이 늘 화려한 것도 동네 아주머니들은 나쁜 일처럼 말했다. 왜 그러지? 나는 예쁜 걸 좋아한다. 엄마 아빠도 그렇다. 다들 예쁜 게 싫은가. 이상해.

"올해는 토마토가 풍년이구나."

아빠가 베란다의 방울토마토를 보며 미소 지었다. 매미가 맴맴 울어대는 여름의 휴일, 셋이서 창가에 앉아 표면이 반짝이는 토마토와 오이와 가지를 바라보았다. 땀을 흘리며 술을 마시는 엄마와 아빠 사이에서, 나는 더할 나위 없는 행복감에 젖었다.

우리 집은 오래된 시영 아파트였지만, 지금껏 놀러 간 어떤 친구 집보다 멋있었다. 빗물 자국 가득한 잿빛 베란다는 여름이면 정글처럼 꽃과 채소로 가득했다. 짙은 갈색 대나무로 만든 빨래걸이에는 이국적인 금속 새장이 걸려 있고, 그 안에 자기로 된 작은 새가 모기향을 물고 있다. 모조 청자에는 여름 축제에서 낚은 금붕어가 헤엄치고 있다. 나도 어른이 되면 아빠 같은 사람과 결혼해서 엄마처럼 즐겁게 살아야지.

"아아, 나도 빨리 어른이 되고 싶어."

"그렇게 서둘러 어른이 될 필요는 없어."

아빠가 나를 꼭 껴안아서 사이다를 쏟을 뻔했다.

"나도 안아줘."

엄마의 말에 아빠가 손을 뻗어 나와 엄마를 꼭 껴안았다.

아빠와 엄마와 나, 물방울 가득 맺힌 푸른 에메랄드 쿨러와 사이다에 빛이 비치고 모든 게 꿈처럼 아름답다. 아빠와 엄마가 위험한 사람이라 해도 나는 두 사람이 너무 좋았고, 위험한 일에 아무런 불편함도 느끼지 못했다.

그때가 나의 봄날이었다.

그 행복이 영원히 지속될 거라고, 나는 믿었다.

*

그랬는데 어쩌다 이렇게 되었을까.

나는 무겁고 딱딱한 란셀을 나무 밑에 놓고, 술래잡기를 하는 아이들 틈으로 들어갔다. 아아, 힘들어 죽겠지만 거짓 웃음을 짓는다. 사실은 얼른 집에 가서 칼피스 소다나 마시며 뒹굴뒹굴 책을 읽고 싶다.

그러나 그건 이미 이루어질 수 없는 꿈이다. 맨 처음 아빠가 사라지고, 뒤이어 엄마가 사라졌다. 나는 이모 집에서 살게 되었다. 몇 번 만난 적 없는 이모가 눈물을 글썽이며 나를 안고는 사라사, 힘들었지, 라고 해서 깜짝 놀랐다.

"오늘 저녁은 사라사가 좋아하는 걸로 만들어줄게."

첫날 이모는 다정한 눈빛으로 무얼 먹고 싶은지 물었다. 아이스크림요. 내가 대답했다. 짧은 시간에 너무 많은 일이 일어나서 피곤했고 열이 나는 듯해서 식욕이 없었다. 그런 날 우리 집에서는 아이스크림을 먹었다.

"저녁 대신 아이스크림이라니, 말이 되니?"

이모는 기가 막힌다는 표정을 짓다가 서둘러 미소를 띠며, 그럼 닭튀김이라도 먹자고 했다. 닭튀김은 좋아한다. 하지만 그날 내 상태에서 닭튀김은 최악이었다.

"가나이 사라사입니다. 친하게 지내고 싶습니다."

낯선 거리, 낯선 학교. 전학 첫날, 나의 하늘색 책가방은 웃음거리가 되었다. 지정된 교복을 입는 학교여서 흰 원피스도 입을 수 없었다. 나는 새 초등학교에서 완전히 외톨이였다. 하긴 전에 있던 학교도 비슷해서 익숙하지만.

달라진 건 그딴 거 신경 쓰지 마, 하고 웃어주는 사람이 없다는 점이다. 이모는 아이답지 않게 앙뉘한(권태롭다는 뜻의 프랑스어로 일본에서는 신비롭고 나른한 모습, 지루하고 아무것도 하기 싫은 기분을 이른다) 분위기―이 표현은 아빠에게서 배웠다. 사라사는 아이답지 않게 앙뉘하네, 하고 아빠가 늘 칭찬해주었다―로 집에 돌아온 내게 질문을 퍼부었다. 친구는 생겼니? 자기소개는 제대로 했어? 선생님이 뭐라고 안하시던?

친구는 안 생겼다. 자기소개는 제대로 했다. 선생님이 란셀은 없느냐고 물었다. 솔직히 말하자 이모는 세상이 끝난 사람처럼 멍한 표정을 지었다. 늦어서 미안해, 오늘 사 왔으니까 내일부터 메자, 하고 무겁고 딱딱한 빨간 란셀을 건넸다. 그때 내 표정은 역사상 최고로 앙뉘한 것이었다. 그것이 이모의 심기를 건드린 최초의 사건이었다.

그 뒤로도 나는 실패를 거듭했다. 만취한 이모부의 기분을 맞춰주려고 맥주를 따랐는데, 이모는 아이가 못된 것만 배웠다면서 병을 빼앗아 갔다. 어째서 이모가 기분 나빠하는지 이해할 수 없었다.

발음도 못 하는 외국어 라벨이 붙은 럼과 진과 보드카와

테킬라 병들. 남쪽 섬 바다 빛깔, 한여름 메뚜기 빛깔, 백설 공주의 독 사과 빛깔, 갖가지 빛깔의 리큐어. 반 아이들이 자랑하는 캐릭터 액세서리보다 나는 그게 훨씬 더 예뻤다. 내 방 창가에 빈 병을 모아 장식했을 정도다.

"우리 집에서는 호스티스처럼 술 따르지 말아주렴."

호스티스는 뭘까. 엄마 아빠는 술 만드는 사람을 바텐더라고 불렀다. 그거랑 다른가. 나는 엄마 아빠를 위해 술을 만든 적이 있는데, 그 이야기를 하면 더 혼이 날 것 같아서 가만히 있었다. 색소 탄 사이다 사건으로 어이없이 학급 회의에 회부되었던 일을 떠올리는데 이모가 이마를 짚었다.

"하나를 보면 열을 안다고, 도대체 아카리는 애를 어떻게 키운 건지, 원. 미나토 씨하고 결혼해서 정신 좀 차리나 했는데 또 이렇게 부끄러운 짓을 저질렀으니."

"애 앞에서 그만해."

축구를 보던 이모부가 말했다.

"아카리 때문에 내가 얼마나 힘들었는지 당신은 몰라. 옛날부터 제멋대로였어. 갑자기 남자애랑 동거를 하지 않나, 학생 신분으로 밤일을 하지 않나."

이모와 엄마는 사이가 안 좋은 자매였던 모양이다.

이모의 외아들인 중학교 2학년 다카히로는 내가 혼나는 동안 히죽히죽 웃고 있었다. 나는 이 외사촌이 너무너무 싫었다. 첫날부터 기분 나쁜 눈빛으로 나를 빤히 쳐다보았다.

뭘 보냐고 물으니 흥 하고 콧방귀를 뀌며 저리 가버렸다.

—어쩐지 기분 나빠.

작은 불쾌감이 쌓이면서 이모 집에 있는 게 불편해졌다. 나의 태도를 고쳐야만 했다. 나에게 상식적인 일이 이모에게는 비상식이었다. 고립무원한 환경에서 혼자 자기주장을 펼치며 살 만큼, 나는 강한 아이가 아니었다.

나는 상식 있는 아이처럼 행동했다. 하늘색 책가방을 버리고 무겁고 딱딱한 란셀을 멨다. 반 아이들이 귀엽다고 하는 걸 추종했고 집에 오는 길에는 공원에 들러 놀았다. 웃으며 술래잡기를 하면서, 이 세상을 넌지시 통치하는 규칙이 있다고 생각했다.

'가나이 사라사에게는 고집스러운 면이 있습니다.'

생활기록부에 그렇게 적혀 있던 적도 있었지만, 이런저런 의문에 대답만 해준다면 나도 납득할 수 있었다.

예를 들면 밥 대신 아이스크림을 먹으면 안 되는 이유. 영양분은 저녁 식사 때가 아니면 섭취할 수 없다거나, 저녁밥 대신 아이스크림을 먹으면 백 퍼센트 충치가 생긴다거나, 그런 명백한 답 말이다. 그렇지, 아이가 술을 따르면 안 되는 이유도. 엄마와 아빠와 내가 만들어온 세상을 뛰어넘어, 내 눈이 번쩍 뜨일 만큼 반짝이는 이유를.

그런 이유도 모른 채 나는 규칙을 따르기 시작했다.

무한히 이어지는 나날의 아픔을 조금이라도 덜어내기 위

하여.

"어, 저 사람 또 왔어."

술래잡기를 하던 요코가 말했다.

커다란 산딸나무 그림자 아래 벤치에 젊은 남자가 앉아 있었다.

어제도 있었고 그 전날도 있었다. 우리끼리는 로리콘이라고 부른다. 남자는 항상 가방에서 책을 꺼내 읽는 척하지만 눈길은 쭉 우리를 향해 있다.

"절대로 혼자 있으면 안 돼. 끌려갈지도 몰라."

"끌려가면 어떻게 돼?"

그 질문에 여자아이들은 기묘하게 입술을 일그러뜨렸다.

5시가 되면 겨우 풀려나, 다시 딱딱하고 무거운 란셀을 메고 다 같이 집으로 향한다. 모퉁이에서 헤어지며 서로 손을 흔든다.

"사라사, 내일 보자!"

"응, 안녕!"

웃는 얼굴로 손을 흔들어주고 잠시 걷다 멈춰 서서 다들 사라진 걸 확인한 뒤 온 길을 되돌아간다. 아이들이 집으로 돌아간 텅 빈 공원에서 로리콘 남자 혼자 벤치에 앉아 책을 읽고 있다.

나는 남자에게서 가장 먼, 반대쪽 벤치에 책가방을 내려놓았다. 휴 하고 한숨이 흘러나왔다. 드디어 나만의 시간이다. 가방에서 《빨간 머리 앤》을 꺼냈다. 몇 번이나 읽어서 표지가 너덜너덜했지만 나는 내 흔적이 많이 남아 있는 책이 좋았다. 내 것이라는 기분이 든다.

사라사는 의외로 집착이 심하네, 라며 웃던 엄마가 생각났다.

한결같은 거야, 하고 미소 짓던 아빠도.

눈물이 나서 얼른 책을 펼쳤다. 예전엔 정말 즐거웠는데, 같은 생각을 해선 안 된다. 그러면 지금이 불행해지니까. 나는 공상을 좋아하는 빨간 머리 여자아이의 이야기에 집중했다. 읽고 또 읽으면 금세 좋아하는 장면이 나온다. 앤이 다이애나에게 딸기 물인 줄 알고 술을 마시게 하는 장면이다. 딸기 물이라니. 정말 매력적인 단어다.

점점 어두워지면서 글자가 보이지 않는다. 공원 시계를 보니 6시 반이 넘었다. 집에 돌아가기 싫다. 이모 집은 숨이 막힌다.

아마 이모도 그럴 것이다. 전에는 늦게 들어가면 혼이 났는데 요즘은 아무 말도 안 한다. 왔니, 라고 할 뿐. 나는 손을 씻고 저녁 식탁에 앉는다. 다카히로가 식탁 밑으로 내 다리를 툭툭 찬다. 짜증 나. 건드리지 마. 그 집에서는 밥도 맛이 없다.

해가 지고 책을 덮었다. 갈 시간이다. 무겁고 딱딱한 란셀을 다시 메고 술래잡기로 지친 발걸음을 옮겼다. 가기 싫은 곳을 억지로 가는 데는 상당한 노력이 필요했다. 참지 않는 엄마가 옳았다고 절절히 깨닫는다. 잠는 건 건상에 좋지 않다. 나는 구토를 참고 있다.

공원을 가로지르며 반대편 벤치를 흘끗 보았다.

남자는 아직 있다. 우리는 매일, 같은 시간과 장소를 공유한다.

첫날은 무서웠다. 아무도 없는 어두운 공원에 로리콘이라 불리는 남자와 단둘이 있는 건 절체절명의 위기다. 그래도 내게는 갈 곳이 여기뿐이었다.

책을 읽는 척하며 신경은 온통 건너편 벤치로 향해 있었다. 남자는 책만 읽고 있다. 여러 아이들과 같이 놀 때는 책 읽는 척하며 우리 쪽을 빤히 쳐다보더니, 나 혼자가 되면 책에 집중한다. 내게 전혀 관심이 없다.

—나는 취향이 아닌가 보네.

아무 일 없이 며칠을 보낸 뒤 나는 그렇게 결론을 내렸다. 내가 란셀보다 카터블을 좋아하듯 로리콘에게도 취향이 있으리라.

그렇게 납득하고부터는 독서를 즐길 수 있게 되었다.

하지만 책만 읽을 거라면 카페로 가주면 좋겠다. 아이와 달리 어른은 자기가 좋아하는 장소로 갈 수 있다. 나는 아이라서 네 자리는 여기다, 라고 정해진 곳밖에 갈 수가 없다. 아아, 어쩌면 저 남자도 갈 데가 없나.

공원을 막 벗어나려는 찰나, 벤치를 돌아보았다. 가로등 불빛 아래 남자의 흰 셔츠가 하얗게 반짝였다. 작은 머리. 가는 팔다리는 길게 뻗어 있고 어쩐지 가냘펐다. 남자를 향한 여자아이들의 조롱이 떠올라 문득 불쌍해졌다.

저 사람은 그냥 저기 있을 뿐, 나쁜 짓은 안 한다.

안녕, 내일 봐요. 나는 속으로 중얼거렸다.

요코와 친구들에게 건넨 거짓 인사보다 훨씬 더 친밀하게 느껴졌다.

꾹 참고 사는데도 불구하고 상황은 매일 조금씩 악화되었다. 마음 놓고 살 수 없는 나날이 나를 조심스럽게 만들었다. 목욕할 때는 반드시 문을 잠그게 되었고, 후텁지근하게 장맛비 내리는 밤에도 목욕하고 나오면 반드시 긴 잠옷을 껴입었다.

땀을 뻘뻘 흘리며 생각했다. 엄마가 사다 준 타월 재질의 원피스를 입고 다다미에 다리를 쭉 뻗은 채 몸을 식히고 싶다. 하지만 그 원피스는 다카히로가 어깨끈을 세게 잡아당기는 바람에 줄이 끊어지고 말았다. 정말로 기분 나쁜 녀석이다.

밤에도 편히 쉴 수 없었다. 내게 주어진 방은 창문이 작은 이층 방이었다. 창고로 쓰던 방을 이모가 치워주었다. 소공녀 같아서 멋있긴 하지만 푹 잠이 들 수는 없었다. 한밤중에 들리는 기분 나쁜 소리에 신경이 곤두서곤 했다.

"사라사, 보지 같아."

수면 부족으로 충혈된 눈을 요코가 놀리면 나는 씩 웃기만 했다. 어째서 웃는지는 알 수 없었다. 입 밖으로 꺼낼 수 없는 말이 점점 쌓여간다. 항상 배가 아프다. 하고 싶지도 않은 술래잡기를 하느라 땀에 젖은 셔츠가 기분 나쁘다.

그날은 비가 올 것 같아서 일찌감치 집에 가기로 했다. 요코와 친구들과 헤어진 뒤 평소처럼 공원으로 돌아왔다. 벤치에 털썩 주저앉았다. 습하고 후텁지근한 공기에 숨이 막혔다. 벌써부터 이러니 본격적으로 여름이 시작되면 어쩌나 걱정이다.

맞은편 벤치에는 오늘도 남자가 있다. 불쾌한 습기에도 불구하고 매일 초등학교 여자아이들을 보러 온다. 저것도 쉬운 일은 아니지 싶다. 요즘은 남자를 보면 도리어 안심이 된다. 힘든 건 나뿐만이 아니다. 로리콘의 존재에 위안을 얻는다니 최악이다.

어제 저녁 식사는 생선조림이었는데, 나는 식욕이 없어서 거의 다 남기고 냉동실에서 얼음을 꺼내 와 핥아 먹고 있었다. 그때 다카히로도 얼음을 꺼내 오더니 내 가슴에 손을 뻗어 얼음을 댔다. 비명을 지르며 웅크리는 나를 다카히로는 빙글빙글 웃으며 지켜보고 서 있었다. 설거지하던 이모는 놀지 말고 숙제하라고만 했다.

―다카히로가 죽었으면 좋겠어.

―운석이라도 떨어져서 지구가 박살 나든가.

다카히로 한 사람의 죽음이 전 인류의 죽음과 동등해져 있었다. 그 정도로 그 녀석이 싫었다. 정말로 죽었으면 좋겠어. 아니면 내가 죽거나. 내가 죽는 건 지금 당장이라도 가능하다.

이런저런 죽음의 가능성을 생각하며 에어컨이 잘 드는 방에서 뒹굴뒹굴하는 몽상에 잠겼다. 시원하고 보송보송한 바람을 맞으며, 오래 써서 부들부들해진 담요를 덮고 낮잠을 자고 싶다. 바닐라아이스크림을 먹고 싶다. 엄마의 매니큐어색을 닮았던 배스킨라빈스 팝핑 샤워라도 좋다.

톡 하고 정수리에 무엇인가 떨어졌다. 납빛으로 무거웠던 하늘에서 투명한 물방울이 떨어지고 있었다. 전신이 촉촉하게 젖어 든다. 우산은 없다. 빨리 집에 가자. 하지만 미지근한 비가 상냥한 손길처럼 느껴져 슬퍼졌다. 나는 어째서 비에 위로를 받을까. 지금 당장 달콤한 걸 먹고 싶어. 상냥함이 필요해. 안 그럼 견딜 수 없을지도 모른다.

소리 내어 엉엉 울고 싶은 기분과 싸우고 있을 때, 고개 숙인 내 시야로 남색 구두 끝이 들어왔다. 모카신. 아빠가 좋아하던 구두다. 비 오는 날 신으면 안 되는데. 느릿느릿 올려다보니 투명한 비닐우산을 든 남자가 서 있다. 늘 앉아만 있어서 이렇게 키가 큰 줄 몰랐다. 호리호리해서 위압감은 없었다. 흰 칼라꽃 같다.

"집에 안 가니?"

달콤하고도 서늘했다. 반투명 얼음사탕 같은 목소리였다.

젖은 머리칼이 이마에 딱 붙은 나와 달리 남자는 전체적으로 산뜻했다. 게다가 가까이에서 보고 알았다. 이 사람, 얼굴이 참 예쁘네. 눈은 길게 쌍꺼풀 졌고 입술은 얇다. 무엇보다 코가 완벽했다. 아름다운 얼굴의 조건은 코라고 엄마는 늘 말했다. 코가 아름다우면 옆모습도 각이 잡힌다. 사라사는 아빠를 닮아서 코가 오뚝하니까 안심이네, 라고.

―그래. 이 사람, 아빠하고 약간 닮았어.

멍하니 올려다보는데 남자는 '이 녀석, 바보인가?' 싶은 표정을 짓고 있다.

"집에 가기 싫어."

내가 황급히 말했다. 아빠를 닮은 사람에게 바보처럼 보이긴 싫다.

남자는 비닐우산을 내 머리 위로 가져왔다.

"우리 집에 올래?"

그 말이 따뜻한 빗물처럼 내 머리 위로 떨어졌다. 정수리부터 발끝까지, 달콤하고도 서늘한 것에 잠겨 든다. 전신을 뒤덮었던 불쾌함이 씻겨나간다.

"갈래."

나는 일어서며 내 의지를 밝혔다.

─절대로 혼자 있으면 안 돼. 끌려갈지도 몰라.

　요코와 아이들의 목소리가 들린다. 하지만 무섭지 않아. 그보다 훨씬 더 강한 결의가 내 안에 뿌리내리고 있었다. 더 이상, 그 집으로는, 가지 않겠다.

　"책가방은?"

　남자가 벤치를 돌아본다.

　"필요 없어."

　내가 대답하자 남자는 그래, 하며 발걸음을 옮겼다. 정말로 키가 크다. 올려다본 끝으로 빗방울이 투명한 비닐우산 표면에 또르르 미끄러진다. 예쁘네. 그렇게 느낀 건 오랜만이었다. 천천히 심호흡하는데 흙과 먼지, 그리운 비 냄새가 났다.

　들어간 아파트는 널찍했고 물건이 별로 없었다. 베이지색 소파와 연한 빛깔의 탁자. 바닐라아이스크림색 커튼. 그 옆은 침실인 것 같았다.

　"소파에 편하게 앉아."

　"스커트가 젖었는데."

　"신경 쓰이면 타월이라도 깔아줄까?"

　"아니, 소파만 괜찮으면 나는 됐어."

　소파에 앉으니 무척 편했다. 부엌과 거실은 일체형이다. 남자는 아일랜드 식탁 너머에서 마실 것을 준비했다. 남자가 내온 차를 뚫어져라 쳐다보았다. 허브티일까. 설탕과 우유가 곁들여 나왔는데.

"홍차는 아직 못 마시니?"

"좋아해. 하지만 홍차색이 아닌데."

남자의 컵에는 익숙한 빛깔의 붉은 홍차가 담겨 있다.

"네 것은 연하게 탔거든."

"왜?"

"어린이는 카페인 분해 속도가, 아아, 그러니까, 몸에 안 좋아."

성분은 모르겠지만 아무튼 제대로 근거가 있는 것 같아 납득했다. 하지만 우리 집에서는 나도 엄마 아빠와 같은 빛깔 홍차를 마셨다.

"오빠⋯⋯."

중간에 입을 다물었다. 내가 이 남자를 '오빠'라고 불러도 될까.

"후미라고 불러. 사에키 후미."

남자가 내 마음을 알아채주었다.

"후미 씨는."

"후미."

"응?"

"씨를 붙이면 성인 여자 같아서."

"아, 그럼⋯⋯ 후미?"

"왜?"

후미는 바닥에 주저앉아 소파에 앉은 나를 올려다보았다. 나보다 나이가 많은 사람을 이름으로 부른 적은 처음이라 떨렸다. 다카히로는 예외다. 그 녀석은 오빠 같은 호칭도 아깝다. 속으로 늘 그렇게 생각했고 실제로 부른 적도 없다.

"후미는 어릴 때 홍차에 물을 많이 타서 마셨어?"

"응. 일반 홍차를 마셔도 된다는 허락을 받은 건 열 살 때부터."

"어째서 열 살이야?"

"엄마가 읽는 육아 서적에 그렇게 쓰여 있었거든."

"다들 열 살이면 괜찮나?"

"글쎄. 하지만 엄마는 그 책을 믿었어."

이상해. 속으로 생각했지만 입 밖으로 꺼내진 않았다. 우리 집 상식이 남의 집 상식과 다르다는 건 너무 잘 안다. 사라사네 집은 이상해. 그런 소리를 듣는 게 기분이 좋지는 않았다. 그래서 우리 집을 점점 더 좋아하게 되었지만.

잘 마시겠습니다. 나는 물 탄 홍차를 마셨다. 받침이 있는 넓고 얇은 잔이었다. 어쩐지 어른이 된 기분이다. 우리 집에서는 나만 머그 컵이고 엄마 아빠는 무늬가 들어간 홍차 찻잔을 썼다. 차별이라고 호소해봤지만 좋아하는 잔이라 깨뜨리기 싫다고 해서 물러설 수밖에 없었다. 예전에 나는 접시나 컵이나 유리잔을 자주 깨뜨렸다. 지금은 제법 조심성이 생겼다.

"어때?"

"홍차 맛이 안 나."

나는 솔직히 말했다. 이럴 거라면 애써 홍차를 만들지 않아도 되겠다고 말하자 후미는 그렇지, 라고 하며 양쪽 입꼬리를 올렸다. 방금 웃은 거야? 하고 확인하고 싶을 만큼 희미한 미소였지만 차가운 꽃잎 같던 분위기에 가벼운 온기가 돌았다.

"홍차 말고 주스도 있잖아. 환타나 콜라도 맛있지."

기뻐서 동의를 구했지만 후미는 애매하게 고개를 갸웃했다.

"주스 안 좋아해?"

그런 사람이 있다니 믿을 수 없다.

"탄산음료는 어릴 때부터 마신 적이 없어서."

"그것도 육아 서적에 쓰여 있나?"

"그럴걸."

"그럼 어릴 때 뭘 마셨어? 연한 홍차 말고."

"믹서로 간 채소나 과일, 보리차, 우유, 두유 같은 거."

엄마가 다이어트할 때 나도 따라서 채소 과일 주스를 마신 적이 있다. 하지만 엄마는 금세 포기하고 술과 고기를 사랑했다.

"너, 배 안 고프니?"

"약간 고파."

"특별히 좋아하는 거나 싫어하는 거 있어?"

"없긴 한데."

"한데?"

말해도 될까 하는 기분을 후미는 제대로 꿰뚫어 보았다.

"……아이스크림이 먹고 싶어."

안 될 걸 각오하고 말해보았다. 아마 나를 이상한 애라고 생각하겠지. 홍차에 물을 타 먹는 육아 서적의 가정에서 자란 사람이니까.

"바닐라랑 초콜릿, 둘 중에 뭐가 좋아?"

우아. 내가 소리를 질러서 후미가 깜짝 놀랐다.

"밥 대신 아이스크림 먹어도 돼?"

"네가 먹고 싶다고 했잖아."

"당연히 안 될 줄 알고."

후미는 다시 입꼬리를 기묘하게 끌어 올렸다. 방금 웃은 거지?

"뭐로 할래?"

"바닐라."

후미가 일어나 냉장고에서 컵 아이스크림을 꺼내 스푼과 함께 건네주었다. 내가 읽을 줄 모르는 외국어 포장 용기에 담겨 있었다. 고급 아이스크림 같은 분위기에 나는 대번에 기분이 들떴다.

"……맛있어."

혀에 올리는 순간 녹으며 전전히 선신으로 스미는 차가운 달콤함에, 나는 천국을 맛본 기분이 들었다. 죽을 만큼 참은 끝에 맛본 바닐라아이스크림은 아이스크림이면서 아이스크림을 초월했다. 인생의 맛이 난다—고 했던 엄마의 목소리가 들렸다.

다이어트에 질려 프라이드치킨을 한 입 덥석 물었을 때, 엄마는 눈을 지그시 감으며 그렇게 속삭였는데. 엄마는 지금, 어디서 무엇을 하고 있을까.

오늘 아침에는 아무런 방해도 받지 않고 자연스럽게 눈을 떴다.

—여기가 어디지?

아주 조용하다. 천장에 물고기 모빌이 달린 우리 집도 아니고, 모든 물건이 있어야 할 곳에 가지런히 정돈되어 있는 이모 집도 아니다. 하얀 시트, 하얀 베개, 하얀 벽. 하얀 커튼. 양호실 같은 방 침대 위에서 나는 기지개를 켜며 뒤척이고 있었다.

—아, 그렇지. 후미네 집이지.

시트가 부들부들해서 기분이 좋다. 에어컨 바람으로 시원하고 보송보송해진 천을 느끼며 장딴지를 이불에 슬슬 문질렀다. 땀도 흘리지 않았다. 더위와 상관없는 식은땀과 불쾌한 진땀이 저 멀리 사라진 아침. 만족스러운 미소로 고양이처럼 몸을 비틀며 이리저리 몸을 뻗었다. 그러고는 으쌰, 하고 용수철 인형처럼 몸을 일으켰다.

으음. 두 팔을 천장으로 쭉 뻗었다. 푹 자고 일어나서 머리가 개운했다. 기분 좋다. 엄마가 사라진 뒤로 이런 아침은 처음이다. 그날 이후 내 인생은 황량한 바다에 내던져진 듯했다. 정신을 바짝 차리지 않으면 물에 빠져 죽을 것만 같았다. 그러니 편히 잠들 수가 없었다.

맨발로 침대에서 내려왔다. 어제부터 입고 잠든 셔츠와 스커트가 엉망으로 구겨졌다. 잠옷이 없으니 하는 수 없다. 방문을 열고 어제 후미와 물 탄 홍차를 마시던 거실로 나왔다. 깨끗하게 정돈되어 있다.

"후미……?"

작게 불러보았지만 조용하다. 없는 것 같다.

어제 아이스크림을 먹고 졸음이 몰려와서 후미의 침대를 빌렸다. 후미는 어디서 잘 거냐고 묻자, 소파에서, 라고 하며 옷장에서 얇은 담요를 가지고 나갔다. 소파에는 담요가 잘 개켜져 있었다.

탁자에 열쇠와 메모가 있다.

'대학교 다녀오겠습니다. 4시에는 돌아올 겁니다. 밥은 식탁 위에 있습니다. 냉장고 안에 있는 것은 뭐든 드세요. 집에 갈 때는 문을 잠그고 열쇠는 우편함에. 사에키 후미.'

그렇구나. 후미는 대학생이구나. 몇 학년인가. 메모를 되풀이해 읽으며 늘이 후미 같다고 생각했나. 군더너기가 없다. 방도 그렇다. 소파에 탁자, TV장, 작은 스피커, 노트북. 최소한의 가구밖에 없다.

그리고 관엽식물 한 그루. 아마도 물푸레나무.

하늘하늘한 줄기에서 뻗어 나온 가느다란 가지에 나뭇잎이 점점이 달려 있다. 아직 어린 나무일까. 그렇다 해도 잎에 윤기가 없다. 화분을 번쩍 들어서 베란다 창가로 옮겼다. 이런 방구석이 아니라 햇볕이 잘 드는 곳에 두면 기운을 차리겠지.

배에서 꼬르륵하는 소리가 났다. 화장실로 갔다. 어제 귀엽다고 생각한 북극곰 깔개가 역시 귀엽다고 생각하며 볼일을 보고 세수를 한 뒤 상쾌한 기분으로 부엌으로 갔다.

햄에그와 토스트, 양상추와 오이와 토마토가 들어간 샐러드. 교과서 같은 아침 식사다. 냉장고에서 오렌지주스를 꺼내 컵에 따랐다.

소파에 앉아 텔레비전을 보며 아침을 먹었다. 맛은 평범하다. 냉장고에서 케첩을 꺼내 햄에그에 뿌렸다. 음, 맛있네. 배가 부르니 잠이 와서 그대로 소파에 드러누웠다. 텔레비전에서 나는 웃음소리에 눈을 떴다. 누가 웃는 소리라는 데 안심하며 다시 눈을 감았다. 반쯤 현실, 반쯤 꿈속. 기분 최고다.

몇 번째인가 눈을 떴을 때 방은 조용했다. 텔레비전이 꺼져 있다. 시야가 투명한 오렌지색으로 물들었다. 벌써 석양이 진 것 같다.

으으음 하고 기지개를 켜며 일어나 꿈틀꿈틀 몸을 비틀었다. 조금 떨어진 곳에 후미가 무릎을 당기고 앉아 가만히 나를 지켜보고 있다. 살짝 긴 앞머리 사이로 생기 없는 눈이 보인다. 마치 두 개의 구멍 같아서 살짝 무서워졌다.

"어, 왔네. 언제 왔어?"

"4시에는 올 거라고 쪽지에 적어뒀잖아."

"응. 하지만 깨우지 그랬어. 가만히 보고 있으면 무섭잖아."

그렇게 말하자 후미는 움찔하며 미안하다고 눈을 내리깔았다.

"너무 잘 자서."

"응. 아침 먹고 쭉 잤어."

"케첩이 말라붙어 있는 걸 보고 그럴 거라고 생각했어."

탁자에 접시가 없다. 후미가 치워줬구나. 나는 먹은 그릇을 치우지도 않고 쿨쿨 잠만 자는 뻔뻔한 아이였다는 걸 깨달았다.

"미안해. 배불러서 졸렸어. 그럴 때 있지?"

잘못을 무마해보려고 배시시 웃으며 공감을 구했다.

"나는 없어."

"거짓말."

"진짜야. 배부를 때까지 먹으면 몸에 안 좋다고 엄마가 그랬거든."

"또 육아 서적 얘기?"

"응. 꼴불견이라는 소리도 들었어."

"배부를 때까지 먹는 게?"

"욕구 조절 못 하는 게."

바보 같아. 프라이드치킨이나 아이스크림. 좋아하는 음식을 배불리 먹는 행복을 모르다니 너무하다. 행복 후에 찾아오는 몇 시간은 움직일 수 없을 만큼 괴롭긴 해도.

"후미 엄마 말이 맞는지도 몰라."

내가 수긍하니 후미의 입꼬리가 올라간다. 웃은 것 같다.

"아침 식사 맛있었어. 잘 먹었습니다."

소파에 바로 앉아 꾸벅 인사했다.

"케첩은 어디에 썼어?"

"햄에그에 뿌려 먹었어."

후미는 기이한 벌레를 보는 듯한 눈으로 나를 보았다. 분명 육아 서적에 지배된 가정에서는 허락되지 않은 일이었으리라. 우리 집에서 나는 케첩파, 엄마는 간장파, 아빠는 소금파였다. 다들 취향이 제각각이라 가끔씩 교환해서 맛보기도 했다.

"너는 항상 이렇게 오래 자니?"

"요즘 잠을 잘 못 잤어. 엄마 아빠랑 같이 살 때는 그냥저냥 잤는데."

"지금은 엄마 아빠랑 같이 안 살아?"

"응. 이모 집 애물단지가 되었어."

이 말투는 다카히로한테서 옮았다.

"이모 집에서는 잠을 잘 못 자?"

간단한 질문이었지만 나는 대답할 수 없었다.

어물쩍 얼버무리며 어? 하고 고개를 갸웃했다.

"원래 자리로 되돌려놨네. 햇볕 좀 보게 하려고 했더니."

창가에 놔두었던 물푸레나무가 방구석으로 돌아와 있다.

나는 소파에서 내려와 가늘고 긴 물푸레나무 앞에 비틀비틀 섰다.

"이 나무는 왜 이렇게 작고 기운이 없을까."

"샀을 때부터 그랬어."

"가격이 쌌어?"

"아니, 다른 물푸레나무랑 같은 가격이었어."

흐음, 나는 기운 없는 가지를 가만히 만졌다.

"근데 나라도 이 나무 샀을 것 같다."

"어째서?"

—나랑 비슷하니까.

지금의 나는 세상 모든 가여운 것들에 공감하고 만다. 옛날에는 안 그랬는데. 나는 슬퍼져서 작고 야윈 물푸레나무가 더욱 친근하게 느껴졌다.

"후미는 왜 이 나무를 샀어?"

후미도 나처럼 불행한 걸까.

"작아서."

"작은 게 좋아?"

질문하며 후미가 로리콘이라는 사실을 떠올렸다. 로리콘은 작기만 하면 뭐든 다 좋아하나. 인간 여자아이도 나무처럼 취급할까. 하지만.

"하지만 언젠가는 다들 커."

내가 윤기 없는 이파리를 매만지며 말했다.

"얘도 금세 가지가 굵고 잎이 가득한 어른 물푸레나무가될 거야."

"그럴까."

"그럼. 어른이 되지 않는 아이는 없는걸."

그렇게 말하며 돌아보자 후미는 무릎에 얼굴을 묻었다.

"왜 그래? 괜찮아?"

후미의 곁으로 가 웅크리며 가만히 살폈다. 후미가 천천히 얼굴을 든다. 후미는 표정에 변화가 없어서 무슨 생각을 하는지 모르겠다. 지금은 새카만 구멍 같은 눈으로 사람을 무서워하는 강아지처럼 웅크리고 있다. 내가 심한 말을 했다.

"후미, 공원 다녀와."

"왜?"

"매일 여자아이를 보러 가잖아."

나는 후미의 기분을 풀어주려고 밝은 목소리로 말했다.

"다녀와. 나는 후미의 취향이 아니잖아."

"취향?"

"작은 여자아이에도 여러 가지 타입이 있을 거 아니야. 괜찮아. 누구나 취향은 있는 거니까. 내 걱정 말고 다녀와."

신세 진 사람답게 말해보았지만 방금 그 말은 로리콘을 거드는 발언인지도 모른다. 하지만 내 안에서는 후미가 로리콘이라는 사실과 위험인물이라는 사실이 완전히 분리되어 있었다. 후미는 빗속에서 내게 우산을 씌워주었고, 저녁으로 아이스크림을 주었고, 침대를 양보해주었고, 자기는 거실에서 잤고, 아침 식사를 준비해주었고, 집에 가고 싶으면 가라고 메모까지 남겼다. 너무 신사적이라서 두려워할 여지가 없다.

게다가 후미는 여자아이를 그저 보기만 했다. 귀엽다고, 좋아한다고 생각하는 것도 안 될까. 그렇다면 머릿속으로 여러 번 다카히로를 죽인 나는 어떤가. 생각하는 것만으로도 죄가 된다면 그건 어떤 죄일까. 나는 감옥에 갈까.

"공원은 안 가."

곰곰이 생각에 잠긴 내게 후미가 말했다.

"내 걱정은 말라니까."

"그게 아니야. 네가 있으니까 됐어."

"내가 후미의 타입이 아닌데도?"

"그래, 타입이 아니라도."

후미가 내게 손을 뻗었다.

나는 피했어야 하는지도 모른다.

하지만 그저 가만히, 하얀 셔츠 소매에서 뻗어 나온 가늘고 흰 팔을 바라보았다. 아빠를 닮은 손이 내 머리에 닿았다. 쓰담쓰담. 손바닥의 무게와 따스함이 느껴졌다. 누가 내 머리를 쓰다듬어준 것이 아주 오랜만이라는 걸 깨닫자 슬픔이 몰아쳤다.

"사라사야."

"응?"

"내 이름. 가나이 사라사."

어제부터 일체 물어보지 않으니 내가 먼저 자기소개를 했다. 후미는 아아 싶은 얼굴이다. 정말로 나에게 관심이 없는 것 같아서 기분이 이상했다.

"자, 사라사 짱."

"사라사."

"어?"

"짱은 없는 게 좋아."

후미가 후미 씨라고 불리는 걸 싫어하듯이, 나는 사라사라고 불리고 싶다.

—사라사, 사라사. 정말로 예쁜 이름이네.

사라사라는 이름의 염색 무늬가 들어간 외국 옷감이 있다고 아빠가 알려줬다. 사라사라고 불리면 내가 먼 나라에서 온 아름다운 옷감이 된 것만 같은 기분이 들었다. 부드럽고 어떤 모양이든 가능하다. 하지만 아빠는 두 번 다시 내 이름을 부를 수 없다.

"사라사."

후미가 나를 불렀다.

감미롭고도 서늘한 간유리 같은 목소리다. 아빠 목소리는 모카신의 부드러운 가죽처럼 낮고 축축했는데. 전혀 다르지만 천천히 스미는 느낌이 비슷하다. 나는 아빠가 보고 싶어 견딜 수가 없었다.

"후미, 나 있잖아, 여기 쭉 있어도 돼?"

울 것 같은 목소리였다.

후미는 가만히 나를 보았다.

제발 부탁이니 안 된다고 하지 마. 나는 속으로 빌었다.

"좋아."

"정말?"

후미가 고개를 끄덕였을 때, 가슴 깊은 곳에서부터 안도감이 밀려왔다. 이제 그 집으로 돌아가지 않아도 된다. 여기서 계속, 아빠를 닮은 후미와 살 수 있다.

다행이야. 정말 다행이야. 후미는 내 생명의 은인이 되었다.

후미는 먼저 말을 거는 법이 없었지만 내가 물어보면 뭐든 알려주었다. 고향은 노호루 시망이고 노쿄에서 혼자 사는 19세 대학생이라고 했다.

후미는 매일 아침 7시에 일어난다(침대는 나에게 내어주고 지금은 거실에서 이불을 깔고 잔다). 일어나면 세탁기를 돌리고, 아침밥을 지어 나와 함께 먹고, 집 정리와 간단한 청소를 한 뒤 수업을 들으러 갔다가, 저녁이면 돌아온다. 저녁밥을 지어 나와 함께 먹고, 공부를 하고, 목욕을 하고, 소설을 읽거나 텔레비전을 본다. 텔레비전은 NHK(한국의 KBS와 같은 일본 공영방송)밖에 안 본다.

하루 이틀이면 몰라도 그걸 일주일 내내 반복했다. 후미는 흡사 인간을 닮은 로봇 같았고 식생활에도 영향을 미쳤다. 토스트와 햄에그, 양상추와 오이와 토마토를 넣은 샐러드. 나는 오렌지주스, 후미는 커피. 패밀리 레스토랑의 정식 메뉴처럼 양도 정확하다. 앞으로도 매일 똑같은 아침 식사가 이어지리라.

"가끔은 다른 거 먹고 싶지 않아?"

"지겨우면 내일은 일본식으로 할까?"

"그건 저녁에 먹으니까 괜찮아."

아침은 서양식이고 저녁은 일본식인데 국 하나에 반찬 세 가지다. 이것도 교과서 같은 상차림이다.

"한 번이라도 좋으니까 이거 먹어봐."

나는 잠옷을 입은 채 나갈 채비를 다 마친 후미에게 빨간 케첩을 뿌린 햄에그를 권했다. 후미는 아빠랑 똑같이 소금파다.

"나는 나의 햄에그를 먹을 테니, 사라사는 사라사의 햄에그를 먹자."

"한 번쯤은 괜찮잖아. 응? 응? 후미 접시에는 케첩 안 뿌릴 테니까."

끈질기게 권하자 후미는 떨떠름하게 내 접시로 포크를 가져왔다. 빨간 햄에그를 한 입 먹어본 후미는 눈을 살짝 부릅뜨고 확인하듯 두 입을 먹었다. 넘어왔다 싶어서 나는 생글생글 웃었다.

"가끔씩 다른 맛도 괜찮지?"

"그럴지도."

"라면 가게에서도 중간에 식초도 넣고 생강초절임도 넣고 변화를 주잖아."

"글쎄, 가본 적이 없어서 몰라."

"뭐?"

후미는 라면을 먹으러 간 적이 없다는 놀라운 사실이 밝혀졌다.

"어째서?"

"재료에 뭐가 들었는지 모르고 불결하니까."

이것도 엄마의 방침이었다고 한다. 후미의 엄마는 육아

서적과 생활 방침 서적을 각별히 사랑해서 엄마들 사이의 보스 격인 학부모 모임 회장을 역임했다. 그런 엄마의 손에 자란 후미였기에 청소도 빨래도 미루지 않고 교과서처럼 규칙적으로 착실하게 산다.

"후미는 살림을 제대로 하네."

"이 정도는 보통이야. 어릴 때부터 우리 집은 늘 이랬고."

"아, 그런 집에서 자라면 이런 게 보통이구나. 나도 엄마랑 아빠랑 키스한다고 반 애들한테 말했다가 이상한 집에 사는 애 취급을 받았어. 나한테는 보통 일이었는데."

"부모님이 키스를?"

"매일매일. 아침저녁으로 인사할 때마다."

"사라사네 부모님은 외국인이야?"

"다들 그렇게 물어봐. 일본인인데."

표정이 잘 드러나지 않는 후미도 깜짝 놀란 듯했다.

"후미네 집에 가면 나 같은 애는 아줌마한테 엉덩이 백 대쯤 맞겠지."

케첩 묻은 잠옷을 한심하게 내려다보며 내가 말했다. 입고 온 옷밖에 없었던 내게 후미는 인터넷 쇼핑으로 옷과 속옷을 사주었다. 내가 먹는 것 입는 것 모두 후미가 돌봐주고 있다. 그런데 이렇게 케첩까지 묻히다니!

돈을 번다는 건 힘든 일이야, 그러니까 아빠는 아주 훌륭한 사람이지. 엄마는 늘 말했다. 하지만 후미는 아르바이트를 안 한다. 후미네 집은 돈이 많은가? 이 집도 넓고 깨끗하고 후미의 차림새도 고급스럽다.

"모처럼 사준 옷인데 더럽혀서 미안해."

"그런 건 빨면 돼."

나는 후미의 이런 점이 좋다.

후미는 나에게 제대로 하라는 말 같은 건 하지 않는다. 학교 선생님처럼 다른 아이들하고 일제히 같은 행동을 하지 못하는 나를 곤란하다는 눈으로 쳐다보지도 않는다. 뭐든 제대로 하는 후미 옆에서 뒹굴뒹굴 만화나 보고 있어도 아무 소리 하지 않았다. 후미는 그저 후미대로 단정한 생활을 계속했다. 후미 자신이 똑바로 하는 것과 다른 사람이 똑바로 하는 것은, 후미에게 별개의 일이었다.

─사람이 제각각 다르다는 건 당연한 일인데 말이야.

아빠는 늘 그렇게 말했다. 아빠는 시청에서 세세한 방침에 따라 일을 했다. 하지만 개중에는 아무리 제대로 하려 해도 두드러지는 사람들이 있었고, 아빠는 그런 사람들에게 아무것도 해줄 수 없다면서 마음 아파했다. 가끔씩 너무 힘들어서 남몰래 약을 먹는다는 것도 알았다.

"사라사, 입가에 케첩 묻었어."

"어디?"

물으며 입가를 문질렀다.

"더 번졌다."

후미는 티슈를 뽑아 내 입가를 닦아주었다. 해주는 대로 가만히 눈을 감고 있으니 턱 전체를 감싸 쥐어서 눈을 떴다. 탁자 너머에서 심각한 얼굴을 한 후미와 눈이 마주쳤다. 크고 가는 손으로 턱을 감싸고 있었고 손끝이 내 입술에 닿았다.

후미는 손가락으로 천천히 내 입술을 문질렀고, 나는 눈을 깜박거렸다.

"······아빠?"

멍하니 중얼거렸다.

"뭐?"

"후미, 아빠랑 똑같이 하네."

그렇게 말하자 후미는 눈을 크게 뜨고는 얼른 손을 뺐다.

"케첩이나 소스나 간장 같은 게 묻으면 아빠도 항상 이렇게 닦아줬어. 후미랑 아빠는 많이 닮았어. 얼굴이랑 목소리는 다른데 손이랑 신발이 어쩐지 닮았어."

내가 흥분하며 말하자 후미는 언짢은 얼굴로 보고만 있다.

"······미안해."

"왜 사과해?"

후미는 내 눈길을 피하며 케첩을 가져가 자기 햄에그 접시 위에 짰다.

"케첩, 맘에 들어?"

"응."

나는 춤이라도 추고 싶은 기분이었다.

다르다는 걸 인정할 뿐만 아니라, 후미는 내게 한 걸음 다가와주었다.

그날 저녁에는 나의 요청으로 후미가 카레를 만들어주었다. 양파, 감자, 당근, 소고기. 후미다운 모범적인 카레라이스다.

"이것도 맛있지만 우리 집 카레도 먹게 해주고 싶어. 채소를 잘게 썰고 허브와 마늘, 사과를 갈아 넣은 다음 물 없이 만드는 거야."

"그런 건 먹어본 적 없는데."

"다음에 내가 만들어줄게."

"위험해서 안 돼. 내가 집에 없을 때도 가스레인지는 만지지 말도록."

"네에."

이런 이야기를 주고받으며 카레라이스를 먹는데 텔레비전에서 갑자기 내 이름이 흘러나왔다. 저녁의 지역 뉴스 프로그램이 화면에 비치고 있었다.

"초등학교 4학년, 아홉 살 가나이 사라사 양이 행방불명되었습니다. 사라사 양은 하굣길에 친구들과 공원에서 놀다가 갑자기 사라졌습니다."

숟가락을 든 채 멍하니 텔레비전을 주시했다. 이렇게 될지도 모른다고 생각했지만 실제로 벌어지니 놀라웠다. 옆에 있던 후미노 봄이 굳었다.

"이모가 신고했나 봐."

내가 며칠이나 집에 안 오면 이모와 이모부가 경찰에 신고할 거라고 생각했고, 이렇게 뉴스가 될 거라는 상상을 하면 심장이 두근거리기는 했다. 하지만 일주일이 지나도 아무 소식이 없자 나는 뭐야, 하고 김이 빠져 있었다.

내가 사라지고 이모나 이모부도 안심했던 것이다. 살아온 방식이 너무 달라서 내가 하는 모든 행동이 이모 가족을 지치게 했다. 어린이도 그 정도는 안다. 이대로 이모가 나를 잊어주기를 바랐다. 경찰이나 학교에도 알리지 말기를. 아무 소란도 피우지 말기를. 그럴 수만 있다면 계속 후미 집에 있을 수 있다. 그렇게 빌면서도 가슴 한구석으로 얼어붙을 듯한 바람이 불었다.

—내가 사라져도 나를 걱정해줄 사람은 이제 없어.

바람에 휘날리는 휴지 조각처럼 얇디얇은, 아무도 필요로 하지 않는, 아무런 가치도 없는 사람이 되었다는 걸 깨달았기 때문이다.

아나운서는 내가 하굣길에 공원에서 놀다가 친구들과 헤어진 뒤 행방불명되었다고 말했다. 나는 모두와 헤어지고 다시 공원으로 돌아갔지만 그 사실을 아는 사람은 없었다. 다행이다. 후미가 의심을 받지 않아도 된다. 하지만.

"사라사 양이 놀던 공원 벤치에는 사라사 양의 것으로 보이는 책가방이 놓여 있었습니다. 이곳에서는 전부터 의심스러운 남자가 목격되었습니다."

가슴이 철렁 내려앉았다.

"후미, 나 후미한테 유괴된 걸로 되어 있어?"

"우선은 행방불명이라고 알려졌지만 경찰은 유괴로 보고 수사하고 있을지도 몰라. 초등학생 여자아이가 없어졌으니 신중하게 보도하겠지."

경찰이라는 소리에 춥지도 않은데 소름이 돋는다.

"나, 집에 갈까?"

내가 묻자 후미가 돌아보았다.

"가고 싶으면 언제든지 가도 돼."

그랬다. 나는 후미가 부탁해서 여기 있는 게 아니다. 거꾸로 내가 부탁해서 여기 살고 있다. 그러면서 후미에게 선택을 떠넘기다니 내가 나빴다.

"나는 여기 있고 싶어."

"그럼 있어."

"내가 여기 있으면 후미가 체포될지도 몰라. 그래도 괜찮아?"

"괜찮을 리는 없지만 여러 가지가 밝혀지겠지."

"밝혀져?"

"다 들킨다고."

"뭘 들켜?"

"비밀."

"후미의 비밀이 뭔데?"

후미는 대답하지 않고 식사를 계속했다.

바보 같은 질문이었다.

후미는 어른인데 나처럼 작은 여자아이가 좋은 거다.

후미가 무슨 짓을 한 것도 아닌데 다들 후미를 기분 나쁘게 생각했다. 보고만 있었는데, 아무 짓도 안 했는데, 그저 거기 있는 것만으로 기분 나쁘게 생각하는 것이 로리콘이다. 로리콘은 중대한 범죄이기에 필사적으로 감춰야만 하는 비밀이다.

"들키면 사람들이 뭐라고 할까."

"죽고 싶을 만큼 끔찍한 소릴 하겠지. 상상만 해도 무서워."

죽고 싶을 만큼 끔찍한 소리를 한다. 친구, 이웃, 혹시 가족들도? 그런 상황이 벌어진다면 후미는 어떻게 될까? 정말로 죽는 건 아니겠지? 생각할수록 입맛이 없어져서 입속에 든 카레와 밥이 그저 끈적끈적한 덩어리가 되었다.

"그럼 비밀이 밝혀져서는 안 되는 거잖아."

그렇게 묻자 후미는 깨끗하게 둘로 나눈 카레와 밥을 가만히 들여다보았다. 여기 온 이튿날, 잠든 나를 보고 있던 눈이다. 두 개의 텅 빈 새까만 구멍.

"밝힐 수 없으니까 비밀이지만, 그걸 가슴속에 품고 사는 것도 괴로워. 차라리 다 밝혀지면 좋겠다는 생각이 들 때도 있어. 모든 게 밝혀져서 편해지는 부분도 있을 거야."

나에게 하는 말이 아니라 스스로에게 들려주는 말 같았다.

"응, 알 것 같아."

"사라사는 몰라."

"아니, 알아."

분명하게 단언하자 후미가 나를 보았다.

나도 그 새까만 구멍 같은 눈을 응시했다.

어쩐지 나의 눈도 후미와 같이 새까만 구멍이 되어가는 기분이다.

내게도 아무한테도 말할 수 없는 비밀이 있다. 누군가에게 털어놓고 도움을 청하고 싶다. 하지만 입 밖으로 꺼낼 용기가 없다. 괴로워. 도와줘. 누군가 눈치채줘. 하지만 아무도 눈치채지 말아줘. 무거운 짐을 지고 걸어가야만 하는 고통을, 나는 알고 있다.

나의 뉴스는 이미 끝나 있었다. 이름만 밝혀지고 얼굴은 나오지 않았다. 하지만 이대로 여기 있다 보면 조만간 사진도 나오겠지. 나의 실종은 얼마나 큰 소동일까. 경찰은 이곳을 발견할까. 불안이 나를 집어삼킬 듯하다.

"아이스크림 먹고 싶어."

내가 중얼거렸다.

"지금?"

아직 카레라이스가 남았다. 하지만 지금은 난셋이 먹고 싶다. 끄덕끄덕하자 후미는 부엌에서 컵 아이스크림 두 개를 가지고 왔다.

"후미도 먹어?"

"응."

"후미는 안 그러는 줄 알았어."

"안 그랬어. 지금까지는."

중대한 규칙을 위반하는 사람처럼 후미는 진지한 눈빛으로 컵 아이스크림 뚜껑을 열었다. 후미가 점점 더 내게로 다가온다. 고마움을 넘어 기쁘다. 방랑의 끝에서 이 세계에 딱 두 마리밖에 없는 친구를 마주친 동물이, 이런 기분일까.

"맛있네."

내가 말하자 후미가 응, 하고 끄덕였다. 옆얼굴이 살짝 떨리고 있다. 엄마 생각을 하고 있는지도 모른다. 육아 서적과 생활 방침 서적을 사랑하는 후미의 엄마.

"엄마한테 들키면 후미도 엉덩이 백 대 맞겠네."

"기분이 좋아 보인다?"

"엉덩이 백 대 맞을 친구가 하나 늘었으니까."

둘이 함께라면 무섭지 않아. 내가 말하자 후미는 친구라…… 하며 아무것도 없는 천장을 올려다보았다.

접시에 카레라이스를 남긴 채, 둘이서 녹아 드는 아이스크림을 먹는다.

즐거운지 괴로운지 분간이 가지 않는 밤이다.

소금파였던 후미가 케첩과 소스와 머스터드를 매일 바꿔가며 햄에그에 뿌리고, 저녁을 먹다가 아이스크림을 먹고, 뉴스 말고 애니메이션도 보게 되었다. 후미의 규칙적인 생활이 조금씩 무너져가던 어느 토요일, 사건이 벌어졌다.

내가 일어나 거실로 나올 때까지 후미는 자고 있었다.

—후미가 늦잠을 자다니!

늘 내가 먼저 자고 후미가 먼저 일어났다. 그러니까 후미가 자는 모습을 보는 건 처음이었다. 나는 웅크리고 앉아 찬찬히 관찰했다. 자는 모습이 무척 귀엽다. 소파를 구석으로 밀고 바닥에 이불을 깐 채 동화 속 공주님처럼 똑바로 누워 손을 모으고 있다.

아빠는 아침에 수염이 나 있었지만 후미의 얼굴은 매끈하다. 엄마는 밤에 술을 많이 마시면 재미난 소리로 코를 골았지만 후미의 숨소리는 새근새근 평온하다. 예쁘네, 하고 보는 사이 또 졸음이 몰려와서 나는 후미 곁에 누워 눈을 감았다.

그다음 눈을 떴을 때는 점심나절이었는데 세상에, 후미는 아직도 자고 있었다. 나는 배가 고파서 후미, 하고 흔들었다. 잠에서 깬 후미는 멍해 보였다. 잠에 취한 후미도 처음 보았다. 천천히 정신이 돌아온 후미는 믿을 수 없다는 표정이었다.

"후미도 늦잠을 다 자네."

그렇게 말하자 후미는 겁에 질린 사람처럼 어깨를 움츠렸다. 무슨 큰 실패라도 한 것 같은 반응이었다. 육아 서적에 지배된 후미네 집에서는 사소한 일도 큰 죄가 된다는 걸 새삼 깨달았다.

"괜찮아. 어제 늦게 잤잖아."

어제는 둘이서 늦게까지 DVD를 보았다. 내가 요청한 영화 다섯 편, 후미가 보고 싶은 영화 다섯 편, 총 열 편을 후미가 빌려 왔다. 많으니까 지겨우면 바로 다음으로 넘어가자고 내가 말했다.

"가끔은 마지막까지 제대로 보자."

처음으로 후미가 내게 '제대로 하기'를 부탁했다. 그게 기뻐서 응! 하고 대답하며 후미가 빌려 온 〈가위손〉을 어른스럽게 끝까지 보았다. 내가 태어나기 전에 나온 영화다. 가위손을 가진 상처받은 에드워드가 차별과 편견으로 마을에서 쫓겨난다. 아름답고 잔혹한 옛날이야기에 눈물을 훔치는 내 옆에서, 후미는 무서울 정도로 진지한 얼굴로 조용히 몰입해서 보았다.

"미안해. 금방 밥해줄게."

일어서는 후미를 붙잡으며 나는 시켜 먹자고 제안했다.

"밤새우기와 늦잠 자기는 휴일만의 즐거움이야. 엄마도

휴일은 시켜 먹는 날이랬어. 나 피자 먹고 싶어. 후미는 피자 싫어해?"

"……좋긴 한데."

후미가 그렇게 말하기까지 5초 정도 걸렸다.

"시켜 먹어본 적이 없어서 어떻게 해야 하는지 몰라."

"전화로 주문하면 돼. 메뉴를 찾아보자."

후미가 애매한 얼굴로 노트북을 열었고, 내가 가게를 검색해 두 종류 맛을 동시에 먹을 수 있는 라지 사이즈 피자를 골랐다. 감자튀김과 샐러드와 진저에일도 시켰다. 후미는 그렇게까지 많이 못 먹는다고 말했지만 내가 밀어붙였다.

피자가 올 동안 후미는 이불을 개려고 했으나 내가 단호하게 저지했다. 후미가 이를 닦고 세수를 하는 사이 나는 잠옷을 입은 채 이불 위에서 뒹굴었다. 도착한 피자를 식탁으로 가져가려는 후미를 가로막으며 이불에 누워서 손이 닿는 바닥에 두었다.

"아무리 그래도 이건 너무한데."

완전한 이불 기지에서 유리잔에 진저에일을 따르는 나를 후미가 내려다보았다.

"진짜 안 된다 싶으면 말해. 곧바로 식탁으로 옮길게."

그렇게 말하며 뚜껑을 여니 뜨거운 치즈가 녹아내린 피자가 나타났다. 후미가 눈을 크게 떴다. 식욕을 돋운 게 기뻐서 건배하자고 유리잔을 들었다.

"뭘 위한 건배야?"

"게으른 휴일을 위하여."

엄마가 하던 말을 그대로 흉내 냈다. 후미는 당황한 듯 머 뭇머뭇 잔을 부딪쳤다. 유리잔 속에서 황금빛 기포가 뽀글 뽀글 올라왔다.

"맞다, 하이디 봐야지."

나는 DVD 대여 봉투를 뒤적여 〈알프스 소녀 하이디〉를 꺼냈다. 치즈와 최고로 잘 어울리는 애니메이션이다. 나랑 후미는 치즈가 실처럼 쭉쭉 늘어나는 피자를 먹으며 하이디 를 보았다. 하이디를 보며 먹는 피자는 두 배로 맛있다. 이 현상을 뭐라고 부르면 좋을까.

"배부르다. 다음엔 뭐 보지?"

"음식이랑 관련 없는 걸로."

후미는 이불에 팔꿈치를 괴며 대답했다. 우리는 중간부터 아무렇게나 드러누워 하이디를 보고 있었다. 피자는 반쯤 남았고 샐러드와 감자튀김은 거의 안 먹어서 말라붙었다. 배가 불렀지만 그것들을 주섬주섬 집어 먹었다. 포식과 태 만이 지배한 휴일. 이 지극한 행복을 위해 배달 음식은 넉넉 히 주문해야 하는 법이다. 기름 묻은 손으로 만져대서 리모 컨이 반짝반짝하다.

"이거 보자."

내가 〈트루 로맨스〉를 틀었다.

"사라사가 봐도 되는 영화인가?"

시작하고 얼마 안 되어 후미가 물었다. 과격한 스토리 때문이겠지.

"엄마랑 아빠가 좋아하는 영화였어."

엄마는 크리스천 슬레이터와 퍼트리샤 아켓이 귀여워 죽을 것 같다고 했고, 아빠는 죽었다면 완벽했을 텐데 하고 영화의 라스트신을 아쉬워했지만, 두 사람이 안 죽고 행복해지는 게 판타스틱하다는 데 대체로 의견이 일치했다. 피투성이와 달콤한 키스와 하얀 깃털. 나는 선명하게 기억한다.

"엄마랑 아빠랑 내가 셋이서 함께 보낸 마지막 일요일에 본 영화야."

내가 이불에 턱을 괴며 화면에서 눈을 떼지 않고 말했다.

이제껏 어느 누구에게도 말한 적 없다. 하지만 배가 부르고, 머리는 멍하고, 옆에 후미가 있다. 이곳은 안전지대였고, 나를 얽매고 있던 틀이 느슨해졌다.

"아빠는 1년 전에 죽었고, 엄마는 어딘가에서 애인이랑 살아."

아빠 배 속에 나쁜 게 생겼는데 그게 갑자기 커져서 아빠를 죽이고 말았다. 엄마는 아기처럼 앙앙 울었다. 아침부터 밤까지 하루 종일 큰 소리로 울면서 우유 대신 술을 마셨다. 아빠가 사라지고 집은 엉망진창이 되었다. 바닥에 굴러다니는 술병은 더 이상 보석처럼 빛나지 않았다.

하루는 학교 갔다 집에 오니 모르는 남자가 있었다. 애인이 생기고 엄마는 겨우 울음을 그쳤다. 남자는 상냥했지만 아빠하곤 달랐다. 아빠를 잊은 거냐고 내가 화를 내며 묻자 엄마는 나를 꼭 끌어안았다.

—잊을 리 없잖아.

그럼, 왜.

—잊을 수 없는 게 슬퍼서 달콤한 과자가 필요한 거야.

엄마는 애인이 과자라고 했다. 그런 말을 들으면 납득이 간다. 아이스크림과 초콜릿을 먹으면 나도 아주 약간 슬픔이 옅어지니까. 아빠도 과자였느냐고 물으니, 아빠는 밥이야, 라고 하며 엄마는 또 울었다. 밥이 없으면 살 수가 없다고. 하도 울기에 나는 엄마에게 아빠 이야기를 하는 걸 그만두었다.

엄마는 과자를 자꾸자꾸 먹었고, 지저분하게 먹어치운다는 느낌이 들 때쯤, 잠깐 나갔다 오겠다며 집을 나갔다. 아파트 밑에 진녹색 자동차가 있었고, 운전석에는 몇 번째인가의 과자가 앉아 있었다. 아무것도 모르는 나는 베란다에 서서 차에 올라타는 엄마를 향해 손을 흔들었다. 다녀오세요, 하고. 그게 엄마의 마지막이다.

"엄마는 과자랑 같이 어디론가 가버렸어."

나는 화면을 응시했다. 크리스천 슬레이터가 연기하는 클래런스가 퍼트리샤 아켓이 연기하는 피투성이 앨라배마의 이마에 키스를 하며 "너는 영화배우보다 더 반짝여" 하고 말한다. "이제 아무 걱정 없어" "앞으로 잘될 거야, 반드시"라고. 행복해 보이는 앨라배마. 아빠가 살아 있을 때의 엄마 같네.

나는 엄마에게 있어 살아남는 데 필요한 밥도 아니었고, 슬픔을 덜어줄 과자도 아니었다. 엄마가 그토록 싫어하는 '무거운 짐'이었다. 엄마는 무거운 짐을 들지 않았다. 엄마는 참지 않는 사람이었다.

"이모 집은 엄마 아빠랑 살던 곳과 달랐지만 그건 괜찮았어."

내 입이 멋대로 움직였다. 목소리가 약간 작고 가늘어졌다.

"그건 괜찮은데, 중2짜리 아들이 기분 나빴어."

심장이 쿵쾅쿵쾅 뛰었다. 나는 아무렇지 않은 얼굴로 계속 화면을 들여다보았다. 이런 일쯤 아무것도 아니야. 그러니까 평소처럼 말해도 돼.

"그 녀석이 밤만 되면 내 방으로 왔어."

거기까지 이야기했을 때, 말이 거대한 영혼이 되어 내 마음을 뭉개버렸다. 전부터 쭉 누군가에게 털어놓고 싶었다. 도와달라고 하고 싶었다. 하지만 말할 수 없었다. 괴로워. 숨을 못 쉬겠어. 나는 화면만 들여다본다. 클래런스가 친구의 머리에 총을 겨눈다. 긴장감이 고조된다.

—귀찮은 놈. 움직이지 마. 숨소리도 내지 마.

어둠 속에서 손잡이 돌아가는 소리가 들린다. 공포감에 돌멩이처럼 굳은 나는 이불 위에서 차렷 자세로 시간이 흐르기만을 기다린다. 다카히로의 손이 마음대로 이곳저곳을 더듬는다. 매일 밤 나는 죽임을 당하고, 아침이면 되살아나 다시 밤이면 죽임을 당한다. 이런 날이 앞으로 쭉 계속될 거라면 운석이라도 떨어져서 지구가 박살 났으면 좋겠다고 생각했다. 그게 아니면 내가 죽든가.

갑자기 클래런스와 앨라배마의 모습이 뿌예졌다. 코끝이 시큰거렸다. 뺨으로 뚝뚝 흐르는 눈물이 간지럽다. 분하다. 그런 일 따위 아무것도 아니라는 표정을 짓고 싶다. 이러면 내가 불쌍한 아이가 되어버리잖아.

나는 이불 속으로 들어가 몸을 웅크렸다. 이불 너머 내 머리 위로 후미가 손을 올렸다. 상냥하게 쓰다듬는 순간, 내 안에서 무언가가 툭 끊겼다. 장례식장에서 울던 엄마의 우는 소리가 들린다. 그것이 나의 울음소리와 겹쳤다. 나는 이미, 너무 많은 걸 참고 있었다.

하느님, 부디 나를 엄마 아빠의 집으로 데려가주세요.

그게 안 된다면, 제발 그 집으로는 안 가게 해주세요.

화면에서 연속으로 총성이 울린다. 영화는 이미 클라이맥스다. 모두들 하나둘 죽어간다. 앨라배마가 클래런스를 부둥켜안고 절규한다. 앨라배마, 괜찮아. 클래런스는 죽지 않아. 마지막에는 둘이 함께 행복해질 거야.

하지만 나는 언제까지나 절체절명이다. 살아남을 길이 있다면 그건 후미의 옆뿐이다. 이불 너머로 머리를 쓰다듬는 후미의 손길만이 마지막 구원처럼 느껴졌다.

장마가 그치고 여름이 와도 나는 후미의 집에 있었다.

지역 뉴스에는 내 얼굴 사진이 나와버렸다.

너무 못 나온 사진을 쓴 데 화가 나서 후미에게 투정을 부렸고, 그날 저녁 식사는 아이스크림이 되었다. 하지만 타이밍 좋게 어느 정치가가 나쁜 짓을 해서 내 뉴스가 점점 묻혔다. 그와 비례해서 나도 느긋하게 몸을 쭉 펼 수 있었다.

나는 한 걸음도 밖으로 나가지 않고 여름을 났다. 부자유는 느끼지 못했다. 오히려 그토록 열망하던 안전을 손에 넣었고 수면 부족도 완전히 해소되었다. 이제 밤에 벌벌 떨지 않아도 된다. 바닥에 대자로 드러누워 창으로 들어오는 여름 햇볕을 쬐고, 목이 마르면 칼피스 소다를 마시고, 낮잠을 자거나 텔레비전을 보거나 책을 읽었다. 살과 뼈와 근육의 긴장이 나날이 구석구석 풀어지는 느낌이 들었다.

"이거, 멈출 수가 없네."

후미가 접시에 산더미처럼 쌓인 감자튀김을 노려보았다. 허니머스터드와 아이올리 소스(마늘, 겨자, 마요네즈 등으로 만든 지중해식 소스). 이 두 종류가 우리 집에서 가장 자주 쓰는 디핑 소스였다. 살찌겠네 하면서도 멈출 수 없었다. 그 달콤함과 새콤함의 영구운동에 후미도 포로가 되었다.

"컴백 소스도 맛있어. 케첩과 타바스코와 마요네즈와 우스터소스를 섞은 거야. 사워크림이랑 마늘이랑 허브를 섞은 것도 좋아해."

"다음에 만들어보자."

후미가 재료를 메모했다. 후미는 나랑 살면서 완전히 타락해버렸다. 햄에그에 케첩을 뿌리고, 저녁 대신 아이스크림을 먹고, 갖가지 배달 음식을 즐기고, 햄버거와 탄산음료라는 사악한 조합의 매력에 빠졌다.

"후미는 사는 재미를 하나도 모르네."

"사라사는 당연히 알아야 할 걸 몰라."

후미의 반격에 나는 에헤헤 하고 웃어넘겼다.

후미랑 살면서 나도 변했다. 바닥은 매일 청소기를 돌렸고, 이틀에 한 번은 젖은 걸레로 마루를 닦았고, 각종 섬유에 맞는 세탁 방법을 익혔다(엄마랑 아빠도 후미만큼 제대로 빨래를 하지는 않았다). 후미와 나의 스타일은 하루하루 조금씩 뒤섞였지만 중간은 없었다. 제대로 할 때는 제대로 하고, 게을러질 때는 하염없이 게을러졌다. 달콤함과 새콤함처럼 태만과 근면이 교차로 오고 가는 게 좋다.

아름답게 정돈된 방에서 뒹굴뒹굴하면서 여름방학을 맞은 후미와 이런저런 이야기를 나누었다. 후미는 이제 공원에 가지 않는다. 매일 나랑 시간을 보낸다.

"후미는 어른 여자 안 좋아해?"

민감한 질문도 아무렇지 않게 할 수 있었다. 후미도 처음에는 신중하게 대답했지만 어느 틈엔가 사람이 바뀌어서 느슨한 기분으로 이야기했다.

"응. 안 좋아해."

"그럼 어느 정도로 작은 아이가 좋아?"

"대략 중학생 정도까지?"

자기 일이면서 남의 일처럼 말한다.

"좋아하던 아이가 고등학생이 되면 어떻게 해?"

조금 뜸을 들였다.

"뽑아서 버려."

마치 뜰에 있는 나무를 새로 심는 듯한 말투였다.

"그렇담 저 애도 어른이 되면 버릴 거야?"

나는 방구석에 놓인 호리호리한 물푸레나무를 보았다.

그렇지. 후미가 단호하게 대답했다.

—그럼, 그때까지 좋아했던 기분은 어디로 가는데?

그렇게 묻고 싶은 걸 그만두었다. 후미의 눈에서 다시금 빛이 사라졌기 때문에. 분명 후미도 그런 건 잘 모를 테고 뭘 어떻게 해볼 수도 없는 거겠지.

"로리콘은 괴로워?"

"로리콘이 아니더라도 산다는 건 괴로운 일투성이야."

"어른이 돼도 괴로워?"

"슬프지만."

그렇구나. 어른이 되면 자유롭게 어디든지 갈 수 있으니 괴롭지 않을 거라고 생각했다. 어른이 되어도 괴롭다면 어른 같은 거 되고 싶지 않다. 그러다 문득 어떤 생각이 머리를 스쳤다.

―나도 어른이 되면 후미한테 버림받겠네.

흘끗 후미를 보았다. 후미의 눈은 변함없이 어두운 두 개의 구멍이었고, 묻지 않아도 답을 이미 아는 질문을 할 용기가 안 났다. 빨리 어른이 되고 싶다. 하지만 후미에게 버려질 거라면 쭉 아이로 있고 싶다. 도대체 어떡하면 좋을까. 우리는 입을 꾹 다물고 새콤달콤한 허니머스터드 맛 감자튀김을 먹고 또 먹었다.

요즘 판다 뉴스가 많다. 어미 뒤를 쫓아 빙글빙글 돌았습니다, 태어나 처음으로 사과를 먹었습니다. 오늘은 한 살 생일을 축하하는 뉴스로 자자하다.

"판다, 실제로 보고 싶어."

제대로 된 아침밥을 먹으며 말했다. 발아 현미밥, 두부 된장찌개, 시금치무침. 반으로 나눈 생선구이. 문과 교과서 같은 밥이 나의 건강을 유지해준다.

"본 적 없어?"

"응. 이 근처 동물원에 있어?"

후미가 인터넷으로 검색한 끝에 전철로 한 시간 정도 걸리는 동물원에 판다가 있다는 걸 알아냈다. 하지만 거기 판다는 어른 판다고 뉴스에 나오는 아기 판다가 아니다.

"그래도 좋으니까 보고 싶어. 판다, 판다, 판판다."

나는 발을 콩콩 굴렀다. 여기 오고 2개월이 지났다. 그만큼 고마웠던 안전한 생활에 나는 완전히 익숙해져 있었다. 사실은 조금 지루하기까지 해서 실종된 처지라는 사실을 잊고 있었다.

"그럼 갈까?"

후미가 인터넷 쇼핑으로 사준 원피스에 여기 올 때 신고 왔던 분홍색 운동화를 신었다. 여름이라 샌들이 좋겠지만 밖에 나가지도 않는데 새 신발을 살 이유가 없었다. 후미는 멋으로 쓰는 안경을 끼고 변장 비슷한 것을 했다. 하지만 어디로 보나 후미다.

오랜만에 본 바깥 세계는 빛나고 있었다. 시원하게 불어오는 바람, 어깨에 내리쬐는 한여름 태양, 머리칼 사이를 간질이며 흐르는 땀방울. 전철 창가에 앉아 반짝이는 풍경을 만끽했다. 나의 즐거움에 푹 빠져서 옆에 앉아 있는 후미의 상태를 살피지 못했다.

동물원은 붐비고 있었다. 특히 판다 앞은 대단해서 내가 아무리 발꿈치를 들어도 아무것도 안 보였다. 다들 휴대전화로 사진을 찍고 있어서 순서도 좀처럼 돌아오지 않았다.

"후미, 판다가 안 보여—"

뒤에서 기나리는 후미를 몇 번이나 불렀다.

내가 주목을 끌고 있다고 느낀 건 한참 지나서였다. 자꾸만 어른들과 눈이 마주쳤다. 슬쩍슬쩍 나를 보는 어른이 많았다. 어째서일까. 얼굴에 뭐가 묻었나. 뺨을 만졌을 때, 이윽고 내 상황을 깨달았다.

순식간에 판다는 아무래도 좋았다. 서둘러 후미에게 돌아가 후미의 손을 끌고 달아났지만 그게 더 사람들의 이목을 끌었다.

"가나이 사라사 양!"

누군가가 큰 목소리로 내 이름을 불렀다. 주위 사람들의 눈길이 일제히 나와 후미에게 쏠렸다. 깜짝 놀란 표정을 짓는 사람, 어안이 벙벙해진 사람. 무서운 얼굴로 어딘가에 전화를 거는 사람. 휴대전화 카메라를 내게 들이미는 사람.

"이쪽입니다. 빨리, 빨리!"

또 누군가가 외쳤다. 그쪽을 보니 빙 둘러싼 사람들을 헤치고 경찰관이 달려오고 있었다. 벌써 신고가 들어간 것이다. 심장이 벌렁벌렁 뛰기 시작했다.

"후미, 도망쳐."

나는 손을 놓으려 했다.

하지만 후미가 내 손을 꼭 쥐기에 놀라서 올려다보았다.

후미는 똑바로 앞을 보고 있다. 경찰관을 보고 있나 했지만 그게 아니었다.

"후미?"

후미의 눈은 더 먼 곳을 보고 있는 듯했다.

울 것처럼 얼굴을 찡그리고 있었지만 어쩐지 안심한 듯 보였다.

—아아, 안 되는구나.

후미의 손을 꼭 쥐는데 눈가 가득히 눈물이 고였다.

후미와 함께하는 시간이 끝날 거라는 공포를, 나는 온몸으로 느끼고 있었다.

다가온 경찰관이 이름을 물었지만 나는 대답할 수 없었다. 눈물만 줄줄 흘리는 나를 보며 경찰관이 말했다. 이제 괜찮아. 많이 무서웠지. 또 다른 사람이 후미에게 이름을 물었다. 후미는 정직하게 이름을 말했다. 뒤이어 "이 아이가 가나이 사라사 양입니까?"라는 질문에는 그렇습니다, 라고 대답했다. 확보라는 소리가 울려 퍼지고 나와 후미의 손이 잡아떼였다.

"후미! 후미!"

나는 경찰관에게 안긴 채, 반대 방향으로 끌려가는 후미를 향해 손을 뻗었다. 하지만 구경꾼들에 가려 후미의 모습이 거의 보이지 않는다.

"후미이이이, 후미이이이."

그렇게 울며 외치는 나를 수많은 사람들이 휴대전화 카메라로 촬영했다. 디지털 타투라는 사라지지 않는 낙인이, 나와 후미에게 찍히는 순간이었다.

하지만 대체, 무슨 죄 때문일까?

나는 병원에서 건강상태를 확인하는 갖가지 검사를 받았다. 여러 사람이 여러 질문을 했다. 의사, 형사, 여성 심리상담사가 교대로 병실에 들어왔다. 다들 친절했지만 나는 입을 꾹 다물었다. 입이 찢어져도 후미가 악인이 될 만한 말은 하지 말자고 다짐했다.

"그 원피스, 참 예쁘네. 오빠가 사줬니?"

병실에서 심리상담사가 물었다. 후미는 다정했다. 나를 제대로 보살펴주었다. 그 사실을 말하면 후미가 나쁜 사람이 아니란 걸 알아줄지도 모른다고 생각했다.

"다른 것도 많이 사줬어요. 티셔츠랑 스커트랑 잠옷이랑."

상담사는 내가 처음으로 입을 열어서 정말로 기쁘다는 듯 미소 지었다. 그랬구나, 하고 감탄한 것처럼 고개를 끄덕인다. 나는 한 줄기 빛을 본 것만 같은 기분이 들어서, 후미가 얼마나 착실한 사람인지 설명했다. 상담사는 오호, 하고 고개를 크게 끄덕이며 듣고 있었다.

"그럼 마지막으로 하나만 더 물어도 될까?"

내가 말을 마치자 상담사가 말했다.

"말하기 싫으면 억지로 대답하지 않아도 돼."

고개를 끄덕였다. 물론 그럴 생각이다. 후미는 내가 지킨다.

"같이 있을 때, 오빠가 사라사의 몸을 만진 적이 있니?"

깜짝 놀라 반사적으로 몸을 떨었다. 상담사의 눈이 살짝 가늘어졌다. 하지만 오해다. 내가 떠올린 건 다카히로다. 어둠 속에서 삐걱거리며 돌아가던 손잡이. 다카히로의 손이 잠옷 속으로 들어오던 일. 끈적이는 손의 감촉에 소름이 돋은 일.

혐오감을 털어내려는 듯이 나는 서둘러 고개를 가로저었다. 다카히로에게 당했던 일을 알리고 싶지 않다. 점점 땀이 배어난다. 상담사가 내 손을 잡았다.

"괜찮아, 그래, 알았어."

"후미는 아무 짓도 안 했어."

"그래, 알았어."

"아니야, 몰라. 후미는 상냥했어. 후미는 나한테 끔찍한 짓 하나도 안 했어. 끔찍한 건, 나한테 끔찍한 짓을 한 건—"

다카히로다. 그 녀석이 나쁜 거다. 그 녀석이 나한테 끔찍한 짓을 했다. 그만하라고 해도 그만두지 않았다. 그래서 나는 도망쳤다. 후미는 나를 도와줬던 거다. 그렇게 말하면 된다. 빨리. 빨리. 그렇게 말해. 그런데도 입이 열리지 않았다.

다카히로가 한 짓을, 내 입으로, 모두에게 설명한다면.

그걸 상상하는 것만으로도 지금 당장 사라지고 싶을 만큼 부끄러움이 엄습했다. 마치 내 손으로 내 심장에 칼을 꽂는 것처럼 느껴졌다. 눈물과 구토가 동시에 북받쳤다.

"후미는 안 나빠. 후미는—"

갑자기 고통이 밀려와 가슴을 짓눌렀다. 숨이 잘 쉬어지지 않았다.

"사라사 양, 잠깐 심호흡을 할까. 들이쉬고, 내쉬고."

옆에 있던 간호사가 다가와 부드럽게 등을 어루만졌다. 그러고는 상담사에게 눈짓을 했다. 상담사는 고개를 끄덕이며 병실을 나갔다. 아니야. 기다려. 내 말을 들어줘. 후미는 아무 짓도 안 했어. 나는 터무니없는 실패를 저지르고 말았다.

몇 월 며칠에 후미와 무슨 영화를 봤는지 형사들은 알고 있었다. 대여 기록이 남아 있는 듯했다. 〈트루 로맨스〉를 본 날, 어린 여자아이가 우는 소리를 같은 아파트에 사는 사람이 들었다. 그건 나 혼자 멋대로 슬퍼서 운 것인데, 후미는 아무 짓도 안 했다고 말했는데, 어째서 슬퍼졌는지 물었고, 나는 대답하지 못했다. 이유를 말하면 역시 다카히로에게 당한 짓을 알리게 된다. 후미가 점점 더 악인이 되어가는 와중에 불안해서 어쩔 줄 몰라 하는 멍청한 나에게, 더욱 무시무시한 말이 들려왔다.

"사라사 양, 이제 집에 갈 수 있어."

눈앞이 캄캄해졌다. 나에게 건강 피해는 확인되지 않았고, 그토록 가고 싶지 않았던 집으로 돌아가야 했다. 이모와는 이리로 온 첫날 만났다.

"무사해서 다행이야. 정말로 다행이야."

이모가 맨 처음 내뱉은 말이었고, 나는 죄송합니다, 하고 용서를 구했다. 그러면서도 가슴 깊이 절망하고 있었다. 나의 소원은 부서졌다. 이모가 나쁜 사람은 아니다. 그런 건 알고 있다. 하지만 아무도 모르게, 인간 취급을 받지 못하는 나날이 다시 시작된다. 코에 고리가 꿰여 끌려가는 소처럼 사는 일상으로 돌아가야 한다고 생각하니 죽고 싶었다.

하느님 같은 건 없어.

나의 소원은 이루어지지 않아.

내가 소중히 여기는 건 전부, 전부 다, 남김없이 빼앗겼어.

아빠도, 엄마도, 후미도, 다들 사라졌다. 방과 후 같은 고요함이 천천히 내 마음을 뒤덮었다. 텅 빈 교실에, 후미와의 기억이 꿈처럼 뭉게뭉게 떠다닌다.

—로리콘이 아니더라도 산다는 건 괴로운 일투성이야.

정말이네, 후미. 나는 로리콘이 아니지만 너무 괴로워. 나 때문에 후미가 악인이 되었어. 미안해. 미안해. 다음에 만나면 무릎 꿇고 사과할게. 죽으라고 하면 죽을게. 산다고 해서 좋은 일 같은 거 하나도 없을 테니까.

집으로 돌아온 날, 이모와 이모부는 내게 몹시도 친절했다. 다카히로는 어서 와, 하고 희미하게 웃었을 뿐이었다. 그리고 그날 밤 한밤중에 다시 내 방문 손잡이가 돌아갔다. 끼

익……. 악마가 켜는 바이올린 소리 같다.

"일어나."

어둠 속에서 다카히로가 속삭였다.

"너, 유괴된 동안 온갖 짓 다 당했지?"

어두운 탓에 다카히로의 얼굴이 잘 보이지 않았다. 천천히 이불이 젖혀졌다.

그날, 나는 한 가지 결심을 했다. 지구가 무너지든지 내가 죽든지. 하지만 세 번째 선택지가 있었다. 다카히로를 죽이면 된다. 곰곰이 생각해보니 나는 이제 잃어버릴 것이 없다. 감옥에 가는 것쯤 아무것도 아니고 이 집에 비하면 감옥이 낫다.

나는 일어나 미리 손에 들고 있던 이모부의 술병으로 다카히로의 머리를 힘껏 내리쳤다. 둔중한 소리와 엄청난 비명이 울려 퍼졌다. 옆방 문이 벌컥 열렸다. 이리로 달려오는 이모와 이모부의 발소리. 문이 열리고 불이 켜졌다. 머리에서 피를 흘리고 있는 다카히로와 흉기를 들고 이불에 털썩 주저앉아 있는 나의 모습이 드러났다.

"뭐야. 무슨 일이야, 이게 무슨 일이야."

이성을 잃은 이모가 나와 다카히로를 번갈아 보았다.

"전부터, 밤마다 내 방에 왔어."

한계를 넘은 분노 탓에 내 목소리는 거꾸로 침착했다.

이모가 헉하고 날카로운 숨을 내뱉었고, 이모부는 쩍 하니 입이 벌어졌다.

"거짓말이야, 나, 아무 짓도 안 했어."

다카히로가 울며 변명했지만 소용없었다. 실제로 너는 지금 내 방에 있으니까. 이놈이…… 하고 이모부가 다카히로의 잠옷 앞섶을 움켜쥐었다. 그만해, 다쳤잖아. 이모가 둘 사이를 떼어놓았다. 다카히로는 훌쩍훌쩍 울고 있었다.

다카히로는 이모부가 운전하는 차를 타고 응급실로 갔고 이모도 따라갔다. 남겨진 나는 후련해져서 금세 잠이 들었다. 나중에 이모에게 들은 바로, 나는 큰대자로 뻗어 코를 골며 새근새근 자고 있었다고 한다. 그런 일이 있었는데 믿을 수가 없었다고.

그렇게 해서 집으로 돌아온 바로 그날, 나는 완전히 애물단지가 되었다.

나는 아동 보육시설로 가게 되었다. 내가 이유도 없이 갑자기 다카히로의 머리를 술병으로 내리친 것으로 되어 있었다. 많은 어른들이 이유를 물었지만, 나는 입을 열지 않은 채 구토를 하거나 몸을 벌벌 떨었다. 등을 어루만지는 간호사 뒤에서 안심하는 이모와 눈이 마주쳤다. 다카히로의 이름이 나오지 않은 데에 이모는 안도하고 있었다.

나는 이모와 다카히로를 원망하는 만큼 나의 유약함이 미웠다. 있었던 일을 있는 그대로 말하지도 못한다. 말없이 눈물을 쏟는 나에게 사건 탓에 신경이 불안정해졌구나, 하고 의사가 말했다.

집을 나올 때, 이모와 이모부는 내 얼굴을 보지 않으려고 눈길을 피했고, 다카히로는 자기 방에서 나오지도 않았다. 남을 아프게 하면서 자기 아픔에는 나약하기 짝이 없다.

두 손에는 갈아입을 옷이 든 가방을 들고, 등에는 벤치에 두고 왔던 무겁고 딱딱한 란셀을 멨다.

나는 앞으로도 쭉, 이것들을 이고 지고 걸어야겠지.

엄마처럼 맨손을 휘휘 저으며 걷는 건 불가능하다.

도망칠 길 없는 무게를 깨달은 그때, 나의 어린 시절은 끝났다.

3장

그 여자 이야기 2

저녁이 되자 대학생 아르바이트생이 "수고하셨습니다!" 하고 힘차게 들어온다. 하루 종일 수업을 듣고 왔을 텐데 다들 발랄하다. 나는 "먼저 갑니다" 하고 홀을 빠져나왔다. 주방을 지나 주방 직원들에게도 인사를 하며 로커 룸으로 향했다.

"가나이 씨, 이번 주 일요일에 런치 타임만이라도 나와줄 수 없을까?"

점장의 말에 일요일은 힘들다고 거절했다. 내가 근무 시간을 바꿔주지 않는 건 늘 있는 일인데 그래도 매번 묻는다. 어느 패밀리 레스토랑 점장에게나 근무 시간표 짜기는 큰 골칫거리다. 점장은 불쌍할 정도로 고민에 빠진 표정으로 물러났다.

로커 룸은 같은 시간대에 일하는 여성들로 소란스러웠다. 같은 쇼핑몰 내에서 일하다 보면 매장이 달라도 얼굴이 익숙해진다. 새로 생긴 홍차 가게에 들르지 않겠냐며 다 같이 요란하다. 나는 묵묵히 옷을 갈아입었다.

"가나이 씨는 안 가요?"

히라미쓰 씨가 말을 걸었다. 같은 매장에서 나는 홀을, 히라미쓰 씨는 주방을 맡는다.

"미안합니다. 오늘은 좀."

"그래요? 그럼 다음에."

근무 시간표 때처럼 거절했다. 늘 있는 일이다. 그래도 매번 말을 걸어준다. 히라미쓰 씨는 남을 잘 배려하기로 평판이 좋은 사람이다. 나는 매번 거절하는 게 귀찮다고 생각한다.

아침부터 가랑비가 내려서 접이식 우산을 펼쳐 역으로 향했다. 피부가 습기에 휩싸여 끈적거린다. 6월 말. 집에서 가까운 역에 내려 슈퍼에 들렀다.

토마토가 한 상자 400엔으로 아주 싸다. 오랜만에 통조림이 아니라 생토마토로 미네스트로네 수프를 만들어볼까 생각했지만 료가 토마토를 안 좋아해서 관뒀다. 그리고 보니 료가 예전에 사귀던 사람은 토마토뿐 아니라 신맛이 나는 음식을 거의 다 못 먹었다던가.

잿빛으로 꽉 막힌 하늘을 올려다보며, 나는 오늘 저녁 메뉴를 생각했다.

고등학교를 졸업한 뒤 보육시설을 나와 기계 부품을 다루는 회사에 사무원으로 취직했다. 9년 동안 시설에 살면서 이모 집과는 또 다른 위험과 마주했다. 초등학교 1학년생부터 고등학교 3학년생까지 같은 지붕 아래서 사는 아이들은 제각기 사정이 있어서, 평소에는 평범하지만 무슨 일이 벌어졌을 때는 무시무시한 폭력성을 띠었다. 내가 술병으로 다카히로를 내리친 것처럼 분노를 참지 못하고 위험한 짓을 저지르는 아이가 많았다. 어른들 눈이 닿지 않는 곳에서는 따돌림도 있었기에, 나는 목표물이 되지 않도록 온통 세심한 주의를 기울이며 살았다.

고등학교를 졸업하고 보육시설을 나왔을 때는 안도했지만, 실수령액 13만 엔으로는 병이라도 걸리면 생활이 어려워질 게 뻔해 불안에 떨었다. 밤이나 휴일에도 아르바이트를 할까 했는데 당시 애인이 같이 살자고 했다.

고등학생 때 처음 구한 아르바이트 자리에서 알게 된 연상의 남자였다. 생활비를 분담할 수 있다는 건 솔직히, 도움이 되었다. 하지만 동시에 단순한 의문이 일었다.

—같이 살 만큼, 내가 이 사람을 좋아할까.

대답을 주저하는 나를 보고 오해를 했는지 애인이 강하게 말했다.

—걱정할 것 없어. 사라사는 내가 지킨다.

애인은 내가 과거 일본을 떠들썩하게 만든 '가나이 사라사 양 유괴사건'의 피해 아동이라는 사실을 알고 있었다. 가끔씩 내게 시나칠 성노도 베푸는 상냥함의 원천이 서기 있었다.

그 애인과는 4년 정도 같이 살다 헤어졌고, 그 후 료와 사귀어 같이 살게 되면서 회사를 그만두었다. 료는 당시 내가 다니던 회사의 거래처 사람이어서, 나 때문에 료까지 이런 저런 말을 듣는 게 싫었다.

아무리 입을 다물고 있어도 나의 이름은 나를 자유롭게 놓아주지 않았다. 인터넷에 돌아다니는 정보에 목덜미가 잡혀 초중고, 아르바이트, 직장에서도 내가 '가나이 사라사 양 유괴사건'의 피해 아동이라는 사실이 반드시 퍼져나갔다.

—너, 유괴된 동안 온갖 짓 다 당했지?

다카히로의 그 말은 세상이라는 것의 정체를 꽤나 잘 드러낸 것이었다.

세상 사람들이 바라보는 혐오의 눈빛은 피해자에게도 해당되는 것임을 알고 아연했다. 위로나 배려라는 선의의 형태로 '상처 입은 불쌍한 여자아이'라는 도장을, 내 머리끝에서 발끝까지 쾅쾅 찍어댄다. 다들 자기가 상냥하다고 생각한다.

나는 분명 상처를 입었다. 하지만 내게 상처를 준 건 후미가 아니다. 다카히로는 아무런 벌도 받지 않고 태평하게 대학까지 졸업해서 취직하고, 지금도 착한 사람인 척 살고 있겠지. 나는 이모 일가와 연하장조차 주고받지 않는다. 핏줄만 이어졌을 뿐 남이다.

그보다 내게는 모두에게 호소하고 싶은 일이 있었다.

—후미는 이상한 짓을 전혀 하지 않았다.

—후미는 아주 착하고 상냥한 사람이었다.

하지만 호소할 때마다 사람들은 나를 동정했다. 질 게 뻔한 게임에 억지로 끼어든 기분이었다. 나에게 남은 수단은 반응하지 않는 것뿐이었다. 동정이나 선의도 조용히 웃으며 흘려보낸다. 나는 언제부터인가 침착한 사람이라고 불리게 되었다.

집에 가서 식재료를 냉장고에 넣고 소파에서 쉬었다. 불은 켜지 않았다. 밖에는 비가 내렸고 나는 어스름한 방에서 눈을 감고 어수선한 마음을 가라앉혔다. 구두에서 해방된 발끝을 천천히 펴자 전신에 피가 돌았다.

널찍한 거실, 부엌과 침실. 료와 함께 사는 아파트는 낡긴 했지만 전면 리모델링되어 있어서 쾌적하다. 나나 료는 집 꾸미는 취미가 없어서 인테리어가 아기자기하지는 않지만 더없이 차분했다.

—후미의 방도 그랬다.

군더더기가 없었고 후미라는 사람 자체도 교과서처럼 올발랐다. 사는 데 필요한 일을 매일매일 제대로 해나갔다. 나는 그런 후미의 생활을 꽤나 어지럽혔다. 햄에그에 케첩을 뿌리는 일부터 시작해서 게으른 휴일을 보내는 방법까지. 얼마나 방약무인했는지. 미간을 찌푸리며 억지로 회상을 그만두었다.

조금 쉬었다가 저녁을 지었다. 슬슬 가지를 써야 해서 살짝 매콤하게 볶았다. 날씨가 후텁지근하니 식혀뒀다가 나중에 생강을 더해주자. 메인 요리는 삶은 양배추로 싼 닭고기 양념구이. 당근 피망 참깨무침에 소송채를 넣은 된장국.

료의 고향 집은 야마나시현(縣)에서 농사를 짓는다. 한 달에 두 번 정도 택배로 채소가 배송된다. 날씨가 오락가락해서 채소값이 급등했을 때는 도움이 되었다. 항상 할머니의 편지가 들어 있었다. 건강하니? 감기 걸리지 않도록 몸조심해라—

벨이 울려서 "네!" 하며 현관으로 달려갔다. 어안렌즈 너머로 료의 모습을 확인하고 문을 열었다. "다녀왔습니다"와 "어서 와"를 동시에 교환한다.

"아, 다 젖었어. 비도 비지만 습기가 엄청나."

"오늘 진짜 무더웠지."

"먼저 샤워하고 올게."

부엌과 침실에서 대화를 나누며 티셔츠와 팬티 한 장 차림으로 나온 료가 내 앞을 지나갔다. 샤워하는 소리를 들으며 나는 서둘러 식탁을 차렸다.

"오늘도 채소 가득 코스네."

젖은 머리칼의 료가 식탁에 앉는다. 맞은편에 앉아 잘 먹겠습니다, 하고 합장을 한다. 양배추로 싼 닭고기 양념구이 하나가 몽땅 료의 입안으로 사라진다.

"음, 맛있네."

활짝 웃는다. 무방비하게 밥을 먹는 것은 료의 장점이다.

솔직히 내 음식이 특별히 맛있다고 생각하지는 않는다. 어릴 때 부모와 헤어지고 그 뒤로는 시설에서 자랐기 때문에 요리는 거의 책으로 배웠다. 일단 모양은 비슷하지만 가정의 맛은 아니다. 이래저래 어설픈 맛을 산지 직송 채소가 보완해주고 있다.

"맨 처음 료네 집 채소를 먹고 슈퍼랑 맛이 너무 달라서 놀랐어."

"그야 그렇지. 우리 집은 무농약이니까."

료는 자신만만해하더니 문득 표정이 어두워졌다.

"하지만 그것도 언제까지 가능할지."

"왜?"

"요즘 할머니 상태가 나빠지셨어."

"그래?"

"연세가 많으시니까 어디 편찮으신 건 당연한데 밭에도 못 나가신대. 요전에 아버지가 전화해서는 조만간 얼굴 뵈러 오라고 하시더라."

"그럼 이번 주 일요일이라도 다녀와."

"음, 그건 그런데, 어쩌면 좋을까."

묘하게 흐지부지한 말투라 무슨 일인가 싶었다. 열차로 편도 두 시간 남짓이니 하루 만에 다녀올 수 있는 거리이고, 무엇보다 료는 할머니를 좋아한다.

부모님이 일찍 이혼해서 할머니 손에 컸다고 들었다. 노인은 남자아이를 귀하게 여긴다. 게다가 외아들이라 귀여움을 잔뜩 받고 자랐으리라. 료는 자기 손에 열쇠가 있어도 나한테 현관문을 열게 하는 남자다. 그게 무척 당연한 일이라고 생각한다.

"일이 바빠?"

"그건 아닌데 널 데리고 오라고 하셔."

"나?"

"아버지가 그러셨어. 벌써 2년이나 같이 살았고 슬슬 상대방 부모님도 걱정하실 거라면서. 할머니도 언제까지 건강하실지 모르고, 이쯤에서 결혼하고 가정을 꾸려서 증손자 얼굴이라도 보여드리고 안심시켜드리라고."

료는 한숨을 쉬며 난처하네, 라고 하면서 참깨무침으로 젓가락을 가져갔다. 부모 입장에서는 바르고 건실한 의견이리라. 하지만 증손자라니. 너무 갑작스러운 말에 당황했다.

"그래서 어쩌면 좋을까 싶어서 말이야. 아버지와 할머니에게는 사라사의 과거에 대해 아직 상세하게 말씀을 안 드렸어. 물론 언젠가는 말씀드릴 생각이지만. 사라사에 대해 아무 언급 없이 결혼하는 건 부모님께 못할 짓이라는 생각도 들고. 타이밍 문제겠지만."

나는 말없이 눈만 깜박였다. 료가 무슨 말을 하고 싶은지는 안다. 나와 가족이 된다는 건 싫든 좋든 료의 아버지와 할머니까지 나의 과거로 끌어들이는 일을 의미한다. 결혼해서 다른 사람 입으로 듣는 것보다야 먼저 말하는 편이 낫다.

하지만 대체 언제, 우리가 결혼한다고 결정했지.

"뭐, 놀라시기야 하겠지. 하지만 아버지나 할머니나 그런 걸로 결혼을 반대하는, 그런 가벼운 인간은 아니고, 제대로 설명하면 허락해주실 거야. 그러니까 사라사는 아무 걱정하지 마."

"……걱정."

멍하니 되뇌었다. 나와 료 사이에 결혼 의지가 확실해지면 그런 걱정도 할 수 있겠지. 하지만 이제껏 우리는 한 번도 결혼 이야기를 한 적이 없다.

"그럼 이번 주 일요일에 집에 말씀드리게 같이 가자."

"아, 오는 일요일은 근무가 있어."

재빨리 거짓말을 했다. 어? 료가 얼굴을 찡그렸다.

"서로 휴일은 맞추자고 약속했잖아."

"미안. 아르바이트생이 부족해서 꼭 좀 나와달라고 점장이 부탁해서."

저자세로 사과하니 료는 얼굴을 찡그린 채 한숨을 쉬었다.

"요즘은 어디나 일손이 부족하니까. 하지만 그렇게 애쓰시 않아노 돼. 내 월급으로노 충문하니까, 사라사는 여유 있게 집안일을 해주는 게 나한테도 도움이 돼."

"그래도 혹시 무슨 일이 생길 때를 대비해서 나도 일을 하는 게 낫지 않겠어?"

"무슨 일씩이나 되나. 그냥 아르바이트잖아."

쓴웃음을 짓는 료에게 스멀스멀 반발심이 끓어오른다.

"사라사가 착하니까 쉽게 보고 그러잖아. 안 되는 건 확실하게 안 된다고 거절을 해. 겨우 아르바이트 가지고 책임 운운하는 게 말이 되나."

그럴지도 모르겠네, 하고 대답하며 조금 다른 식으로 말해주면 좋겠다고 생각했다. 하긴 처음 만났을 때부터 료는 좋은 쪽으로든 나쁜 쪽으로든 단순한 사람이었다.

료와는 이전 직장에서 만났다. 고등학교 졸업 후 다니던 회사는 가족적인 분위기여서 종종 거래처 사람들과 함께 술을 마시러 가는 일이 있었다.

―가나이 씨, 참 끔찍한 일을 겪었겠어. 나도 딸이 있어서 남 일 같지가 않아.

연말 술자리에서였다. 술 취한 거래처 과장의 말에 좌중이 찬물을 끼얹은 듯 조용해졌다. 평소에는 성격 좋고 올 때마다 과자 선물 같은 걸 들고 오는 사람이었다.

―2개월이나 로리콘에게 감금되다니. 나라면 범인 놈을

콱 죽여버렸을 거야.

내가 말없이 눈을 내리깔자 과장 부하로 동석했던 료가 "과장님, 같이 화장실 가시죠" 하고 억지로 과장을 끌어냈다. 두 사람이 사라지자 자, 마셔, 마셔, 하며 다들 한층 밝게 행동했다. 방금 일어난 일은 모두 모른 척했다.

2차 노래방은 패스하고 역으로 가는데 료가 말을 걸어왔다.

"가나이 씨, 벌써 갑니까?"

"노래방은 별로 안 좋아해서."

"저도요. 전철 타세요?"

"네."

"그럼 거기까지 같이 갑시다."

아주 자연스럽게 나란히 걷기 시작했다. 아까는 고마웠다는 인사를 해야 하나 말아야 하나 고민하는데, "조금 전에는 거북했죠?" 하고 료가 먼저 이야기를 툭 꺼냈다.

"우리 과장님, 평소에는 좋은 사람인데 술만 들어가면 저래요."

"괜찮아요. 익숙하니까."

"익숙해요?"

아슬아슬하게 무신경에 가까운 질문에, "뭐든 익숙해지는 게 편해요" 하고 나도 따라서 단순하게 대답해버렸다.

"흠, 그렇구나."

료는 또 대충 쉽게 납득했고, 나는 어쩐지 기분이 이상했다. 거래처 영업팀이라 인사 정도는 했지만 료와 친근하게 이야기를 나눈 석은 그날 밤이 처음이었다.

나는 그때 마침 동거하는 애인으로부터 헤어지자는 말을 들었다. 평범한 연애를 하고 싶다는 게 상대방의 변명이었다. 나를 전 피해 아동으로 대하며 늘 비호 아래 두고 싶어 했던 건 그 사람인데, 자기가 그 일에 지쳤다고 했다. 불합리하다고 느꼈지만 나와 과거 사건을 완전히 분리해서 생각해 달라고 하는 것도 억지일지 모른다.

게다가 나는 그와 살면서 생활에 안정을 얻었고, 무슨 일이 생기면 그가 도와줄 거라는 안도감이 있었다. 비호는 받고 싶으면서 대등하게 대해달라는 건 내 편의만 봐주기를 바라는 것이다. 애인을 향한 나의 마음에는 늘 애정 이외의 것이 섞여 있어서 그것이 나를 입 다물게 했다.

이런저런 이야기를 하다가 이사할 집을 찾고 있다고 했더니, 료가 부동산 회사에서 일하는 지인을 소개하겠다고 했다. 보증인 문제도 상담을 받으면서…… 라고 하는 흔히 있는 경위로, 나와 료는 가까워졌다.

—결혼이라.

욕조에 몸을 담그며, 갑작스러운 전개네 하고 수증기로 뿌예진 천장을 올려보았다. 나이 들어 결혼하는 인구가 늘었다는 둥 젊은이들이 결혼을 안 한다는 둥 뉴스에서는 말이 많지만 빠른 애들은 빠르다. 스물네 살에 결혼한다고 해서 딱히 나쁠 건 없다.

문제는 내가 료와 정말 결혼하고 싶은가 하는 것이다.

설거지하는 동안 료는 거실에서 텔레비전을 보았다. 같이 일을 하는데 집안일의 70퍼센트는 내가 한다. 그 대신 생활비의 70퍼센트는 료가 부담한다. 전구도 갈아주고, 떨어진 덧문도 고쳐주고, 벌레가 나오면 퇴치도 한다. 장을 보러 가면 무거운 짐을 들어준다. 페미니즘적 논의는 차치하고서라도 나와 료는 생활 밸런스가 맞았다. 하지만 그런 것은 사소한 사건으로도 언제든지 바뀐다.

─제대로 설명하면 허락해주실 거야. 그러니까 사라사는 아무 걱정 하지 마.

료가 그렇게 말했을 때, 나는 내심 고개를 갸웃했다.

대체, 뭘 허락한다는 거지.

내가 무슨 죄라도 지었나.

료는 단순히 나를 격려하려는 것이었겠지만 나는 그게 마음에 걸렸다.

시부모님이니 증손자니 하는 말도 그렇다. 오락가락하는 저울 위에서 조심스레 균형을 잡고 사는 지금의 생활을 뒤흔드는 언어들. 장대를 들고 줄타기하는 곡예사가 되어버린 기분에 한숨이 절로 났다. 애인에게 프러포즈를 받은 여자는(엄밀히 말해 받은 건 아니지만) 더 기뻐해야 하는 거 아닌가.

"사라사."

목욕을 하고 나와 머리를 말리는데 료가 다가왔다. 젖은 머리칼에 키스를 했고 그런 분위기를 느껴 헤어드라이기를 껐다. 료가 내 손을 끌고 침실로 걸어간다.

"내가 결혼 이야기 꺼내서 혹시 화났어?"

"아니."

나는 당황스러울 뿐이다. 허락도 못 받고 결혼을 전제로 만나자는 이야기를 들으면, 다른 여성들은 어떤 태도를 취할까. 내가 너무 예민한가. 나는 료가 좋다. 그것과 별개로, 내 의견을 물어봐주기 바라는 건 욕심인가. 나는 그저, 나에게 내밀어준 사랑을 웃으며 받아들이면 되는 건가.

"갑작스러워서 놀랐겠지만 나는 전부터 쭉 생각하고 있었어."

어둠 속에서 잠옷 단추를 풀어간다. 늘 이 단계에서 반사적으로 혐오가 끓어올랐다. 료의 탓이 아니다. 늘 있는 일이다. 그래서 그 기분을 억지로 억눌렀다.

"사라사는 아무 걱정 할 것 없어. 내가 제대로 할 테니까."

알고 있다. 지난번 애인도, 료도 비슷한 말을 했다. 마음은 고맙고, 그들과 사는 게 현실적으로도 나를 지켜준다. 기댈 가족 없는 내게는 정말로 든든한 일이다. 하지만.

"료는 내가 가엾다고 생각해?"

료의 움직임이 멈췄다.

"나, 료가 생각하는 것만큼 가여운 사람 아니야."

잠시 고요함이 흘렀다.

"음, 그럼 됐어. 행복해지자."

료가 위로하듯 다정하게 손으로 내 머리칼을 빗겼다.

내가 하고 싶은 말이 전해지지 않았다.

이런 때 그런 이야기를 꺼낸 나도 나빴다.

나는 눈을 감고 이제부터 우울한 시간을 견디기 위한 자세를 취했다.

말을 꺼낸 적은 없지만, 나는 성행위를 좋아하지 않는다. 행위가 진행될수록 목욕물로 따뜻하게 데워둔 몸이 차게 식는다. 료 이전에 사귀던 사람과도 그랬다. 아무리 귀를 틀어막아도 한밤중 손잡이 돌아가는 소리가 귓가에 쟁쟁하다.

행위가 끝난 뒤, 료는 어마어마하게 큰 숨을 내쉬며 내 옆에 큰대자로 뻗었다. 내가 잠옷을 입는 동안 벌써 코를 골기 시작한다. 만족스럽게 완전히 안심한 숨소리에 나는 언제나 곤혹스러움을 느낀다. 같은 행위를 공유하는 우리에게 이런 차이는 무얼 의미할까.

"있지, 료."

작은 목소리로 말을 걸었다.

"료는 저녁밥으로 아이스크림이 나오면 어떻게 할래?"

"……응? 아이스크림 같은 게 밥이 되나."

료는 귀찮은 듯 몸을 뒤집으며 등을 보였다.

그렇지, 하고 나는 소용히 침대를 내려와 서실로 나왔다.

그것도 괜찮지, 하고 말해주었다면 나는 오는 일요일 야마나시에 갔을지도 모른다. 나의 과거에 대해 성가신 설명을 하고, 결혼 허락을 받기 위해 료의 식구들에게 잘 부탁드린다며 고개를 숙였을지도 모른다. 물거품처럼 사라진 미래의 이야기다.

─있잖아, 후미라면 어떻게 하겠어?

마음속으로 물었다. 옛날부터 후미에게 이런저런 질문을 했다. 있잖아, 후미, 이런 일이 있었는데 어떻게 생각해? 있잖아, 후미, 내가 이상한 거야? 있잖아, 후미. 있잖아, 후미. 답이 올 리 없지만 지금은 진정제 먹듯 같은 질문을 반복하는 버릇만 남았다.

예전에는 후미의 꿈을 자주 꾸었다. 후미의 방 창가에서 일어나 뒤척이며 올려다보던 흔들리는 커튼과 푸른 하늘. 그곳은 얼마나 마음 편한 곳이었나. 마음 놓고 살 수 없었던 보육시설의 이층 침대에서, 마지막으로 한 번만 더 후미의 방에서 잠들기를 꿈꾸며, 나의 십대는 만성적인 수면 부족으로 흘러갔다.

중학 시절, 고교 시절, 제일 친한 친구에게 남몰래 고백한 적이 있다.

─상냥한 사람이었어.

─교과서처럼 전부 제대로 하는 사람이야.

─마르고 팔다리가 긴, 흰 칼라꽃 같은 사람이었어.

친구들은 하나같이 곤란한 표정을 지었다. 말하지 말 걸 그랬다고 후회했다. 역시 그때 그 사건은 이상한 일이었을까. 나를 지키기 위해서, 내 가슴과 머리가 적당히 각색한 기억일까. 나조차 점점 믿을 수 없게 되어서, 언제부터인가 나는 다른 기억장치를 들여다보게 되었다.

소파에 앉아 노트북을 열었다. 인터넷 검색창에 '가나이 사라사' '유괴사건'이라고 치니 사건 관련 기사가 줄줄이 나온다.

초등학교 4학년 여자아이 실종사건. 프라이버시 보호를 위해 당초 보도는 지역 뉴스에서만 흘러나왔다. 하지만 아이를 데려간 것이 열아홉 살 대학생이라는 사실이 알려진 순간 미디어가 끓어올랐고, 전국구 와이드 쇼에서 연일 보도 경쟁이 벌어졌다.

내가 충격을 받을까 봐 차단했기에, 당시에는 사건에 관한 보도를 일체 볼 수 없었다. 나는 사건이 있고 몇 년이 지나 인터넷 기사로 알게 되었다.

피해 아동에게 폭력적이고 비도덕적인 영화를 보여주었다는 점. 추잡한 성욕을 불러일으키는 귀여운 디자인의 옷을 사주었다는 점. 나중에는 휴일에 피자를 시켜 먹었다는 아주 평범한 내용까지 로리콘 남성의 구질구질한 생활로 알려져 있어서 나는 아연실색했다.

〈트루 로맨스〉는 내가 요청한 영화다. 옷은 인터넷으로 내가 좋아하는 디자인을 골랐고 후미는 구입을 해주었을 뿐이다. 여자아이가 귀여운 옷을 입는 게 남자의 성욕을 부추기는 일일까. 나는 혼란에 빠졌다.

어른이 된 지금, 후미가 한 점의 문제 없이 결백하다고는 생각하지 않는다.

소파에서 자는 나를 응시하던 어두운 구멍 같은 눈. 케첩을 닦아주는 척하면서 내 입술에 닿았던 후미의 손끝. 그런 행위에는 성욕이 잠재해 있지 않았을까. 돌이켜보면, 나는 꽤나 위험한 다리를 건너고 있었다.

그래도 후미는 내가 싫어할 만한 행동을 하지 않았다. 침대는 내게 양보하고 자기는 거실에서 잤다. 기억 속 어떤 장면을 떠올려보아도 후미는 이성적이었다. 내가 마음대로 들어가 산 게 결과적으로 후미가 납치한 상황이 되어버렸다.

그게 변명이라는 사실도 잘 안다. 설령 내가 집에 있게 해달라고 부탁했더라도 후미는 승인해서는 안 되었다. 그보다 먼저 내게 말을 걸어서는 안 되었다. 그게 맞다. 변명의 여지는 없다. 나는 고개를 숙이고, 하지만, 하고 내 발끝을 향해 중얼거렸다.

—이모 집으로 갈 바에는 죽는 게 나았어.

—후미의 집은 안전하고 마음이 편했어.

아무에게도 내 목소리가 닿지 않았다. 가장 가까운 당사자인 나는 어른이 전력을 다해 지켜야 할 '어린아이'라는 두꺼운 유리 벽 속에 갇혀 있었기 때문이다.

유일한 구원은 후미 자신도 미성년이어서 실명과 얼굴 사진이 나오지 않았다는 점이다. 하지만 인터넷 세계에서는 그런 최저한의 규칙마저 통용되지 않았다. 자신과 아무런 관계가 없는 사건이나 인물에 대해 시간과 수고를 들여 무보수로 조사하는 한가한 사람들이 어마어마하게 많아서, 후미의 이름과 이력이 금방 알려졌고 고향이나 가족구성원 정보까지 나왔다. 회사를 경영하던 아버지와 교육에 열정적이었던 가정주부 어머니, 유명한 대학에 다니는 형이 하나 있다. 이것만 봐서는 아주 평범한 가정이다.

하지만 나의 기억에 비춰보면, 어떠한 가정의 모습이 떠오른다. 어릴 때는 단순히 그렇구나 하고 들었던 육아 서적과 생활 방침 서적이라는 단어. 이상하리만치 잘 정돈되어 있던 실내. 혼자 사는 남자 대학생 이미지와 동떨어진, 교과서 같았던 후미의 생활. 똑바로 살아야 한다는 다짐이 대단했다.

—후미도 늦잠을 다 자네.

그때 후미가 벌벌 떨던 반응을 기억한다. 겨우 늦잠 정도 가지고.

그로부터 15년이 흘렀다. 하지만 클릭 한 번만으로 세상 사람 모두가 너무나 쉽게 열아홉 살의 후미와 아홉 살의 나를 만날 수 있다. 사신뿐만 아니라 영상까지 있나.

'후미이이이, 후미이이이.'

경찰관에게 안겨 울면서 손을 뻗은 나와, 경찰관에게 두 팔을 묶인 후미의 모습이 슬쩍슬쩍 비친다.

이 영상이 어떤 경위로 세상에 퍼졌는지는 확실치 않다. 여름방학이라 동물원에는 가족 단위의 사람들이 많았다. 그중에는 비디오카메라로 촬영을 하고 있던 사람도 있었으리라. 그런 가운데 어쩌다 체포 드라마가 펼쳐진 것인지도 모른다. 그걸 동영상 사이트에 올린 사람에게 특별한 악의는 없었을 거라고 생각한다. 그저 귀중한 순간이라고 생각해서 올렸으리라.

요즘 시대에 특별히 귀한 것은 별로 없다. 사람이 살해당하는 장면도 검색하면 쉬이 볼 수가 있다. 미성년이라고 해서 달라지는 건 없다. 선량한 사람들의 호기심을 충족시키기 위해서라면 그 어떤 비극도 뼛속까지 발라내진다.

나는 그때 억지로라도 후미의 손을 뿌리쳤어야 했다. 밀쳐내서라도 후미에게서 도망쳤어야 했다.

하지만 나는 너무 어렸다. 혼자서는 아무것도 할 수 없는, 약하고 멍청한 어린이였다.

그 손을 놓으면 아빠나 엄마처럼 후미도 사라질 것만 같아서, 나의 나약함이 후미의 손을 꼭 쥐게 했다. 그게 후미를 어떤 운명으로 내칠지 알지 못한 채. 지금도 생각한다. 그 순간으로 돌아간다면, 나는 이번에야말로 후미의 손을 놓겠다.

영상에는 많은 댓글이 달려 있다. 여자아이를 유괴하는 정신 나간 대학생과 불쌍한 피해 아동. 같은 자료를 두고 완전히 다른 우리가 만들어졌고, 세상은 그게 진짜 후미와 나라고 생각한다.

조악한 영상 속에서 울부짖는 어린 여자아이. 이 아이는 누굴까. 나이면서 내가 아니다. 하지만 료와 이 집에 사는 내가 진짜 나일까.

빛나는 화면에서 시선을 떼고 간접조명이 켜진 거실을 둘러본다.

가끔씩 내가 정말로 가여운 아이 같다. 다들 지나치게 나를 배려해서 이전 애인이나 료가 생각하는 것처럼 괴로운 과거를 가진 상처받은 아이가 된다. 그걸 받아들이고 비호를 받는다면 마음이 편할까. 고개 숙여 고맙다고 말하며 가여움을 받아들인다면?

—있잖아, 후미, 나는 어떤 아이였어?

무엇이 진짜 나인지, 이제 잘 모르겠다.

저녁으로 아이스크림을 먹으면 안 되는 이유도 여전히 모른다.

앞으로도 영영 모르겠지.

—있잖아, 후미, 너는 지금 어떻게 지내?

"사라사, 셔츠랑 속옷 좀 꺼내줘."

세면실에서 들려오는 료의 말에 응, 하고 아침밥을 짓던 손을 멈추고 침실로 향했다. 옷장에서 세탁소 비닐에 들어 있던 와이셔츠와 양말과 속옷과 손수건을 두 세트 꺼낸다.

"셔츠는 흰 거랑 하늘색 줄무늬로."

응. 또 대답한다. 이미 그 두 종류를 준비했고 와이셔츠에 어울리는 넥타이도 꺼내놓았다. 휴대전화와 노트북 배터리, 날씨가 후텁지근하니 디오더런트 용품까지 출장에 필요한 걸 가방에 넣었다.

"올 때 뭐 사 올까?"

현관에서 구두를 신으며 료가 묻는다. 오늘부터 사흘간 간사이로 출장을 간다.

"일하러 가는 건데 신경 쓰지 마."

"그럼 대충 적당한 거 사 올게."

"고마워. 몸조심해."

"무슨 일 생기면 연락해."

료는 내 머리를 톡톡 두 번 쓰다듬고는 나갔다.

현관문이 닫힌 뒤 나는 으음 하고 기지개를 켰다. 부엌으로 돌아가 저런, 저런 하며 식탁을 본다. 료의 접시는 다 비었지만 내 접시는 손을 못 대서 햄에그가 차게 굳어 있다. 료가 출장 갈 때마다 나는 짐 싸느라 밥 먹을 여유가 없다. 늘 있는 일이다.

먹어볼까, 하고 일어나 냉장고에서 케첩을 꺼냈다. 료를 배웅하고 나면 평소보다 여유가 있다. 천천히 아침을 먹자. 햄에그에 케첩을 뿌린다. 빙빙 돌려 소용돌이를 만들며 들떠 있는 자신을 발견했다.

료를 좋아하긴 한다. 결혼은 주저되지만, 그건 결혼에 뒤따르는 여러 가지가 우리의 균형을 깨뜨리는 것이 불안하기 때문이고, 지금 이렇게 같이 살 만큼은 좋아한다. 그런데도 료가 출장을 가버리면 마음이 놓인다.

부엌에서 거실을 바라보았다. 오늘도 비가 와서 거실은 잿빛과 푸른빛이 섞인 색으로 잠겨 있다. 조용하다. 장마는 지치지만 방 안에서 바라보는 비는 좋다.

일 끝나고 오는 길에 꽃을 사 오자. 하얀 수국이 좋겠다. 료는 그런 데 돈을 쓰는 이유를 모르겠다고 했다. 고향 집 마당에 수국이 산더미처럼 자라 있다고 한다.

그날, 나는 하얀 수국을 살 수 없었다.

출근하자 오늘 밤 파트타임 송별회가 있다는 소식을 들었다. 우리 매장뿐만 아니라 다른 매장 사람들도 여럿 참가한다고 한다. 전부터 얘기했잖아, 하고 모임 간사인 히라미쓰 씨가 난처한 얼굴로 웃는다. 차를 마시러 가지도 않고 노래방도 가지 않는 나에게 매번 말을 건다. 골고루 배려하는 좋은 사람이지만 조금 귀찮은 구석이 있다.

낮 시간 그룹은 일단 집에 갔다가 6시 반쯤 매장에 모이기로 했다. 저녁밥을 해놓고 다시 나오겠다며 몇몇 주부들이 서둘러 돌아갔다. 료가 출장이라 다행이라 생각하며 오랜만에 거리에서 시간을 보냈다.

새로 생긴 잡화점을 여유롭게 둘러보았다. 보기만 하고 사지는 않는다. 방에 물건을 많이 두면 마음이 편하지 않다. 잠시 즐기다가 어느새 공기에 녹아 사라지면 좋을 텐데. 그래서 며칠 만에 시드는 꽃은 괜찮다. 꽃집 앞에는 파랑, 하양, 노랑 수국이 늘어서 있었다. 짐이 되기에 살 수 없는 게 안타까웠다.

그 뒤에는 카페에서 책을 읽었다. 자리에 앉으니 점원이 물과 물수건을 가져다준다. 나는 셀프가 아닌 카페가 좋다. 구석 자리에는 양복을 입은 남자가 팔짱을 끼고 입을 크게 벌린 채 졸고 있다. 료도 어디 가서 저렇게 쉬기도 할까 생각했다.

만나기로 한 음식점에서 나는 끝자리에 앉았다. 전원이 다 모일 때까지 날씨 이야기가 이어졌다. 빨래가 안 마른다거나 올해도 더울 것 같다거나.

"그러고 보니 드디어 가나이 씨하고도 술을 마시네."

문득 히라미쓰 씨가 말을 걸었다. 그러고 보니 그러네, 드문 일이네, 하고 다 같이 입을 모은다.

"가나이 씨는 남자 친구한테 잘하니까."

히라미쓰 씨가 그렇게 말하자 다들 어머, 하고 깜짝 놀란다.

"가나이 씨, 남자 친구 있어?"

"의외다. 남자는 어려워할 거라고 생각했어."

다른 매장 사람의 말에 미묘한 분위기가 흘렀다. 나와 그 사람은 한 번도 친하게 말을 섞은 적이 없다. 그런데도 그런 이미지를 갖고 있다. 여자가 말을 잘못 꺼냈다는 표정을 지어서 좌중이 어색해진 순간, 무슨 소리야, 하고 나이 많은 과자점 직원이 크게 웃었다.

"우리 같은 아줌마들하고 같이 취급하면 실례지."

의식적으로 주제를 벗어난 말에 다 같이 안심한 듯 웃었다. 나는 아무것도 눈치채지 못한 척하며, 히라미쓰 씨에게 그런 개인적인 이야기를 한 적이 있는지 생각하고 있었다.

"히라미쓰 씨, 가나이 씨하고 남자 친구 이야기도 하는 사이야?"

누군가가 나의 의문을 대신 물어주었다.

"아니, 전에 점장하고 근무 시간에 대해 이야기하는 걸 우연히 들었는데, 동거인하고 사정이 있어서 일요일은 어렵다고 했거든. 동거인이 부모님이라면 그렇게까지 신경을 안 쓸 테니, 아, 애인 있나 보네 했지."

둘째, 셋째 토요일과 일요일은 꼭 쉬고 추가 근무도 안 하니까 한창 좋을 때구나 싶었어, 하고 히라미쓰 씨는 나와 눈을 맞추며 그렇지? 하고 확인했다.

"가나이 씨 남자 친구는 구속하는 타입인가?"

히라미쓰 씨가 농담 섞인 말로 웃었고, 젊어서 좋겠네, 하고 다들 떠들어댄다. 나는 입 모양만 웃는 모습을 유지하며 역시 히라미쓰 씨하고는 안 맞는다고 생각했다. 약간의 정보량으로 타인의 생활을 대충 파악한 뒤 그걸 많은 사람들 앞에서 입에 담는 악의 없음. 시작하기 전부터 지쳐버려서 나는 송별회 내내 집에 가면 느긋하게 욕조에 몸을 담그자는 생각만 하고 있었다.

"아, 맞다. 이 근처에 괜찮은 카페가 있어."

슬슬 끝나가려는데 히라미쓰 씨가 말했다.

"밤 8시부터 오픈하는 카페라는데 특이하지 않아?"

어머, 신기하네, 하고 다들 고개를 끄덕인다. 술 깨러 잠깐 들릅시다, 하고 히라미쓰 씨가 말하자 히라미쓰 씨와 사이가 좋은 사람들이 동의를 했다. 어린아이가 있는 주부들은 아쉽지만 먼저 갈게요, 라고 했고 나도 물론 집에 가는 사람들 무리에 끼었다.

하지만 가게를 나왔을 때 모처럼 만의 자리니 마지막까지 같이 가요, 하고 히라미쓰 씨가 내 팔짱을 끼었다. 갑작스레 퍼스널 스페이스를 침범당해 흠칫하는 반동으로 고개를 끄덕였다. 히라미쓰 씨는 금세 내게서 떨어졌고 나는 한숨지었다. 모처럼 혼자만의 밤이었는데.

북적거리는 역 앞에서 조금 걷자 차분한 거리로 들어섰

다. 뒷골목 빌딩 2층에 'calico'라는 심플한 간판이 걸려 있었다. 애써 올려다보지 않으면 보이지 않는 위치다. 1층은 셔터가 내려져 있어서 무슨 가게인지 알 수 없었다.

낡은 계단을 오르자 나무 문이 나타났다. 간판은 없다. 오픈했는지 어떤지도 알 수 없다. 언뜻 쉽게 들어가기 힘든 분위기였다.

히라미쓰 씨가 문을 열자 어스름한 조명이 드리운 공간이 펼쳐졌다. 회반죽을 바른 흰 벽에 느낌 있는 진갈색 바닥. 간격을 넓게 잡은 소파 자리와 벽을 보는 형태의 카운터석이 마련돼 있다. 우리는 소파 자리에 앉았다.

"저 사람이 마스터야. 분위기 있지?"

히라미쓰 씨가 왼쪽 구석에 있는 아일랜드 주방을 흘끗 보며 말했다.

"아르바이트생 아니야?"

"대학생 정도로 보이는데."

"많아 봐야 이십대 중반일까. 어쨌거나 마스터로는 너무 어리다."

다들 즐거운 듯 외모 평가를 하고 있다. 목소리를 죽이기는 했지만 조용한 카페에서 술 취한 그룹이 내는 공기는 이질적이었다. 나는 고개를 약간 숙인 채 빨리 집에 가고 싶다는 생각만 하고 있었다.

남자가 쟁반을 들고 나온다.

"어서 오십시오."

순산, 몸이 굳었나.

감미롭고 서늘하다. 반투명 간유리 같은 목소리.

손끝 하나 움직일 수 없었다. 두근두근. 격렬하게 맥이 뛴다. 천천히 시선을 들었다. 호리호리하고 키가 큰 남자였다. 기다란 팔다리를 구부려 테이블에 물과 물수건을 놓고 있었다. 긴 앞머리가 고상한 안경테에 닿았다.

"마스터 추천 메뉴는 뭐예요?"

다분히 관심받고 싶은 마음이 드러나는 억양으로 히라미쓰 씨가 묻는다.

"맛의 특징은 메뉴에 나와 있으니 보시고 원하시는 대로."

손님을 대하는 태도가 지나치게 냉정하다. 이곳은 주인과 친하게 어울리는 장소가 아니라는 걸 잘 드러내고 있었다. 히라미쓰 씨는 머쓱해졌다. 다른 사람들도 서둘러 메뉴를 손에 쥐었다. 모두 주문을 마치자 남자는 지체 없이 카운터로 돌아가버렸다.

"귀염성이라곤 없네."

"미안. 조금 기분 나쁘네. 한 잔만 마시고 나갈까."

히라미쓰 씨는 혀를 빠끔 내밀며 익살을 떨었다.

나는 동요를 억누르며 카운터를 훔쳐보았다.

―후미.

―후미.

—후미.

가게 안이 어두워서 앞머리와 안경에 가려진 얼굴이 잘 보이지 않았다. 하지만 내가 후미를 잘못 볼 리가 없다. 그로부터 15년, 후미는 서른네 살이 되었을 텐데 언뜻 보기로 인상에 변함이 없어서 놀랐다. 옆에서 보기에는 몸속에 정말로 내장이 들어 있을까 싶을 정도로 몸이 가늘다. 팔다리가 길어서 커피를 내리는 동작만으로도 손이 춤을 추고 있는 것처럼 보인다.

"가나이 씨."

정신이 들었다. 다들 이상하다는 듯 나를 보고 있다.

"왜 그래. 아까부터 부르는데."

"……아, 죄송합니다."

나는 자연스럽게 카운터에서 시선을 돌렸다.

"저 마스터, 괜찮지."

히라미쓰 씨가 작은 목소리로 말을 걸며 얼굴을 들이민다.

"가나이 씨는 저런 타입 좋아하는구나."

비밀을 공유하는 듯 숨죽여 웃는 모습이 몹시 불쾌했다.

"훤칠하고 늘씬하고 피부는 뽀얗고."

"하지만 듬직하지가 않아. 나는 더 남자다운 사람이 좋더라."

"그런 스타일은 유행 지났어. 불뚝불뚝하지 않고 중성적인 남자가 인기라고."

소곤소곤 그런 이야기를 하고 있는 동안 커피가 나왔다.

나는 내화에 잠어하시 잃고 후미가 타준 거피에 소용히 혀를 가져갔다.

잡미가 전혀 없다. 올바른 길을 따른 맛이 혀에 닿는다. 쓰고도 감미로워.

—아아, 후미다.

신경을 곤두세우고 후미를 맛보았다.

그날 밤, 어떻게 집에 왔는지 기억나지 않는다.

"남아줄 수 있어? 고마워. 안자이 씨가 7시에는 올 거야. 애가 다쳤나 봐. 그 집은 혼자 애를 키우니까 힘들겠지."

이야기하는 도중에 점장의 전화가 울렸다. 본사인 모양이다. 그럼 잘 부탁드립니다, 하고 꾸벅꾸벅 절을 하며 스태프 룸으로 들어갔다. 점장은 모두에게 너무 저자세라 사람들이 더 마음대로 휴가를 낸다.

'오늘은 일이 늦어. 9시에는 들어갈게.'

'밥은 집에 가서 할게.'

료에게 문자를 보낸 뒤 답장이 오기도 전에 서둘러 휴대 전화를 로커에 던져 넣고 열쇠로 잠갔다. 나는 요즘 자주 추가 근무를 하고 그만큼 거짓말을 하게 되었다.

후미의 가게는 술은 안 팔고 커피만 파는 순수한 카페인데도 밤 8시에 오픈해서 다음 날 새벽 5시에 문을 닫는다.

바 같은 영업시간이다. 오후 4시에 일이 끝나는 나는 오픈까지 시간이 꽤 뜬다.

"가나이 씨, 늦어서 미안해."

안자이 씨가 온 것은 7시 반쯤이었다. 이십대 중반인 그녀는 여덟 살짜리 딸을 키우는 싱글 맘인데, 낮에는 운송회사 물류팀에서 파트타임으로 일했다. 염색한 밝은 갈색 머리는 뿌리가 약간 검어졌고, 그걸 금속 머리 끈으로 묶었다.

"괜찮습니다. 그렇게 바쁘지 않았어요."

늦게 와줘서 고마울 정도다. 지금 가면 8시 오픈에 딱 맞다. 입술 양끝을 살짝 들어 올리며 웃자 안자이 씨가 우아, 하고 중얼거렸다.

"가나이 씨 웃는 거 처음 봤어."

나는 고개를 갸웃했다. 나는 항상 웃고 있었는데.

"늘 억지웃음이었잖아."

아무렇지도 않게 그런 소리를 한다. 안자이 씨에게는 아무런 악의도 없는 듯하다.

"나뿐만 아니라 다들 알고 있을걸."

"그래요?"

"당연하지."

안자이 씨가 이상하다는 듯이 웃는다. 그때 손님이 들어와서 먼저 들어가겠습니다, 하고 고개를 숙였다. 보답으로 다음에 차라도 살게, 라는 안자이 씨의 말에 인사로 답했다.

로커 룸에서 옷을 갈아입으며 생각했다. 그렇구나, 다들 알고 있었구나. 그게 상관은 없다. 사람들이 나를 좋아해주기를 바라는 마음만 없으면 인간관계에서 우울할 일은 거의 없다.

전철로 두 정거장 가서 내렸다. 번잡한 역 앞 분위기에서 벗어난 오래된 빌딩 2층. 'calico'라는 작은 간판이 보인다. 여기까지 와서 항상 발걸음이 한 번 멎는다. 정말로 들어가나. 들어가도 되나. 하지만 바닷물에 빨려 가듯 다리가 움직인다.

나무 문을 밀고 카운터가 보이는 소파 자리에 앉았다.

"어서 오십시오."

후미가 물수건과 물을 테이블에 놓는다.

"주문은."

"1번으로."

후미가 가볍게 끄덕이며 카운터로 돌아갔다. 음료는 브랜드가 세 종류. 1번, 2번, 3번. 먹을 것은 땅콩과 도넛 두 종류뿐이다. 지나치게 심플한 메뉴가 후미답다.

보름 전 처음 왔을 때는 메뉴랄 것도 없었다.

오늘 밤이 네 번째인데 또 오셨느냐고 반기는 기색도 없다. 후미는 손님을 친근하게 대하지 않는다. 어느 손님에게나 도장 찍은 것처럼 똑같이 행동했다. 단골이 된다 해도 그건 변함없으리라.

조명이 어두워 긴 앞머리에 안경을 낀 후미의 얼굴은 잘 보이지 않는다. 아일랜드 주방은 멀리 떨어진 작은 새처럼 독립되어 있어서 손님이 앉을 수 없었고, 대신에 카운터석이 벽을 향해 놓여 있었다. 커뮤니케이션을 철저히 회피하는 스타일이다.

카페가 그런 형태일까, 아니면 과거 사건이 드러나지 않도록 한 걸까.

후자라면……. 그 생각에 극도의 긴장감이 엄습했다.

후미와 재회한 그날 밤은 마음이 소용돌이쳤지만 며칠 지나자 냉정을 되찾았다.

원래 후미의 인생이 비뚤어져 있었긴 해도 그걸 완전히 파멸로 몰고 간 건 나다. 경찰이 개입한 후 나의 아둔한 발언 때문에 후미의 죄가 한층 무거워진 건 아닐까. 법은 잘 모르지만 형량에 영향을 미쳤던 건 아닐까.

그토록 소중히 보살펴주었는데 체포된 순간 후미는 어떤 기분이 들었을까. 아무리 생각해도 나는 후미에게 유쾌한 존재가 아니다. 그러니 카페에도 안 오는 게 맞다. 알면 이제 오지 마. 매번 그렇게 생각한다. 하지만 오고 만다. 나의 이성은 현실 행동에 아무런 작용을 하지 못하고, 긴장과 불안의 시간만이 흘렀다.

—있잖아, 후미, 나 기억나?

목구멍까지 올라오는 질문을, 오늘 밤에도 꾹꾹 눌러 담는다.

그날 밤, 나는 첫눈에 후미라는 걸 알았지만 후미는 어땠을까.

어서 오십시오. 주문은요? 음료 나왔습니다. 고맙습니다.

후미가 나에게 거는 말은 그것뿐이다. 눈치챘는지 무슨 생각을 하는지 나는 모른다. 하지만 솔직히 눈치챘지만 모르는 척하고 있을 가능성이 가장 농후했고, 그 사실이 나를 절망케 했다.

—기억하고 있어. 하지만 관여하고 싶지 않아.

너 때문에 내 인생은 부서졌어. 그런 원망의 눈빛으로 노려본다면 나는 견딜 수 있을까. 그러니 정말로 잊어버린 거라면 그걸로 족하다. 그래야 나도 모르는 척하고 카페에 올 수 있다. 그런데도 어떤 형태로든 좋으니, 후미와 이어지고 싶다고 강하게 갈망하고 있다. 조용히 앉아 있지만 내 마음은 태풍처럼 요동친다.

가방 속에서 휴대전화 진동이 울렸다. 료의 문자메시지다. 하지만 나는 지금 일하는 것으로 되어 있기 때문에 답장을 할 수 없다. 기척도 없이 눈앞에 커피 잔이 놓였다.

"음료 나왔습니다."

나는 고개를 살짝 숙였다. 굳이 얼굴을 숨기지 않더라도 후미는 손님을 보지 않는다.

카운터로 돌아가는 뒷모습을 바라보았다. 고급스러운 흰

셔츠에 폭이 좁은 면바지, 신발은 갈색 모카신. 복장도 옛날 그대로다. 장식이 별로 없는 가게에 마른 물푸레나무 화분이 하나 놓여 있다. 설마 옛날 그 물푸레나무는 아니겠지.

　—애도 금세 가지가 굵고 잎이 가득한 어른 물푸레나무가 될 거야.

　—그럴까.

　—그럼. 어른이 되지 않는 아이는 없는걸.

　아이의 순진함으로 나는 꽤나 잔혹한 말을 했다.

　그때 절망하던 후미의 모습. 빛이 없는 새까만 구멍 같던 눈. 후미가 자신의 성적 취향에 얼마나 괴로워하고 있었는지, 이제야 조금 이해가 간다. 아끼고 좋아하는 시간에 비례하여 여자아이는 성장하고 성인 여성이 나타난다. 아무리 사랑해도, 마지막에는 잃는다. 그것도 겨우 몇 년 만에. 사랑하는 일이나 잃어버리는 일이나 무엇 하나 자기 자유로 이루어지지 않는다. 그것이 최대의 벌이리라.

　나는 책을 읽는 척하며 계속 후미를 훔쳐보았다. 처음 만났을 때와 인상이 거의 변하지 않은 후미를 보고 있으니, 시간이 점점 더 과거로 되돌아가 둘이 살던 날들이 떠올랐다. 단물이 빠진 껌 같은 과거를 나는 씹고 또 씹었다.

　커피를 두 잔 마시고 9시가 넘어서 카페를 나왔다. 고맙습니다. 그 한마디를 들으며 나무 문을 연다. 빌딩을 나오자 소리와 색채가 일시에 내 안으로 흘러들어 한동안 제자리에 멈춰 섰다. 후미가 만드는 공간의 고요함을 다시금 깨달았다. 괴롭고 행복한 시간의 끝을 자각한다. 조금 걷자 소란스러운 번화가가 나왔다. 호객하는 소리를 들으며 나는 현실로 돌아왔고 앞으로 어떻게 할 것인지 생각했다. 우선은 료에게서 온 문자를 확인했다.

'요즘 일이 늦네. 끝나면 전화해.'

첫 번째 문자는 4시 전, 일이 늦을 거라고 한 직후에 왔다.

'뭐 먹을 거라도 만들어놓을까?'

두 번째 문자는 6시 넘어.

'회식이니 밥은 필요 없어.'

세 번째 문자를 읽고 안심했다. 거짓말한 입장에서 료가 기다리는 방으로 돌아가는 것은 심리적으로 부담스러웠다. 근처 편의점에서 맥주와 파스타 샐러드를 사서 들어가는데, 복도로 난 작은 창문으로 빛이 흘러나오는 게 보였다.

"회식 아니었어?"

서둘러 들어가니 거실 소파에 료가 앉아 있었다.

"취소돼서 쓸쓸하게 집에서 마시고 있었지."

료가 캔 맥주를 들어 보인다. 스낵 봉지가 열려 있다.

"저녁은?"

"도시락 사 왔어. 사라사 것도 저기 있어."

부엌 탁자에 편의점 비닐 봉투가 놓여 있었다.

"그래도 된장국 정도는 마시고 싶네."

"얼른 할게. 두부 괜찮아?"

가방을 놓으며 우선 물을 끓였다.

"맥주 샀어?"

바로 뒤에서 소리가 나서 깜짝 놀라 돌아보았다. 료가 내가 들고 온 편의점 비닐을 들여다보고 있었다. 에일 샀네, 나보다 비싼 거 마시는군, 하고 웃는다.

"미안. 캔이 예뻐서."

바보 같은 변명을 후회했다. 료보다 비싼 맥주를 마시는 게 내가 딱히 사과할 일은 아니다. 일하고 왔다고 거짓말해서 뒤가 켕겼을 뿐이다.

나는 어째서 거짓말을 할까. 커피를 마시고 왔다고 말하면 되는데. 과거의 일까지 털어놓을 필요는 없다. 아니면 차라리 다 털어놓을까. 카페 주인은 과거에 나를 유괴한 남자다. 하지만 나는 그걸 유괴라고 생각하지 않는다. 료에게 찬찬히 다 이야기하는 게 좋을까. 같이 료의 고향 집에 가는 게 계속 연기되고 있는 건, 나의 이런 거리감이 문제인지도 모른다.

—그만둬. 그동안 네가 털어놓았던 친구들 표정 기억 안 나?

또 하나의 내가 속삭인다.

—말한다고 이해해줄 사람이 아니란 거, 이미 알고 있잖아?

그렇게 자문할수록 나와 료가 올라탄 저울이 불안정하게 기운다.

"오늘 아버지가 또 전화했어. 언제 올 거냐고. 일이 바쁘다고 둘러대긴 했지만 할머니도 사라사 만날 날을 손꼽아 기다리신대."

"……그래. 음, 그 일인데 말이야."

두부를 자르며 말했다.

"아, 술 마시니까 두부는 됐어. 파만 있으면 돼."

그러니까 아까 물어봤잖아, 하는 말은 속으로 삼켰다. 잘라버린 두부를 용기에 담고 파를 꺼낸다. 칼로 파를 송송 썰며 작심하고 말을 꺼냈다.

"고향 집 가기 전에 할 이야기가 있어."

"뭔데?"

"내 옛날 사건에 대해서."

긴장되어 심장박동이 빨라졌다. 또 하나의 내가 그만두라고 목소리를 높였다. 하지만 이걸 내버려둔 채 결혼이라는 일생일대의 문제에 답을 내릴 수는 없다.

"그거라면 걱정할 필요 없어. 요전에 부모님한테 말씀드렸으니까."

돌아보자 웃고 있는 료와 눈이 마주쳤다.

"그렇게 끔찍한 일을 당했는데도 슬픈 기색 없이 강인한 아이라고. 바깥일보다 집안일을 좋아해서 착실하게 가정을 지킬 수 있을 거라고 했더니 아버지도 이해해주셨어."

"이해해주셨어?"

안도가 아니라 반발심이 생겼다. 그렇게 끔찍한 일이라니 뭐가. 슬픈 일은 있었지만 세상 사람들이 생각하는 것과는 다르다. 나는 바깥일보다 집안일을 좋아하는 사람인가. 착실하게 가정을 지킬 수 있을까. 그것이 '나'일까.

"나, 료가 생각하는 그런 일 겪은 적 없어."

엉겁결에 털어놓았다. 거리를 좁힐 생각이라면 이 방법밖에 없다고 생각했다.

"내가 따라간 거야. 범인으로 알려진 대학생은 아주 상냥했어. 나한테 이상한 짓은 전혀 안 했고. 그때 내가 신세를 지고 있던 이모 집보다 훨씬 마음이 편했어. 정말로 나한테 끔찍한 짓을 저지른 건……."

료가 고개를 갸우뚱했다.

"나한테 끔찍한 짓을 저지른 건, 사실은—"

"사라사."

내 말을 가로막듯이 이름을 부르더니, 나를 세게 껴안았다.

"알아. 많이 무서웠지."

달래듯 등을 어루만졌다.

"나는 다 알아. 사라사는 아무 짓도 당하지 않았어. 범인은 상냥한 녀석이었어."

료는 응, 응, 하고 여러 번 고개를 끄덕였다.

그때마다 저울 위에 돌멩이가 놓이며 점점 격렬하게 흔들렸다.

오래전부터 내 말은 전해지지 않는다. 배려라는 쓸데없는 필터 덕분에 그냥 웃고 있어도 '억지로 참는 거 아냐?', 고개를 숙이고 있어도 '트라우마 있는 거 아냐?'라는 취급 주의 딱지가 붙었다. 비밀을 털어놓은 중고등학교 시절 친구들도 그랬다. 그 애들이나 료나 상냥한 사람이리라.

수많은 사람들 마음속에 있는 '힘없고 순종적인 피해자' 이미지에서 벗어나지 못하고 언제나 가여운 사람으로 남아 있는 한, 모두가 나에게 상냥하다. 세상은 그리 차가운 곳이 아니다. 그런 출구 없는 배려로 가득해서, 나는 그만 질식할 것 같다.

료는 온화하게 내게 물었다.

"이번 주 일요일, 야마나시에 갈 수 있겠어?"

위로로 가득한 미소 앞에서 나는 미안, 하고 대답했다.

"아르바이트생 하나가 그만두는 바람에 근무 시간표가 엉망이 됐어."

말이 통하지 않으면 다른 방법으로라도 나의 의지를 관철시켜야 한다. 지금은 야마나시에 가고 싶지 않다. 나는 료에게서 등을 돌리고 맑은 된장국을 끓였다.

주말에 근무를 넣어달라고 부탁하자 점장은 만세를 부르

며 기뻐했다.

"가나이 씨, 괜찮겠어?"

로커 룸에서 히라미쓰 씨가 물었다.

"갑자기 주말에 일하겠다니, 남자 친구하고 무슨 일 있어?"

"아니요, 아무 일도."

히라미쓰 씨는 순간 안타까운 표정을 지었다.

"고민 생기면 언제든지 상담해줄게."

그러면서 자, 먼저 갑니다, 하고 로커 룸을 나갔다.

주말에 일을 하면서 대신 평일에 쉴 수 있게 되었다. 거기다가 야마나시에 가는 일도 진척이 없자 료는 기분이 언짢아졌다. 나는 모른 척하고 있다.

료가 출근한 후 집 청소를 하고 점심을 먹은 뒤 낮잠을 잤다. 소파에 누워 눈을 감았다. 혼자 조용히 있는 게 기분 좋아서 빨려 가듯 잠이 들었다.

눈을 떠도 여전히 밝았다. 혼자 보내는 휴일이 오랜만이라 내 멋대로 하고 싶은 일을 하자 생각하니 문득 가고 싶은 곳이 떠올랐다. 순식간에 마음이 벅차올라 원피스에 카디건을 걸치고 밖으로 나갔다.

가까운 역에서 전철을 타고 뒷골목에 있는 calico로 향했다. 한낮의 빛 아래서 보니 한층 더 낡은 건물이었다. 늘 셔터가 내려져 있던 1층 가게는 앤티크 가게였다. 왕성하게 자란 담쟁이가 건물 전체를 감싸고 있어서 레트로한 분위기가 한껏 너했나. 너무도 느긋한 여유로움이 내가 아는 후미와는 어울리지 않았다.

후미는 교과서처럼 필요한 곳에 올바른 것만 채워 넣는 삶을 살았다. 아침은 햄에그와 토스트. 샐러드는 양상추와 오이와 토마토. 나는 그 교과서에 온통 낙서를 해댔다. 햄에그에 케첩을 뿌리고, 휴일에는 늦잠을 자고, 배달 음식을 시켜 먹었다.

이끌리듯 앤티크 가게로 들어섰다. 글라스 전문인지 올드 바카라(프랑스의 크리스털 브랜드)가 많았다. 그중 하나가 내 눈길을 끌었다. 아빠가 애용하던 유리잔이다.

"와인글라스입니다."

가게 주인이 말을 걸었다. 내가 그 잔을 너무 오래 들여다본 탓이리라. 부드러운 재킷에 루프타이를 맨 고상한 노인이었다.

"와인글라스?"

나는 찬찬히 그 잔을 들여다보았다. 와인글라스라면 다리가 길고 둥근 형태를 상상하게 된다. 이건 어디로 보나 락글라스다.

"저희 아빠는 이 잔으로 위스키를 드셨어요."

주인이 고개를 끄덕이며 자기는 이 잔으로 청주를 마셨다고 한다.

"그럽네. 이사할 때 가져왔더라면 좋았을 텐데."

이모 집으로 갈 때, 나는 옷가지 몇 벌과 소지품밖에 가져가지 않았다.

엄마 아빠랑 살던 집에는 마음에 드는 물건이 꽤 있었다. 내 손을 떠날 날이 올 줄도 모르고 좋아하는 걸 마음껏 모으는 행복. 그 시절 나는 행복했다. 보육시설에 들어가면서 짐은 더 줄었고, 애인과 살던 집을 나올 때도 줄었다. 그런 상실을 지나오며 지금은 물건을 바라보기만 한다. 아무리 모아도 쓸려 간다. 그러니 손에 넣지 않는다. 갖지 않으면 버리지 않아도 된다. 그 편이 낫다.

유리잔을 들여다보는데 잃어버린 것들이 새록새록 기억났다. 좋아한 책. 좋아한 인형. 좋아한 빈 병. 좋아한 조개껍데기. 엄마와 아빠와 내가 셋이서 애정을 담아 만든 집. 그 집에는 둘도 없이 소중한 물건이 여럿 있었다.

알이 큰 캐츠아이 귀걸이는 아빠가 벼룩시장에서 발견해서 엄마에게 선물한 것이었고, 은으로 된 잠자리 커프스버튼은 엄마가 폐점 세일하는 주얼리 가게에서 값을 더 깎아 아빠에게 선물한 것이었다. 오래된 시영 아파트였고 고급스러운 물건은 없었지만, 두 사람이 고른 물건은 월등히 세련된 것이었다.

이 올드 바카라 유리잔도 그 가운데 하나였다. 내 손에 딱 맞아, 하고 아빠는 기분 좋게 위스키를 마셨다. 어린 내 손안에서 속수무책으로 빠져나간 사랑들. 그리움과 상실에 대한 후회로 입술을 깨물었나.

"잠시만 기다려."

갑자기 가게 주인이 유리잔을 가지고 가더니 잠시 후 종이봉투를 내게 건넸다. 자, 가져가요, 라고 했다. 안에는 상자가 들어 있었다. 아까 그 유리잔이리라.

"죄송한데 가진 돈이 없습니다."

"내 마음대로 주는 거야. 조만간 문 닫을 거라서. 마지막 기념으로."

미소 짓는 노인에게서 어렴풋이 약 냄새가 났다. 마지막으로 가족 셋이서 〈트루 로맨스〉를 봤을 때, 뒤에서 나를 안는 아빠에게서 같은 냄새가 났다.

"고맙습니다. 잘 간직하겠습니다."

잘 가라고 손을 흔드는 주인에게 안녕히, 하고 인사를 하며 가게를 나왔다.

내 손에는 그립고, 마음이 편안해지는 사랑이 들려 있었다.

장마가 걷힌 눈부신 오후의 거리를 이리저리 걷는다. 편의점 두 곳과 커다란 슈퍼가 눈에 들어왔다. 낮부터 밤까지 여는 평범한 카페, 그리운 느낌의 식당, 꽃집, 조금 더 걸어가니 삼림공원까지 있었다. 이 근처는 주거 환경이 좋다.

나무와 나무 사이를 잇듯 공원 안쪽에서 시원한 바람이 불어왔다. 학생처럼 보이는 젊은 사람, 농땡이 부리듯 보이는 회사원, 노인, 개, 유모차를 미는 어머니, 어디에도 속한 것 같지 않은 사람. 여러 사람들에 섞여 나는 벤치에 자리를 잡고 앉았다.

초등학생들이 종알대며 눈앞을 달려간다. 다들 같은 학원 이름이 적힌 가방을 메고 있다. 후미와 살던 무렵의 나와 비슷한 또래 아이들. 의지가 있고 말도 잘하지만, 그래도 역시 터무니없이 지혜가 부족했다.

후미는 지금도 성인 여성을 사랑하지 못할까. 소아성애는 자기 의지로 어쩌지 못하는, 타고나는 것이라고 한다. 이성적으로 충동을 억제할 수는 있지만 사랑하는 마음까지 어쩌지는 못한다. 노력해서 극복할 수 있는 것도 아니고, 자연스레 심경의 변화가 찾아오기를 기다릴 수밖에 없다.

나는 부디 후미가 행복하길 바랐다. 후미를 돌이킬 수 없는 고통 속으로 몰아넣는 데 일조한 내가 후미의 행복을 빌다니 가소롭기 짝이 없지만, 그래도 빌고 있다. 진심으로, 지금 행복하기를.

그럼에도 나를 잊지 말아주기를 바라는 마음도 있다. 후미의 기억 속에서 나는 불쾌한 존재가 되어 있겠지만, 그래도, 그렇더라도, 후미의 마음속에서 사라지고 싶지 않다. 구제 불능이라 생각하며 오늘도 묻는다.

—있잖아, 후미, 나 기억해?

눈앞에는 연못이 있고, 오후의 빛이 수면에 반사되며 빛나고 있다. 인기척. 웃음소리. 바람이 불고, 머리 위로 잎이 사각대는 소리. 소리가 흩어넘치고 있음에도 소용했나.

집에 돌아와 샤워를 했다. 스킨을 바르며 거울 속에 비친 나를 들여다보았다. 그사이 내 얼굴은 얼마나 많이 바뀌었을까. 후미가 나를 보고도 나인 줄 모를 만큼 변했을까. 머리칼은 여전히 길고, 화장도 거의 안 했지만.

그런 생각을 하니 갑자기 신경이 쓰인다. 머리를 타월로 감은 채, 부엌 탁자에서 노트북을 켰다. 검색창에 '가나이 사라사'라고 쳤다.

기사가 술술 올라온다. 하지만 화면은 모자이크 처리가 되어 있다. 나는 여러 번 들어간 적 있는 사이트를 열었다. 유명 범죄만 모아놓은 사이트인데 가해자나 피해자 사진이 올라와 있었다. '가나이 사라사 양 유괴사건'을 클릭하자 모자이크 처리가 안 된 아홉 살짜리 내가 나왔다. 이모가 방송국에 제공한 사진이었다. 여덟 살 때 바다에서 찍은 사진. 까맣게 타서는 장난을 치고 있는 포즈가 바보 같다. 하필이면 왜 저런 사진이냐며 후미에게 불평하던 게 생각났다.

이걸로는 지금 얼굴과 비교할 수 없어서 이번에는 동영상을 열었다. 경찰관에게 안겨 울면서 필사적으로 후미를 향해 손을 뻗고 있는 나. 처음 보았을 때는 충격이었다. 하지만 마음이 어지러울 때마다 무슨 확인 행위처럼 몇 번이고 보고 또 보는 사이에 감정이 마비되었다. 인간은 어떤 아픔에도 익숙해진다는 걸 알았다.

까맣게 타서 멍청한 포즈를 취하고 있는 나와 흐느껴 울고 있는 나. 어느 쪽도 평상시의 내가 아니라서 지금 얼굴과 비교할 수 없다. 애초에 태어났을 때부터 계속 보아온 자기 얼굴을 올바로 판단할 수 있는 사람이 몇이나 될까. 나는 후미의 사진을 클릭했다.

동영상을 스크린 캡처한 조악한 사진부터 고등학교 졸업 앨범까지 나온다. 후미는 똑바로 앞을 보고 있다. 반듯한 얼굴이었지만 그래도 어쩐지 후미가 아닌 기분이 든다. 모자이크 처리되지 않은 열아홉 살 후미의 얼굴은 내 기억 속의 후미와 조금 다르다.

사건 후 줄곧 인터넷으로 이 사진 속 후미를 마주해왔다. 10년째에 당시 후미와 같은 나이가 되었을 때는, 어쩐지 이상한 기분이 들었다.

그날 이후 매년 사진 속 후미를 내버려두고 나만 혼자 어른이 된 기분이다. 그 시절 무척이나 어른처럼 보였던 후미가, 지금 나보다 다섯 살이나 어리다니 믿을 수가 없다.

이미지를 닫고 글 목록을 보았다. 새로운 정보가 들어오면 갱신되는 시스템이다. 나는 한동안 이 사이트를 뻔질나게 드나들었다. 아무리 사소한 일이라도 좋으니 후미와 이어질 수 있는 수단을 원했기 때문이다. 지푸라기라도 잡고 싶은 심정이었다.

사건 후 빈번하게 올라오던 정보량은 점차 줄어 자문하게 몇 해가 흐르다가 딱 한 번 새로운 글이 떴다. 범인이 소년형무소를 나온 것 같다는 간단한 내용이었다. 소년범죄는 그 후 정보가 정말로 적다. 나에 대한 글도 한 건뿐이었다.

'피해 아동은 사건 후 이모 댁에서 조금 떨어진 K시의 한 보육시설에 맡겨졌다. 고교 졸업 후에는 K시 내에서 취업을 했고 지금은 평온한 삶을 살고 있는 듯하다.'

단 한 건뿐. 하지만 그 한 건이 나를 절망시켰다. 듯하다, 라고 끝맺었지만 정보는 옳았다. 모르는 누군가가 어딘가에서 나를 보고 인터넷에 글을 올리고 있으며 그걸 읽는 사람도 있다. 어마어마한 공포였다. 내가 무얼 하든 감시당하고 있다는 얘기였다. 쓸데없는 말은 하지 않고, 아무에게도 마음을 열지 않으면서 나를 지키는 수밖에 없었다.

검색창에 'calico' '카페'를 쳐보았다. 공식 홈페이지는 없고 음식점 리뷰 사이트가 나왔다. 눈에 띄지 않는 가게인데도 생각보다 리뷰가 많았다. 조용하고 차분한 분위기로 은신처 같은 곳이라며 평이 좋다. 영업시간이 특이하다는 점까지 더해져 아는 사람은 아는 곳이라는 게 카페 마니아의 마음을 부추기는 듯했다.

리뷰를 순서대로 읽어나갔다. 후미가 15년 전의 여아 유괴범이라는 사실을 아는 손님은 없는 것 같다. 나는 안심하며 리뷰 사이트를 닫았다.

한동안 멍하니 기억의 바다를 떠다녔다. 클릭 한 번으로 그 시절 후미와 나를 만날 수 있다. 하지만 그건 나와 후미가 아니다. 진짜는 정확하지 않은 내 기억 속에만 존재한다. 그건 분명 내가 원하는 대로 짜깁기한 기억이리라.

시시각각 형태를 바꿔가는 기억의 파문에서 문득 떠오른 한 가지. 나는 가입한 영화 사이트에 접속해 〈트루 로맨스〉를 검색했다. 기대하지 않았는데 금세 영상이 떠서 그리움에 숨이 멎을 듯했다. 재생 버튼을 누르자 기분 좋은 로큰롤이 흐른다. 촌스러운 차림새의 클래런스가 나오고 앨라배마의 독백이 이어진다.

—지금은 모든 게 머나먼 꿈 같아.

—하지만 다 사실이야.

—인생을 송두리째 바꾼 사랑이었어.

이 영화를 보는 건 그때 이후 처음이다. 둘이서 늦잠을 자고, 피자를 시켜 먹고, 손이며 얼굴이며 텔레비전 리모컨이 온통 기름기로 번들거리고, 하루 종일 게으름을 피우며 뒹굴뒹굴했다. 이불 속에 들어가 울던 내 머리를 시트 너머로 어루만지던 후미의 손을 나는 지금도—

"뭐 해."

갑자기 시야가 밝아져서 놀란 고양이처럼 의자에서 엉덩이를 뗐다. 양복 차림의 료가 서 있었다. 평소대로라면 벨을 눌러 내가 현관문을 열게 하는데.

"부엌 장에 불이 꺼져 있어서 없는 술 알았어. 왜 감감한 데서 노트북을 보고 있어? 내가 더 놀랐잖아."

"영화 보고 있었어."

"엄청 몰입해서 보더라. 무서울 정도로."

자각이 전혀 없었다. 시계를 보니 7시가 넘었다. 시간 감각을 완전히 잃어버리고 있었다. 료가 의아하다는 듯 나를 보았다.

"고둥 같아."

"어?"

머리를 가리키기에 서둘러 똬리 튼 수건을 풀었다. 반쯤 젖은 머리칼이 다발로 떨어졌다. 대충 감아둔 머리가 아무렇게나 구불구불하게 뻗었으리라.

"목욕하고 나와서 머리도 안 말리고 영화를 봤어? 저녁도 없고."

"미안. 금방 할게."

"됐어. 그냥 뭐 먹으러 나가자."

하지만 료는 부스스한 내 머리를 보더니 피자라도 시킬까? 하고 웃었다. 다행이다. 화가 난 건 아니다. 내가 주문 전화를 하는 동안 료는 침실로 들어가 옷을 갈아입었다. 샐러드라도 만들자 싶어서 부엌에 있는데 료가 나와 냉장고에서 캔 맥주를 꺼냈다.

"무슨 영화 봤어?"

"트루 로맨스."

료가 코웃음을 쳤다.

"여자들은 로맨스 영화를 좋아하나 보군."

"남자들한테도 인기 있는 영화인데."

남자가 좋아하는 로맨스 영화라, 하면서 료가 탁자 위에 있던 내 노트북을 열었다. 후미를 검색했기에 식은땀이 났는데 아까 보던 화면 그대로 영화 장면이 나와서 안심했다. 료가 재생 버튼을 눌렀다.

"뭐야, 범죄물이야?"

마침 마피아 역을 맡은 크리스토퍼 워컨과 전 경찰관 역을 맡은 데니스 호퍼가 대치하는 장면이었다. 조용한 긴장감이 흐르고 총성이 울렸다.

"꽤 잔인하네."

"각본이 타란티노니까."

흐음 하고 료는 영화에 빠져들었다. 중간부터라 이해할까 싶었지만 참견하지 않고 그냥 뒀다. 료는 피자와 샐러드를 먹으며 열심히 영화를 보았다. 솔직히 타란티노 덕분에 살았다는 기분이었다.

"참, 그러고 보니."

피자를 씹으며 료가 생각난 듯이 중얼거렸다.

"저거, 뭐야."

"저거?"

나는 화면을 보며 대답했다. 마피아 남자가 앨라배마에게 사라진 마약을 추궁하는 장면이다. 여기서부터 광기 어린 폭력이 시작된다.

"책장에 있는 유리잔."

가슴이 덜컹했다. 낮에 앤티크 가게에서 받아 온 잔이다. 료가 오면 말하려고 했는데 잊고 있었다. 료는 그저 담담하게 영화를 보고 있다.

"낮에 쇼핑했어."

"잡화를 다 사고 평소답지 않네."

"잡화가 아니라 식기야."

"왜 한 개야?"

"응?"

"둘이 사니까 식기라면 두 개 있어야지."

료는 영화를 보며 단조로운 어조로 말했다. 영화에서는 앨라배마가 얻어맞고 있다. 압도적으로 폭력을 휘두르는 마피아 남자를 향해 앨라배마는 피투성이가 된 얼굴로 웃으며 가운뎃손가락을 치켜세운다. 퍽 유. 얼마나 멋있는 여자인가. 나도 지금 이 자리에서 똑같은 행동을 하고 싶다. 하고 싶은 말이 있으면 어디 한번 해보라고. 료는 어떤 표정을 지을까.

"아빠가 쓰던 유리잔이야. 나한테는 추억이 있는."

솔직히 말하니 료가 나를 보았다.

"아버지?"

"응. 올드 바카라. 그 잔에 위스키 마시는 걸 좋아하셨어."

료의 표정이 부드럽게 풀렸다.

"그랬구나. 그런 거라면 갖고 싶지."

"미안."

"괜찮아. 그런 일로 사과 안 해도 돼."

료는 내게 손을 뻗어 어린아이 다루듯 머리칼을 어루만 졌다.

"그랬지. 아버지가 일찍 돌아가셨지."

애정이 넘치는 그윽한 눈빛으로 나를 보며 나도 위스키를 마셔볼까, 라고 하더니 영화로 눈길을 돌렸다. 마침 앨라배 마가 남자 얼굴을 유리에 처박는 장면이었다. 흉기로 내리 친다. 스프레이로 불길을 내뿜는다. 불길에 휩싸인 남자를 올라타고 앨라배마가 엽총을 쏴댄다. 그 엄청난 장면을 료 는 싱글싱글 웃으며 보고 있다. 아, 그랬구나. 그제야 이해 했다.

중간부터라도 상관없었다.

영화 따위, 료는 처음부터 보지 않고 있었다.

언제고 calico는 심해처럼 조용하다.

혼자 온 손님은 벽을 향해 난 카운터 자리에 앉아 책을 읽거나 휴대전화를 본다. 소파에 앉은 남녀 손님은 귀에 이어폰을 한 개씩 꽂고 눈을 감고 있다. 둘이서 한 세세에 있는 것이다. 이곳을 헤엄치는 물고기들은 무리 지어 다니지 않는다.

나는 평소처럼 카운터가 보이는 소파 자리에 앉아 오늘 사 온 신간을 읽었다. 좋아하는 작가의 책이지만 나의 의식은 자꾸만 후미에게 쏠렸다.

가방 안에서 여름용 스카프에 싸인 휴대전화가 진동했다. 조용한 곳이라 부드러운 천으로 감싸두지 않으면 진동음이 울린다. 벌써 몇 통째인가. 나는 지금 일하는 중이라 메시지를 확인할 수 없는데도 료는 쓸데없는 내용을 자꾸 보낸다.

요즘 료는 아주 상냥하다. 퇴근길에 아이스크림이나 조금 비싼 맥주를 사 온다. 며칠 전에는 욕실 청소를 해주었다. 같이 살고 처음 있는 일이다. 료는 무거운 짐을 들거나 전구를 가는 일에는 적극적이지만 요리나 청소는 잘 안 한다. 할머니 손에 귀하게 자란, 대를 이을 아들 같다.

거기에 불만을 느낀 적은 없다. 없긴 하지만— 문이 열리고 손님이 들어온다. 아무 생각 없이 그쪽을 보는데 오싹했다. 양복을 입은 료가 가게 안을 둘러보고 있었다. 나를 발견한 료가 아주 자연스럽게 손을 들었다.

"……어째서?"

멍하니 고개를 든 나를 보며 료는 후 하고 숨을 내쉬더니 맞은편에 앉았다.

"사라사가 일하는 가게에 갔었어. 가끔씩 일하는 모습도 보고 싶어서. 거기 유니폼도 귀엽고."

그래서? 어째서 여기 있는 거야? 나는 여전히 어안이 벙벙했다.

"그랬는데 역에서 사라사를 봤어. 일하고 있을 텐데 어쩐 일이지 싶었지."

어쩐 일이지 하고 뒤를 밟은 거야? 그렇게 묻고 싶었다. 하지만 애초에 거짓말을 한 건 나다. 뒤를 밟은 걸 화내는 게 먼저일까, 거짓말한 걸 사과하는 게 먼저일까.

"집이 아닌 역에 내리기에 이상하다 싶어서."

료가 웃는다. 하지만 눈은 웃지 않는다. 아무래도 거짓말한 걸 사과하는 게 먼저 같다.

"미안해."

"왜 사과해. 그냥 카페에 온 것뿐이잖아."

맞는 말이다. 그렇게 생각한다면 웃으며 압박을 가하지 말길 바란다.

잘 생각해보면 내가 calico에 들어오고 20분이 지났다. 그 사이 료는 무얼 하고 있었을까. 어째서 곧바로 들어오지 않았을까. 내가 누굴 만나는지 확인하고 싶었던 건 아닐까. 점점 더 하고 싶은 말이 차올랐지만 어금니를 꼭 깨물었다. 한마디라도 꺼냈다가는 말다툼이 된다.

"어서 오십시오."

후미가 소리도 없이 나와 테이블에 물과 물수건을 놓았다.

"주문은 결정하셨습니까?"

"여기 뭐 잘해?"

료는 후미가 아니라 나에게 물었다.

"제각기 취향이 다르니까."

"사라사가 마시는 건?"

"1번."

"그럼 같은 걸로."

료가 후미를 본다. 그것만으로도 기분이 싸했다. 후미가 카운터로 돌아갈 때까지 나는 거의 제정신이 아니었다. 후미 앞에서 '사라사'라는 이름이 나왔다. 하지만 후미는 아무런 동요도 하지 않았다. 표정에 드러나지 않는다 해도 내 이름을 잊었을 리는 없다.

"특이한 카페네."

료는 신기한 눈으로 내부를 둘러본다.

"8시부터 5시까지라니, 보통은 낮 시간이라고 생각하지."

커피 세 종류와 음식 두 종류, 아래 작게 영업시간이 적힌 메뉴를 손에 들고 말했다. 카운터에 앉아 있던 손님이 슬쩍 돌아보았다. 히라미쓰 씨와 동료들처럼 료도 이 카페에서 이질적인 존재다.

"오늘은 일정이 변경된 거야?"

료가 물었다. 예상은 했지만 마음이 동요했다.

"근무 시간, 갑자기 바뀌어서 빨리 나온 거지?"

내 대답을 기다리지 않고 료가 모범 답안을 내놓았다.

"맞아."

고개를 끄덕였지만 정말로 료가 그렇게 생각하는지는 모르겠다.

"이번 주말에 쇼핑하러 갈까?"

"뭐 사러?"

"커피 원두. 드리퍼나 서버도 사고."

"집에 있잖아."

"더 좋은 걸로 말이야. 커피 좋아하잖아. 여긴 좀 본격적인 느낌이네. 브랜드도 세 종류뿐인 걸 보면 맛에 꽤 자신이 있나 봐. 그렇긴 해도 사라사한테 카페 투어 취미가 있는 줄은 몰랐어."

료는 휴대전화를 꺼내더니 커피 기구 전문 사이트로 들어갔다. 실험 기구 같고 멋있다, 나도 연구해볼까 하고 혼잣말을 했다.

료가 커피를 다 마실 때까지 기다렸다가 곧장 카페를 나왔다. 내가 내겠다고 하자 왜? 하고 되물었다. 외식을 하면 언제나 료가 돈을 낸다. 여자가 지갑을 열게 하는 건 매너가 아니라면서. 나는 조금 떨어진 곳에서 계산을 하는 후미를 응시했다.

후미는 손님의 얼굴을 보지 않는다. 그건 늘 있는 일이지만, 나는 오늘 밤, 후미의 마음을 읽을 수 있었다.

—나를 모른 척하고 있었구나.

제일 두려워하던 답이었다. 사라사라는 이름까지 알았는데 후미의 접객 태도에 아무런 변화가 없다. 나는 당신을 모릅니다, 라는 강렬한 거부. 여기 오지 마, 라는 말을 듣는 게백배는 낫다. 나는 후미의 인생에서 지워진 것이다. 혐오나증오로 마주하는 일마저 무시당했다. 어두운 계단을 한 칸씩 내려올 때마다 영혼이 빠져나가는 기분이었다.

"배고프네."

"집에 가서 금방 할게."

작게 웅얼거리는데 료가 밖에서 먹고 가자고 해서 역 앞라면 가게에 들어갔다. 료는 만두와 맥주를 시켰다. 이유는알 수 없지만 어쩐지 기분이 좋아 보이는 료는 끊임없이 커피 이야기만 했다. 나는 당장이라도 뿔뿔이 흩어져버릴 듯한 정신을 부여잡고 억지로 맞장구를 쳤다.

집에 오자마자 목욕물을 데웠다. 오늘 밤은 뜨거운 물에몸을 담그고 싶다. 욕조 가에 앉아 뜨거운 물을 받는데 부엌에서 와장창 소리가 났다. 가서 보니 료의 발밑에 커피 서버가 깨져 있었다. 료가 무표정하게 그걸 보고 있었다.

무슨 말을 해야 할지 모른 채 있는데 료가 고개를 들었다.

"미안, 커피를 내릴까 했는데 미끄러졌어."

가면을 쓴 듯한 료의 웃는 얼굴에, 서늘한 기운이 등줄기를 타고 흘렀다.

"그러니까 오해하지 말고 들어요. 요새는 이런 것도 성추행일지 모르겠지만, 우선은 가나이 씨도 알고 있어야 할 것 같아서."

점장은 아까부터 서론이 길다. 출근하자마자 점장이 난처한 얼굴로 나를 스태프 룸으로 불렀다. 나쁜 예감이 드니까 어서 빨리 본론을 말해줬으면 좋겠다.

"저 잘리는 건가요?"

내가 생각할 수 있는 가장 나쁜 말을 꺼냈다.

"설마. 가나이 씨는 열심히 하니까 그만두면 내가 곤란해."

"그럼 뭐예요."

"저, 그게 가나이 씨…… 남자 친구하고 사이 괜찮나 싶어서."

나는 정색했다. 오해고 뭐고 없이 성추행이다.

"아니, 그게 아니라, 어젯밤에 가나이 씨 약혼자라는 사람이 가게로 전화를 했어. 가나이 씨 근무 시간을 알려달라는 거야. 물론 가나이 씨한테는 비밀로."

나는 할 말을 잃었다.

"당연히 안 알려줬지. 진짠지 어쩐지도 모르고, 어수선한 세상이니까."

"실례가 많았습니다. 죄송합니다."

나는 서둘러 고개를 숙였다.

"그런 건 괜찮아. 그냥 그저…… 그 사람 진짜 남자 친구야?"

나는 무릎 위로 두 손을 꼭 잡아 쥐었다.

"아마 그럴 겁니다."

침묵이 흐르고, 점장은 그랬구나 하고 한숨을 쉬었다. 뒷말을 잇지 못하고, 그래, 그랬구나, 그 말만 반복하고 있다. 내가 그 입장이었대도 다른 할 말이 없었으리라.

"제대로 이야기해서 더 이상 가게에 실례를 범하지 않도록 하겠습니다."

"음, 난 그저 걱정돼서 그러는 거니까."

노크 소리가 나고, "개점합니다"라는 파트타임 직원의 목소리가 들렸다.

"아, 그럼, 너무 무리하지 말고."

나서는 점장을 따라 나도 홀로 나왔다.

"안자이 씨, 혼자 개점 준비시켜서 미안해요."

"괜찮아, 괜찮아. 지난번에 근무 시간 바꿔준 것도 있고."

안자이 씨는 드링크 바를 준비하고 있다. 나도 유리잔을 채워 넣었다.

"게다가 택배 물류 작업에 비하면 일이 훨씬 편해. 그 일은 너무 힘들어서 그만뒀어."

안자이 씨는 싱글 맘인데 얼마 전까지만 해도 이중으로 아르바이트를 하고 있었다.

"또 야반도주 이삿짐센터도 끔찍했어. 들키면 위험하고."

"야반도주 이삿짐센터요?"

"사연 있는 사람들을 위한 전문 이삿짐센터야."

"그런 게 있군요."

"친구 남자 친구가 하는 사업인데 월급이 좋아서 사무 일을 했거든. 경리는 나랑 안 맞아서 오래는 못 했지만. 혼자 애를 키우니까 일인이역이 힘들어. 아, 그보다 남자 친구는 괜찮아?"

"네?"

"점장 이야기, 그거였지? 가나이 씨 근무 시간 확인해달라고 전화 온 거. 진짜 끈질긴 사람이더라. 그때 마침 스태프 룸에서 쉬고 있어서 점장이 전화하는 걸 들었어. 약혼자라고 했다던데 진짜야? 결혼할 거야?"

"글쎄요."

나는 애매하게 답했다. 이제까지 안자이 씨와는 근무 시간이 겹치지 않아서 이야기를 한 적이 별로 없다. 히라미쓰 씨 유형이라면 귀찮다.

"상대방은 무조건 결혼하자고 하지? 좋겠다, 사랑받아서."

무심코 안자이 씨를 보았다.

"좋겠다고요?"

"약간 달라붙는 편이긴 하지만, 뭐 그것도 사랑의 한 형태
잖아. 나나 가나이 씨 같은 사람은 결국 어떤 남편을 만나느
냐에 달렸지. 그러니까 사랑받고 결혼하는 게 나아. 가나이
씨도 옛날에 이런저런 일이 있었을 테니까. 아, 미안. 주변에
도는 소문 듣고 인터넷 봐버렸어."

너무 갑작스러워서 불쾌할 틈도 없었다.

"우리 집은 부모가 끔찍했거든. 어린 시절이 지옥 같았지.
그래서 제대로 고등학교도 못 다니고 열여덟에 애가 생겨서
가출했어. 진짜 속이 후련했어. 이혼해서도 부모랑은 얼굴
도 안 봐. 기댈 사람은 제대로 된 남자 친구 정도지."

친구는 있지만, 그래도 친구한테는 어느 정도 선을 지키
고 싶잖아, 라고 하며 안자이 씨는 힘주어 드링크 바 카운터
를 닦았다.

"가나이 씨 남자 친구는 몇 살이야?"

"스물아홉 살요."

"직업은?"

"공장 기계 영업."

"정사원?"

"네."

"장남?"

"외아들이에요."

"집은 멀쩡하고?"

"농사지어요."

"우아, 최고네."

"그래요?"

"그럼. 부모는 땅 있겠다, 본인도 제대로 살겠다. 지금 남자 친구 절대 놓치지 마. 귀찮긴 하겠지만 그만큼 사랑하는 거니까. 어떤 남자든 결혼하면 점수는 떨어지게 되어 있어. 남자가 본 여자도 마찬가지고. 결혼이라는 건 상대방 점수가 떨어질 수밖에 없는 시스템이거든. 하지만 돈의 가치는 변하지 않지."

안자이 씨는 화난 사람처럼 말했다.

"기댈 가족이 없는 인간에게는 말이지, 남자 친구는 사랑 이상으로 평범한 사회생활을 하는 데 필수품이야. 이사라든가 입원이라든가 무슨 일이 생겼을 때 보증인도 되고. 쉽게 생각해도 친구는 서류에 도장 안 찍어주니까. 찍어달라고 부탁할 수도 없고."

꽤나 생생한 이야기를 쉬지 않고 척척 해나간다. 동의하는 부분도 많아서 나는 고개만 끄덕였다.

"부럽네. 나는 애가 있어서 장벽이 높아. 아무래도 혹이 달렸다는 식으로 보니까 남자들도 선뜻 못 다가오지. 가나이 씨는 홀가분하니까 좋잖아. 지금 남자 친구, 꼭 잡아."

그렇게 말하며 안자이 씨는 카운터 아래 휴지통에 쓰레기를 집어 넣었다.

6시에 일이 끝나고 calico로 향했다. 영업 준비 중인 분위기의 번화가를 벗어나자 한산한 주택가가 나왔다. 건물 1층 앤티크 가게는 아직 5시도 안 되었는데 이미 셔터가 내려져 있었다. 통상적인 것인지 이미 가게를 닫았기 때문인지 모르겠다. 약 냄새가 나던 고상한 노주인은 어떻게 되었을까.

편의점에서 샌드위치와 녹차를 사서 근처 삼림공원으로 갔다. 연못이 내려다보이는 벤치에 앉아 멍하니 백조 보트를 바라보는데, 초등학생 남자아이가 옆자리 벤치에 앉았다. 학원 가방을 메고 있었다. 남자아이는 오후의 영업 사원처럼 축 늘어져 등받이에 몸을 기대고 선잠을 자다가 눈을 뜨더니 다시 잠이 들었다. 눈썹이 인형처럼 길다. 나는 남자아이의 낮잠이 1초라도 더 길어지기를 바랐다.

한여름 석양은 천천히 움직였고, 나는 8시가 될 때까지 거기 있었다. 남자아이는 세 번쯤 일어났을 때 서둘러 시간을 확인하고는 토끼처럼 폴짝 뛰어 달려갔다. 그리하여 안식은 끝이 났으니. 나도 일어나 카페로 향했다.

어스름한 계단을 올라 나무 문을 밀었다. 과거의 기억과 함께 나를 지워버린 후미의 가게 문은 몹시도 무거웠다. 이 문은 나를 위해 열려 있는 게 아니다. 그래도 이곳을 나의 장소처럼 여기는 내가 슬프다. 버려도, 버려도, 돌아오는 강아지 같다.

후미의 이름을 부르며, 후미에게 필사적으로 손을 뻗는 어린 시절 나의 영상에 프로 임상심리사라고 자칭하는 사람의 댓글이 달려 있었다. 대단히 위험합니다, 라는 제목의 글에는 다음과 같은 내용이 줄줄이 적혀 있었다. 범죄 피해자는 때때로 가해자에게 사랑을 느낀다, 공포의 대상을 사랑의 대상으로 치환하여 자신을 지키려 한다, 그것은 하나의 방어본능이며 피해 아동의 상처는 대단히 깊다, 장래를 위해서라도 적절한 조치가 필요하다.

아무것도 모르는 주제에, 싫어서 화가 치미는 한편 불안하기도 했다. 나를 모르는 사람이 나의 마음을 마음대로 분석하고 추정한다. 당사자인 내가 나를 의심하게 만든다. 나는 조금씩 내가 누구인지 잊어갔다. 오랜 시간 내가 하는 말이 아무에게도 통하지 않았다. 그걸 해독할 수 있는 사람은 후미뿐이라는 생각이 들었다.

—내가 이상한가.

—다들 옳고 내가 틀린가.

아니야, 그래도 옳은 것은 나야, 라고 세상에 맞설 만큼 나는 강하지 않았다. 나는 현명하지 않았다. 그러니 또 하나의 당사자인 후미를 따라가게 된다. 내가 틀린 게 아니지? 하고 묻고 싶다. 나를 지워버린 사람을 향해 마음속으로 묻고 또 묻는다.

9시 넘어 료에게서 문자가 왔다. 내가 연락도 없이 집에 오지 않아서 걱정이 된다는 내용이었다. calico에 있을 때는 늘 무시했지만 오늘은 답장을 했다.

'집에 와도 없어서 걱정했어. 어디야?'

'calico에 있으면 데리러 갈까?'

'오는 길에 어디 들러 같이 저녁 먹자.'

세 통의 문자에 나는 짧게 답했다.

'가게에 전화해서 내 근무 시간 물어봤다면서?'

곧장 답장이 왔다.

'걱정이 돼서.'

'뭐가?'

'사라사가 요즘 이상하니까.'

'어디가?'

'갑자기 열심히 일하고 혼자 카페에 가고.'

'그게 이상한 거야?'

답장이 올 때까지 조금 틈이 생겼다.

'사라사는 변했어. 예전에는 말대꾸 안 했어.'

말대꾸, 라는 말을 되새겼다. 아까 본 남자아이가 생각난다. 작은 가방에 온갖 것들을 집어넣고 지쳐 잠들어 있던 귀여운 얼굴. 말대꾸를 하지 않는 아이처럼 보였다.

'그냥 데리러 갈게. calico지? 만나서 얘기하자.'

'이제 나갈 거야.'

'그럼 기다릴게. 조심히 와.'

나는 커피를 다 마시고 calico를 나왔다. 그길로 사선 방향 빌딩에 있는 바에 들어가서 calico가 내다보이는 창가에 앉아 료에게 문자를 보냈다.

'오늘은 안 들어가.'

30분 정도 있다가 달려오는 료가 보였다. calico가 있는 빌딩으로 들어갔다가 금세 나왔다. 주변을 둘러보더니 바로 옆에 있는 자동판매기를 발로 뻥 차기에 놀랐다. 그리고 다시 빠른 걸음으로 역을 향해 걸어갔다. 나는 더욱더 집에 가기 싫어졌다.

바는 3시까지여서 그 뒤로는 뒷골목에 서서 calico를 올려다보았다. 그 행동에 무슨 의미는 없었다. 의미 따위 없었지만 그냥 그곳에 있고 싶었다. 아이가 손이 닿지 않는 과자 앞에서 울고 있는 것과 같았다. 이미 어른이 되어버린 나는 울 수 없어서, 내처 서 있었다.

새벽 5시가 조금 지난 시각, calico의 아주 미약한 불이 꺼지고 후미가 나왔다. 혼자는 아니었다. 옆에 여자가 있었다. 나보다 약간 나이가 많을까. 턱선 부근에서 찰랑이는 검은 단발이 이지적인 인상이다. 여자는 무슨 이야기를 하며 가볍게 후미의 팔짱을 끼었다.

"저기."

정신을 차려보니 뒷골목에서 나와 말을 걸고 있었다. 두 사람이 뒤를 돌아보아서 곧바로 우회했다. 내가 시금 뭘 하고 있나. 여자는 이상하다는 듯이 나를 보았다.

"나 기억해?"

후미만을 응시하며 물었다.

후미의 반응을 기다리는 몇 초가 몹시도 길게 느껴졌다.

"요즘, 카페에 자주 오시는 분이죠."

그야말로 평탄한 답변이었고, 후미의 표정에는 가장 두려운 증오도 없었다. 여자는 불쾌감과 동정심을 담아 쯧쯧 하는 표정을 지었다. 분명 후미에게 마음을 전하는 손님이 꽤 있었으리라. 후미는 가볍게 고갯짓을 하고 여자와 함께 뒤돌아 걸어갔다.

골목을 도는 두 사람의 뒤를 멍하니 따라갔다. 두 사람은 calico 근처 아파트로 들어간다. 오토 락인데 후미가 열쇠를 꺼내는 걸로 봐서 후미의 집이리라.

보도에서 올려다보니 3층 오른쪽 끝에 불이 켜졌다. 저기가 후미의 방이구나. 아니면 둘이서 사는지도 모른다. 저 사람은 후미의 애인일까. 하지만 성인 여성이다. 인터넷 정보로는 후미에게 누나는 없었다. 친척인지도 모른다. 친구인지도 모른다. 도중에 후 하고 숨을 내쉬며 생각을 멈췄다.

―애인이라면 제일 낫지.

―저 사람이 애인이라면 후미는 이제 괴롭지 않은 거야.

—후미가 후미라는 걸로 더는 손가락질받지 않겠지.

후미가 성인 여성을 사랑할 수 있다면 다행이다. 나는 쭉 후미가 행복하기를 바라왔기에 지금 내 마음은 안도하고 있다. 그런데도 견딜 수 없이 외롭다. 내가 있을 곳은 어디도 없고, 그래서 그토록 손을 꼭 쥐었던 아홉 살의 나와 열아홉 살의 후미는 어디에도 없다. 그건 다 끝난 옛날이야기란 걸 다시금 깨달았다.

기억은 공유할 상대가 있을 때에 비로소 강화된다. 나는 앞으로 오로지 혼자 그 시절의 2개월을 품고 살아가겠지. 행복할수록 버거워지는 무게를 내가 감당할 수 있을까. 무거우니 이제 필요 없어. 그렇게 말하며 내던져버릴 수 있다면 마음이 편할 텐데.

—무겁다는 것만으로도 유죄야.

—손이 자유로운 게 좋으니까.

그렇게 말하며 엄마는 나에게서 깨끗이 손을 놓았다. 분명 지금도 맨손을 휘저으며 어딘가를 걷고 있으리라. 나는 그게 안 된다. 엄마가 못 견디게 부럽다. 어렸을 때는 빨리 어른이 되어서 아빠 같은 사람과 결혼하고 엄마처럼 즐겁게 살기를 꿈꿨다. 그때는 가까웠던 꿈이 지금은 닿을 수 없을 만큼 멀게 느껴진다.

후미의 방보다 더 위로 시선을 가져갔다. 여름날 사위는 빨리 밝아와, 동쪽 하늘에 화염처럼 붉은 장미꽃색이 일고 있었다. 하지만 밤의 영역에는 아직도 어렴풋한 흰 달이 걸려 있다.

곧 사라지겠네. 마치 나 자신처럼 여겨졌다.

목이 잘리기를 기다리는 사람처럼, 나는 가만히 옅은 달을 올려다본다.

그런데도 달은 언제까지나 그곳에 떠 있었고, 내 목도 아슬아슬하게 붙어 있었다.

PC방에서 조금 졸다가 거기서 가게로 출근했다. 로커 룸에서 만난 히라미쓰 씨가 얼굴색이 안 좋다고 하기에 건조한 피부에 볼터치를 더했다.

쉬는 시간에 휴대전화를 확인하니 문자가 열 건 이상 와 있어서 읽을 기분이 싹 가셨다. 읽지도 않고 그냥 닫아버렸다. 료와 내가 올라탄 저울은 이제 한순간도 균형을 유지할 수 없게 되었다.

―좋겠다, 사랑받아서.

안자이 씨의 말이 떠올랐다. 나는, 사랑받고 있을까. 나도, 료를 사랑하고 있을까. 수면 부족으로 멍해진 상태에서 오늘 저녁밥을 해야 할지 말아야 할지 고민했다. 이런 상황에서도 저녁 찬거리를 걱정하고 있는 내가 바보 같다.

4시까지가 너무도 길었다. 퇴근하는 파트타임 직원들에 뒤섞여 종업원 출입구를 느릿느릿 빠져나가는데 가슴이 쿵

내려앉았다. 출입구 옆에 료가 서 있었다.

"사라사, 고생했어."

"어쩐 일이야. 회사는?"

"회의가 일찍 끝나서 바로 이리 왔어."

나와 료 옆을 히라미쓰 씨와 동료들이 지나간다.

"가나이 씨, 수고했어."

히라미쓰 씨는 내가 아니라 료를 보고 있다. 료가 웃는 얼굴로 인사를 해서 히라미쓰 씨와 동료들도 방긋 웃었다. 다 같이 카페에 간다고 했으니 분명 나와 료에 대해 이야기꽃을 피우겠지. 지친 몸이 한층 더 피곤해진다.

집에 도착할 때까지 료는 한마디도 하지 않았다. 료가 현관문을 열어서 따라 들어가는데 손목을 잡혔다. 료가 강한 힘으로 나를 현관 바닥에 내리꽂았다. 팔꿈치가 세게 부딪혔다. 너무 아파서 신음 소리도 나오지 않았다. 웅크려 떨고 있는데 열쇠가 짤가닥 잠기는 소리가 내 고막에 불안하게 울렸다.

"어젯밤에 어디 갔었어?"

넘어진 내 옆으로 료가 쪼그려 앉는다.

"왜 답장 안 했어?"

온화하게 묻는 목소리가 더 무섭다.

"사라사, 요즘 이상해."

나는 겁에 질려 료를 보았다.

"다른 남자라도 생겼어?"

나는 고개를 가로저었다.

"calico 마스터는?"

다시 한번 고개를 가로저었다. 나는 후미를 좋아한다. 그 여자와 함께 있는 걸 보았을 때, 소중한 무언가를 잃어버린 기분이 들었다. 하지만 그건 사랑이니 연애니, 그런 이름을 붙일 만한 것은 아니다. 굳이 비유하자면, 성역이라는 단어에 가장 가깝다.

몸을 일으키려는데 료가 어깨를 내리눌렀다.

"……놔."

"사실대로 대답하면 놔줄게."

통증과 무더위로 땀이 솟았다. 미끈거리는 뺨과 마룻바닥이 빈틈없이 밀착했다.

"이렇게 안 해도 사실대로 말할 테니까."

"놔주면 또 나가겠지."

"그만 좀 해."

억지로 일어나려는데 료가 더 세게 누른다. 숨 쉬기가 힘들다. 두 사람의 호흡이 마룻바닥에 흘러넘쳐 공기의 밀도가 짙어진다. 정신이 아득해지는데 료의 휴대전화가 울렸다. 이 상황에 안 어울리는 경쾌한 멜로디.

료는 움직이지 않았다. 그러는 사이 전화가 끊겼고 다시 또 울렸다. 료는 내 어깨를 내리누른 채 한 손으로 양복 주머니에서 휴대전화를 꺼냈다.

"미안, 나중에 다시 걸게."

대충 대답하는 걸로 봐서 아버지나 할머니인 것 같다. 그대로 끊으려던 료의 안색이 갑자기 바뀐다. 내 어깨에서 료의 손이 떨어졌다.

"그래서 상태는? 어, 어어, 지금 바로 갈게."

전화를 끊은 료는 어찌해야 좋을지 알 수 없는 눈빛으로 주저했다.

"……무슨 일이야?"

천천히 몸을 일으키는데 료가 울 것 같은 얼굴로 나를 보았다.

"할머니가 쓰러지셨어. 구급차에 실려 가셨대."

"어서 준비해서 가."

하지만 료는 내 옆에 웅크리고 앉아 움직이지 않았다.

아무튼 일어서려는데 팔이 잡혔다.

"같이 가자."

"뭐?"

"사라사를 보고 싶다고, 할머니가 전부터 그랬어."

"하지만."

"부탁이야. 네가 안 가면 나도 안 가."

이런 때 아이 같은 말이 가당키나 한가. 눈앞의 료는 정말로 어린아이처럼 방황하는 얼굴을 하고 있었지만 거꾸로 내 팔을 잡은 악력은 세졌다.

"……알았어. 살아입을 옷 가져올게. 내 섯노."

그래도 나를 놔주지 않아서 가만히 료의 머리칼에 손을
댔다. 괜찮아. 아이에게 하듯 부드럽게 쓰다듬었다. 료의 손
에서 조금씩 힘이 풀렸다. 나를 완전히 놓아줄 때까지, 나는
료의 머리칼을 계속 쓰다듬었다.

고후 역에서 내려 택시를 타고 병원으로 향했다. 빌딩 저
편으로 시원해 보이는 산이 겹겹이 늘어서 있었지만, 분지
특유의 밀도 높은 무더위가 느껴졌다. 숨이 막혔다.

우리가 도착했을 때는 할머니도 안정을 되찾았다. 그래도
료의 아버지는 이번이 마지막인가 하고 생각한 모양이었다.
바쁠 텐데 미안하다고 료에게 사과했다.

"사라사 씨도 갑자기 죄송합니다."

할머니가 잠든 침대 옆에서 아버지가 내게 고개를 숙였다.

"료가 항상 신세 지고 있다지요."

"아니요, 저야말로."

같이 고개를 숙이고 나니 이야깃거리가 없다. 과묵한 인
상의 아버지를 보니 나도 달리 할 말이 없었다. 료와의 관계
가 원만했다면 좀 더 이야기를 했을지도 모르지만 지금은
아무 말도 할 수가 없었다. 료는 잠든 할머니의 핼쑥한 얼굴
을 보고만 있다.

"실례합니다. 나카세의 친척입니다."

노크 소리와 함께 중년 여성과 젊은 여자가 서둘러 들어왔다. 료의 고모와 조카 이즈미라고 했다. 이미 나에 대해 들었는지 어머, 예쁜 아가씨네, 하고 고모가 미소 지었다. 고모는 아버지와 반대로 사교적인 타입이라 성급하게 결혼식 예정 같은 걸 물어봐서 난처했다.

"식은 엄마 살아 계실 때 올려야지. 장거리 이동은 어렵고 작년에 이 동네에 새로 생긴 호텔이 아주 괜찮다더라."

"회사 상사를 여기까지 부를 순 없잖아."

"거기까지 배려해야 되니? 언젠가는 돌아와서 농사일 이어받을 거잖아."

고모의 말에 나는 료를 보았다. 그런 이야기는 금시초문이다.

"그거야, 알 수 없지."

료가 무뚝뚝하게 답하자 아버지도 "그런 앞일은 됐다" 하고 정리했다.

면회 시간을 꽉 채울 때까지 할머니 곁에 있다가 다 같이 음식점에서 식사를 했다. 좌석이 예약되어 있어서 고모부도 합류하고 어느새 상견례 분위기가 되었다. 고모가 내게 맥주를 따라주었다.

"정말로 료는 전부터 걱정이 많았어. 오빠한테 얘기 듣고 엄청난 사연이 있는 사람을 골랐구나 생각했는데 이렇게

만나니까 안심이 되네. 고생한 만큼 신중하고 강인한 아가
씨 같아서. 쟤가 부족한 부분도 잘 이해해주고 인내해줄 것
같아."

고모는 약간 취했는지 사투리 억양을 섞어 썼다. 나는 눈
을 내리깔고 애매하게 고개를 끄덕거리기만 했다. 마음이
너무 불편하다.

잠도 부족했고 술이 돌아서 어지러웠다. 중간에 화장실에
가서 거울 속 내 얼굴을 보고는 할 말을 잃었다. 어제 이후
한 번도 지우지 않은 화장이 번지고 안색도 말이 아니었다.
이런 얼굴로 결혼 인사를 하러 오는 여자가 또 있을까.

후 하고 쓴웃음이 새어 나오다가 후후후 하고 이어졌다.
우습지도 않은데 웃음을 닮은 무언가가 북받쳐 오른다. 의
미 없이 그러고 있는데 문득 화장실 문이 열렸다.

웃으며 돌아보니 조카 이즈미가 흠칫했다.

"……괜찮아요?"

"응, 괜찮아. 놀라게 해서 미안."

사과하는데 어쩐지 자꾸만 더 웃음이 났다. 기분 나쁜 듯
나를 보고 있던 이즈미가 세면대 뒤로 손을 대고 허리를 기
댔다. 뭔가 더 물어볼 게 있는 듯한 얼굴이다.

"거기 왜 그래요?"

이즈미의 시선이 반팔 소매 밖으로 드러난 내 팔꿈치에
닿았다. 마룻바닥에 부딪혔을 때 생긴 멍이 시퍼렇다. 웃음

이 뚝 멎었다.

"료가 그랬어요?"

너무 침착하게 물어봐서 부정할 타이밍을 놓쳤다.

"우리 부모님이나 외삼촌도 료가 그런 거라고 눈치채고 있어요. 하지만 아무 말도 안 해요. 하긴 외삼촌도 료를 혼낼 입장이 아니고."

"무슨 소리야?"

"오해가 없도록 미리 말해두는데, 나는 료를 좋아해요. 사촌 오빠니까. 하지만 남자 친구로는 절대로 싫어요. DV 버릇 있는 남자는 최악이야."

"DV?"

"도메스틱 바이올런스. 가정폭력."

이즈미는 파우치에서 색깔 있는 립글로스를 꺼내 입술에 대충 발랐다.

"료의 전 여친, 료하고 싸우다가 병원에 실려 갔었어요."

싸우다 아파트를 뛰쳐나오면서 계단에서 굴러 머리를 다쳤다. 그건 사고였지만 그 여자 몸에 멍이 있어서 경찰에 신고를 당했다고 한다.

"그때는 외삼촌도 경찰에 불려 가서 혼쭐이 났죠. 료도 변명거리는 있어서, 여자가 바람을 피웠다나? 하지만 여자는 절대 그런 적 없다고 하고. 싸움의 원인은 종종 있는 흔한 일이지만 그렇다고 여자를 때리고 발로 차는 건 아니죠. 그러니까 료가 나빠요. 아무리 트라우마가 있다고 해도."

"트라우마?"

"료의 부모님, 이혼한 건 알아요?"

나는 멍이 든 팔꿈치를 손바닥으로 감싸며 고개를 끄덕였다.

"그 원인도?"

고개를 가로저었다.

"원인은 외삼촌의 가정폭력이었어요. 그렇게 심각한 건 아니었지만 외숙모는 옛날 애인한테로 도망갔대요. 외숙모는 시골에서 드물게 세련된 사람이었는데, 상대가 시내에서 카페를 한다더라고요. 다들 농촌 며느리보다는 그쪽이 어울린다고 했죠."

카페. 무심코 팔꿈치를 꽉 움켜쥐었다.

"사라사 씨도 옛날에 이런저런 힘든 일을 겪었잖아요. 료의 지난번 여자 친구도 사라사 씨만큼은 아니지만 복잡한 가정에서 자란 사람이었대요. 료는 항상 그런 여자를 골라요. 그런 사람은 엄마처럼 자길 버리지 않을 거라고 생각하는 게 아닐까요."

"그런 사람이라니?"

"여차할 때 도망갈 곳이 없는 사람."

"……아아."

"료는 있죠, 어릴 때 엄마를 엄청 따랐어요."

이즈미의 말투가 살짝 바뀌었다.

"세련된 엄마가 자랑스러웠겠죠. 그래서 엄마가 바람나서 집 나갔을 땐 꽤나 충격이었을 거예요. 그 후로는 할머니한 테서 계속 엄마 욕을 들으면서 살았고요. 할머니가 애지중 지 키우긴 했지만. 아무튼 그런 일이 다 합쳐져서 저런 상태 가 된 거예요."

이즈미가 고등학생이었을 때, 료가 교복 치마가 짧다고 혼을 냈다고 한다. 자기 여자 친구라면 절대 그런 복장을 허 락하지 않을 거라면서. 엄마 일 때문인지 여자한테 엄청 정 절을 요구한다니까, 하고 이즈미는 얼굴을 찡그렸다.

"엄마가 나간 이유도 알면서 어째서 자기 아빠랑 똑같은 짓을 할까."

인간이란 참 복잡해, 하고 이즈미는 한숨을 내쉬었다.

"내가 참견할 일은 아니지만 우리 식구들이 전부 힘을 합 쳐 사라사 씨를 속이고 있는 것 같아서 기분이 나빴어요. 쓸 데없는 소리였다면 미안해요."

"아니야, 고마워."

인사를 하자 이즈미는 쓴웃음을 지으며 화장실 칸으로 들어갔다.

그날 밤은 료의 고향 집에서 잤다. 가로등도 없는 시골 밤 길을 택시로 20분 정도 달려간 곳이었다. 돌담으로 두른 넓은 부지에 자동차와 농기구가 아무렇게나 세워져 있었다. 모든 것이 느긋한 만듦새나. 현관 선반에는 중국풍 복사 용과 드라이플라워, 손으로 뜬 것 같은 털실 인형이 멋없이 장식되어 있었다.

"사라사 씨도 오늘 밤 피곤했지요. 편히 쉬세요. 료, 잘 모셔라."

나를 방으로 안내한 후 료의 아버지는 곧장 침실에 틀어박혔다.

"이불, 이거면 되겠지."

료가 장롱에서 이불을 꺼냈다. 갑작스러운 상황일 텐데도 이불이 포근했다. 집안일은 모두 할머니가 하셨다고 했다.

"어, 안 되네."

료가 에어컨 리모컨을 손에 들고 인상을 썼다. 고장 난 모양이다.

"괜찮아. 창문 열고 자면 돼."

"그럼 잠깐 기다려."

료가 방을 나가더니 모기향 통과 둥근 접시를 가지고 왔다. 료가 통을 열었다. 나는 고개를 숙이고 들여다보았다. 여러 가지 색깔이 들어 있다.

"이건 파인애플 향. 이건 복숭아, 이건 포도."

"내가 어릴 때 쓰던 건 초록색이었어."

"부모님이랑 살 때?"

"응. 베란다의 새장 속에 작은 새가 있었는데 모기향을 물고 있었어."

"가르친 거야?"

료가 눈을 크게 떴다. 나는 아니, 그게 아니라, 하고 웃었다.

"진짜 새가 아니라 자기로 만든 작은 새."

"뭐야, 깜짝 놀랐네."

우리는 조그맣게 같이 웃었다. 이렇게 같이 웃는 거, 오랜만이다. 료가 복숭아색 모기향을 꺼냈다.

"자기로 만든 새라니, 사라사 부모님은 멋있으셨네."

"속세를 벗어난 사람이라고 이웃에서 수군거렸지만 나는 좋아했어."

료가 웃음 지었다. 어디도 뒤틀리지 않은, 안심할 수 있는 미소였다.

"뭐로 할래?"

그렇게 묻기에 나는 다 냄새를 맡아본 뒤 포도를 골랐다. 제일 과일 향에 가까운 것 같았는데, 불을 붙이고 향이 피어오르니 당연하게도 인공의 냄새가 났다. 연기를 살짝 마셔서 기침이 났다. 괜찮아? 료가 내 얼굴을 들여다본다.

"어릴 때 나도 종종 이 과일 냄새로 숨이 막혔어."

료는 밤바람이 불어와 흔들리는 연기를 눈으로 좇았다.

"우리 집에서 조금 더 안으로 들어가면 과수원이 나와. 과일 기르는 농가가 많고 이즈미네도 포도를 길러. 과일이 익어가는 냄새는 숨 막혀. 엄마는 참기가 어렵다고 했지."

"성장하는 에너지는 대단하네."

"응. 하지만 엄마가 힘들었던 건 그게 아니라 여기서 사는 삶 그 자체였는지도 몰라. 키우고, 수확하고, 출하하고, 농번기는 쉴 틈 없거든. 집에 돌아오면 지쳐서 잠자기 바쁘고. 책한 권, 영화 한 편 볼 틈 없는 생활이 이어져."

료한테서 어머니 이야기를 듣는 건 처음이었다.

"젊었을 때 사진을 보면 날카로운 분위기가 있는 사람이었어. 남자들하고 섞여서 카페에서 담배도 피우고. 좋아하는 음악은 재즈, 영화는 칸 계열, 옷도 근처 아주머니들에 비하면 세련되어서 어릴 땐 나도 우쭐거렸지. 아버지하고는 정반대였어."

료가 말하며 연기가 내 쪽으로 흘러오지 않도록 접시의 위치를 바꾸었다.

"아버지는 고졸에 밭일을 이어온 사람이고, 취미라고는 장기나 반주 정도였거든. 어째서 두 사람이 결혼했을까 하고 어린 마음에도 이상했어. 부부 싸움도 자주 했고. 엄마는 논리정연했고 말주변이 없는 아빠는 항상 말싸움에 져서 마지막에는 못 참고 꼭 주먹을 들었지."

그러고는 백배사죄했지만, 하고 료는 그리운 듯 웃는다.

이즈미가 해준 이야기와는 꽤나 분위기가 다르다. 어느 쪽이 진짜일까.

하지만 아마도 진실 따위는 없으리라. 이즈미에게는 이즈미의, 료에게는 료의 각기 다른 해석이 있을 뿐. 나도 똑같다. 내가 아는 후미와, 세상이 아는 후미는 전혀 다르다. 그 사이에서 발버둥 친다. 료도 그럴까.

처음으로 료와 나 사이에서 통하는 걸 느꼈다.

"여러모로 미안했어."

료가 사과했다.

"앞으로는 그런 짓 안 할게."

"그런 짓?"

나는 료의 입을 통해 구체적으로 확실히 듣고 싶었다.

"가게에 전화하거나 폭력을 쓰는 짓."

료는 고개를 숙이며 미안해, 하고 다시 한번 사과했다.

나는 응, 하고 대답했다.

그대로 말없이 있으니 료가 내 손을 잡았다.

"꼭 행복하게 해줄게."

미지근한 바람이 불어와 인공 포도 향이 방 안 가득 넘친다. 나도 어쩐지 과일 냄새에 숨이 막힐 것만 같았다. 포도라고밖에는 할 수 없는, 그러나 포도는 아닌 모조품 냄새. 애정도 그런 것일지 모른다. 세상에 '진짜 사랑' 따위 얼마나 있을까? 비슷하지만 조금은 다른 것이 훨씬 더 많지 않을까? 진짜가 아니란 걸 어렴풋이 알면서도 다들 내버리진 않는다. 진짜는 세상에 그리 자주 굴러다니지 않는다. 그러니까 자기가 손에 든 것을 사랑이라고 정의 내리고, 거기에 순응하자고 마음먹는다. 그런 것이 결혼인지도 모른다.

료는 2층 자기 방에서 자고, 나는 잠들지 못한 채 모기향 연기를 바라보고 있었다.

행복하게 해줄게, 라고 료는 말했다.

하지만 나는 내가 무엇에 행복을 느끼는지 잘 모르겠다. 여기저기 닥쳐오는 기분 나쁜 일에서 내 마음을 지키는 사이에, 나는 점차 나의 윤곽을 흐릿하게 만들고 말았다. 내가 무엇에 상처받고, 무엇에 기뻐하며, 무엇에 슬퍼하는지, 무엇에 화내는지 모르겠다.

하지만 몰라도, 앞으로 나아가는 수밖에 없다.

나는 이불 위에 꼿꼿이 앉아 솟아오르는 연기를 바라보며, 더는 calico에 가지 말자고 다짐했다. 오랫동안 후미의 모습을 쫓아왔지만, 그건 이미 끝나버린 꿈이다.

"가나이 씨, 요새 애인이랑 사이좋지?"

런치 타임도 일단락되고 한산하게 여유를 되찾은 휴일 오후, 비품 준비 등으로 시간을 보내고 있을 때였다. 옆에서 의미심장하게 웃는 안자이 씨와 눈이 마주쳤다.

"갑자기 무슨 소리예요?"

"요새는 주말에 일도 안 하고, 어쩐지 묘하게 섹시해졌어."

고개를 갸웃하는 내게 안자이 씨가 말했다.

"나 좋아하는 사람 있어요, 하는 분위기라고. 전에도 남자친구가 데리러 왔다고 히라미쓰 씨랑 동료들이 수다를 떨더라. 약간 멋있는데 어쩐지 거만해 보인대."

안자이 씨는 히라미쓰 씨와 동료들이 너무 싫다고 한다. 남편이 가정을 지켜주고 매일 차나 마시면서 남의 소문을 캐고 다니는 신세가 진심으로 부러운 모양이었다. 솔직한 사람이라고 생각했다.

"그러니 사랑받아서 행복한 가나이 씨도 조만간 싫어질 거야."

농담이었지만 몇 퍼센트 정도는 진심이 섞인 듯했다.

4시에 일이 끝나고, 히라미쓰 씨 그룹과 차 모임을 갖지 않는 안자이 씨와 나는 나란히 역으로 향했다. 안자이 씨는 집에 가서 딸을 위해 저녁을 짓고, 8시부터는 근처 스낵바에 출근해 12시 반까지 일한다고 했다.

"밤에 혼자 두는 게 가엾긴 하지만 급료도 괜찮고 몸도 편하니까."

"엄마가 편한 게 제일 좋지요."

그렇게 말하자 안자이 씨는 기묘한 생물 보는 듯한 표정을 지었다.

"가나이 씨는 이상해. 보통은 애가 불쌍하니까 술장사는 관두라고 하는데."

"저희 엄마도 한동안 혼자 절 키웠으니까요."

그랬어? 하고 안자이 씨가 관심을 보인다.

"애인이 생겨서 집을 나갔시만."

부모에게 버려진 아이의 인생은 예상치 못한 방향으로 왜곡되기 마련이다. 그런 크나큰 비극으로 내몰리지 않도록, 엄마가 편한 게 제일 좋다고 나는 생각한다.

"가나이 씨, 엄마 원망해?"

조금 생각하다, 나는 고개를 가로저었다.

"원망은 안 했어요. 하지만 너무 외로웠고, 보고 싶었어요."

그게 아이 때라 다행이었다. 그 시절은 외로워, 보고 싶어, 같은 감정뿐이었고, 그걸 의미 있게 정리하는 게 불가능했다. 그래서 조금은 괜찮았다. 그때 그 외로움과 슬픔과 비참함을 제대로 된 말로 정리해서 견고한 성을 쌓았다면, 나는 거기 갇혀서 빠져나오지 못했을지도 모른다.

그렇다고 모든 것이 완전히 사라진 건 아니다. 그때의 외로움과 분노는 내 마음속에서 조용히, 언어를 갖지 못한 동물처럼 웅크린 채 잠들어 있다.

"엄마하고는 어릴 때 헤어지고 못 만났어?"

"네, 한 번도 연락이 없었어요."

엄마는 무거운 걸 끔찍이도 싫어하는 사람이었고, 그걸 달리 말하면 유약한 사람이었는지도 모른다. 그래도 내가 유괴된 뉴스를 봤다면 연락을 했을 터다. 나는 외국이라도 나가버렸나 보다 하고 포기했다. 그저 그렇게 생각하고 싶었던 건지도 모르지만.

안자이 씨와 헤어진 뒤 슈퍼에서 장을 보고 집으로 왔다. 조금 쉰 뒤 저녁을 하고 료가 귀가하기를 기다렸다. 나의 생활은 후미와 재회하기 전으로 돌아갔다.

야마나시에서 맞이한 이튿날, 의식이 돌아온 할머니와 인사했다. 첫인사를 병원에서 하게 해서 미안해, 다음에는 맛있는 거 해놓고 기다릴게, 하고 말씀해주셨다. 료의 어린 시절 이야기도 들었다. 그건 결혼 약속 대신이었고 웬만한 일이 아니고서는 물릴 수 없었다.

할 일을 다 해놓고 노트북을 열었다. calico에 안 가는 대신 나는 매일 후미를 검색하게 되었다. 15년 동안 변함이 없는 기사뿐이다. 알고는 있었지만 신경안정제를 맞는 기분으로 검색했다.

─나 좋아하는 사람 있어요, 하는 분위기라고.

안자이 씨는 의외로 사람을 잘 본다. 나는 후미를 이성으로 좋아하지는 않지만 누군가에게 마음을 빼앗겼다는 의미라면 쭉 후미만을 생각하고 있다. 검색과 마찬가지로 아무 의미 없지만. 그런데도 지금 나를 살게 하는 건 바로 그 의미 없음이다. 그것 없이는 줄이 끊긴 인형처럼 삐걱삐걱하다가 쓰러질 것 같았다.

터치패드를 만지던 손끝이 갑자기 멎었다. 잘 보니 유명 범죄를 다루는 사이트에서 '가나이 사라사 양 유괴사건'에

최신 글이 떴다는 마크가 붙어 있다. 클릭해서 페이지를 열었다.

어젯밤에 올라온 글이었는데 'calico' 간판이 걸린 건물 외관과 커피를 따르고 있는 후미의 사진이 있었다. 몰래 찍었는지 후미의 얼굴은 거의 나오지 않았다. 하지만 후미 특유의 길고 호리호리한 실루엣이 선명하게 찍혀 있었다.

침을 꿀꺽 삼켰다. 아이스티로 손을 뻗었지만 거리감을 잘못 잡아서 유리컵이 손끝에 부딪혀 쏟아지고 말았다. 금색 액체가 탁자에 번지며 바닥으로 흘렀다. 닦아야겠다고 생각은 하면서도 화면을 들여다볼 수밖에 없다.

내가 검색해놓고 새로 나온 정보에 겁을 먹고 있었다. 15년 전 사건을 잊지 않고 추적하는 사람이 있다. 나 말고 그런 사람이 있다니 믿을 수 없었다. 후미는 이제 새로운 생활을 하고 있는데 그게 침해당하려 하고 있다.

―어째서?

사건은 이미 오래전에 끝났다. 애초에 아무도 피해를 입지 않았다. 후미는 받지 않아도 될 벌을 받았고, 지금은 성인 여성 애인이 생겼고, 이미 소아성애자도 아니다. 검은 머리칼이 턱끝에 찰랑이는, 의지가 강해 보이는 여자를 떠올렸다. 나는 이제 전혀 관여할 수 없지만, 후미가 온화한 생활을 보내고 있음에 안도하고 있었다.

가슴속에서부터 무언가가 치밀어 올라서 쓰러진 유리컵

과 함께 노트북을 마룻바닥에 밀쳐버리고 싶다는 충동을 간신히 참았다. 인생을 완전히 파멸로 몰고 갔다가 이윽고 손에 넣은 후미의 행복을 위협하는 자는, 그게 누구든 용서할 수 없다.

　다음 날, 일이 끝나고 calico로 향했다. 1층 앤티크 가게와 calico 모두 문이 닫혀 있었다. 나는 맞은편 골목에 몸을 숨겼다. 사진을 찍었다는 건 범인이 여기 왔었다는 뜻이다. 그렇다면 다시 올지도 모른다.

　범인을 찾아내 멍청한 짓을 그만두라고 부탁할 작정이다. 하지만 부탁해서 그만둘 사람이라면 애초에 이런 짓은 하지 않겠지. 대체 누가 무슨 목적으로 이런 짓을 하나. 15년이나 지난 사건에 이제 와서 생판 남이 반쯤 재미로 흥미를 갖고 있다고는 생각하기 어렵다.

　6시까지 기다려도 수상한 사람이 나타나지 않아서 나는 후미의 아파트로 향했다. 그런 사진을 찍는 인간이 후미의 뒤를 쫓지 않았을 리가 없다. 이미 어디 사는지 아는지도 모른다. 그런 상상을 하니 달리고 싶어져서 도착했을 때는 숨이 찼다.

　이마에 땀이 맺힌 채 후미가 사는 아파트를 올려다보았다. 희고 깔끔한 외관. 3층 코너 베란다에 흰 셔츠가 널려 있었다. 후미가 카페에서 입는 옷이다.

후미는 빨래에 소질이 있었다. 색깔 있는 옷은 제대로 분리해서 빨았고 내 루닝 원피스도 다림질해주었다. 밀걸레가 같던 나는 여기저기 드러누워서 옷이 금세 구겨졌지만, 그래도 후미는 매번 다림질을 해주었다. 자기가 정성을 들인 일이 소용없어지더라도, 후미는 스스로 정한 일을 완수하는 사람이었다. 밝은 저녁 한가운데 흰 셔츠가 한들거리고 있다.

주변을 한 바퀴 돌았지만 수상한 인물은 없었다. 하지만 후미를 쫓고 있다면 후미의 사진을 좀 더 확실하게 찍고 싶을 터다. 그렇다면 제일 좋은 시간은 카페에 출근할 때이므로 그때까지 기다려보기로 했다. 보도 한편에 서 있는데 저쪽에서 안면이 있는 여성이 걸어왔다.

"……너, 지난번에."

여자가 미간을 찡그렸다.

"도대체 왜 그래. 가게 앞에서 기다리질 않나. 오늘은 미나미의 집까지 오고."

여자는 침착하게 내 앞에 섰다.

"미나미?"

"이름도 모르는 사람을 쫓아다니는 거야?"

이번에는 어이가 없다는 표정이다. 미나미란 후미를 말하는 모양이다. 범죄자는 이름을 바꾸기도 한다는 걸 들은 적이 있다. 후미도 그런 걸까. 사에키 미나미, 아니면 미나미 후미.

"네가 하는 짓이 스토킹이라는 건 알아?"

정신이 멍해졌다. 나는 후미의 스토커를 찾으려고 망을 보고 있을 뿐이다. 스토커를 잡으려면 스토커를 쫓아야만 한다. 스토커가 하는 행동을 그대로 따라 하고 있으니, 당연히 나도 스토커 취급을 받게 된다는 걸 깨달았다.

납득과 오해의 경계선에서 입을 다물고 있으려니, 여자가 저런, 하고 고개를 흔들었다.

"다음에 발견하면 경찰에 신고할 거야."

여자는 나를 똑바로 쳐다보며 말했다. 턱선으로 깔끔하게 떨어진 단발머리가 여름 바람에 휘날려 칼처럼 흔들렸다. 시원하게 잘 잘릴 것만 같다.

나는 충고를 받아들였다. 여자 말대로 나는 위험한 사람이었다. 용기 속에 어떤 물이 담겨 있는지는 상관없다. 용기의 형태가 스토커라는 게 문제였다. 어른이 된 이래 어린 시절 나의 아둔함을 한탄해왔지만, 나는 지금도 어리석은 채였다.

그 뒤로는 후미에게 다가가지 않았다. 인터넷으로 검색하는 것도 그만두었다. 그러자고 결정한 이상 뒤집지 않는 강인함과 현명함을, 나는 이제 가져야만 했다.

"만날 수 없게 되면 더 만나고 싶은 게 참 이상해."

안자이 씨가 빨대를 물며 중얼거리는 소리에 나는 움찔했다. 일이 끝나고 안자이 씨가 상담할 게 있다며 나를 카페로 데리고 갔다.

"나 지금 사귀는 사람이 있는데."

그 소리에 내 이야기가 아니라는 걸 깨달았다.

"그 사람은 일단 처자식이 있거든. 부인하고 사이가 안 좋아서 지금은 별거 중이고. 그러니까 내가 뺏은 건 아니지만 그래도 불륜은 불륜이잖아. 그래서 나, 너무 깊이 들어가지는 말자고 쭉 신경을 써왔어."

갑작스러운 고백에 나는 고개를 끄덕이며 물었다.

"하지만 너무 깊이 들어가지 말자고 신경 쓰는 그 시점이, 이미 너무 깊이 들어간 거 아닐까?"

남 일 같지 않은 질문이었다.

"그 말이 맞아요."

진지하게 끄덕이는 내게, 안자이 씨는 단단히 마음을 먹고 이야기를 계속했다.

안자이 씨가 처자식이 있는 상대에게 너무 깊이 들어가면 안 된다고 마음먹은 것처럼, 상대도 안자이 씨에게 너무 깊이 들어가지 않으려고 하는 듯하다. 자기 자식이 아닌 아이를 양육하겠다는 각오가 쉽게 생기겠는가. 남성에게도 싱글맘과의 재혼은 어려운 문제다.

"서로 이런저런 문제가 있어."

"네."

"그래서 오히려 더 욕망하는 거야."

"욕망?"

"강해진다고."

"뭐가요?"

그렇게 묻자 안자이 씨는 어처구니없다는 표정을 지으며, 마음이 말이야, 하고 말했다.

"가나이 씨, 혹시 엄청 둔한 편이야?"

"아닌 것 같은데요."

"맞을걸. 제대로 사랑은 해?"

"사랑요?"

"남자 친구랑 사이좋은 거 맞지?"

대답을 못 했다. 야마나시에서 돌아온 이후로 나와 료는 잘 지내고 있다. 하지만 수면에 파문이 생기지 않도록 조심스럽게 숨을 죽이고 있다는 불안감도 함께였다.

"행복한 사람은 대체로 둔한 편이지."

안자이 씨가 단호하게 결론지었다. 나는 안자이 씨의 이런 거친 면이 좋았다. 쓸데없는 생각을 할 겨를 없이, 문이 기분 좋게 활짝 열리는 기분이다.

"그래서 말이야, 이틀만 리카를 돌봐줬으면 하는데, 안 될까?"

갑자기 튀어나온 이야기에 나는 고개를 갸웃했다.

"남자 친구랑 여행 가고 싶어서."

아아, 그런 상담이 있구나. 나는 납득했다.

"여덟 살이라 어느 정도는 혼자 할 수 있고 그리 귀찮게 굴진 않을 거야."

부탁이라며 고개를 숙인다.

"저는 괜찮지만 동거인한테 물어볼게요."

그날 밤, 료에게 상담을 했는데 가볍게 승낙해서 놀랐다. 료는 영업 맨 특유의 상냥한 인상과는 반대로 자기 영역을 소중히 한다. 오래 같이 살았지만 집에 친구를 데려온 적은 한 번도 없었다. 그건 나도 마찬가지라 다행이었다.

"1박 2일이잖아. 가끔은 괜찮아."

"고마워. 그럼 안자이 씨에게 오케이라고 할게."

"주말에는 날씨도 좋을 것 같으니까 어디 애들 좋아할 만한 곳을 찾아볼까."

료는 기분이 좋아져서 노트북을 열었다.

주말, 안자이 씨는 애인이 운전하는 차를 타고 리카를 맡기러 왔다. 료와 둘이서 아파트 아래로 가니 안자이 씨와 리카가 차에서 내렸다.

"안녕하세요! 처음 뵙겠습니다. 안자이 가나코입니다. 이런 부탁을 드려 죄송합니다. 정말로 감사합니다."

"나카세입니다. 저야말로 늘 사라사가 신세 지고 있습니다."

"자, 리카. 인사해야지. 사라사 씨와 료 씨야."

안자이 씨가 리카의 어깨를 잡고 앞으로 데려왔다.

"안녕하세요. 안자이 리카입니다."

귀여운 아이였다. 곱슬머리인지 부드럽게 웨이브가 들어간 머리칼과 커다란 눈동자가 인형 같다. 하트가 그려진 검은 티셔츠에 체크무늬 빨간 스커트, 반짝이는 스팽글이 달린 샌들. 나는 허리를 굽히며 잘 부탁해, 하고 눈을 맞췄다.

"게임기 가져왔으니까 그냥 놔두면 알아서 놀 거야."

안자이 씨가 그렇게 말하더니 살짝 다가와 귓속말을 했다.

"남자 친구 괜찮네. 성실해 보이고 남편감이야."

그럼 리카, 말 잘 듣고 있어, 라고 하며 안자이 씨는 차에 올랐다. 룸미러에는 컬러풀한 깃털 장식과 하와이 느낌의 꽃 장식이 걸려 있었다. 운전석에 앉은 남자는 안자이 씨 너머로 우리를 향해 가볍게 고개를 숙였다. 짧은 금발에 콧수염을 길렀고 선글라스를 꼈다.

"그럼 다녀오겠습니다. 선물 사 올게요."

손을 흔드는 안자이 씨에게 우리도 손을 흔들며 응답했다.

"자, 우리도 집에 들어갈까?"

차가 골목을 돌아 나가자 료가 익살맞게 말했다.

"실례합니다. 우아, 엄청 예쁜 집이네."

청소는 했지만 이렇다 할 인테리어는 하지 않았다. 하지만 리카는 신기하다는 듯이 부엌에서 안으로 이어진 거실을 한 바퀴 돌더니, 바닥에 아무것도 없네! 하고 빙글빙글 돌았다.

"리카네 집에는 바닥에 물건이 있어?"

료가 물었다.

"응, 엄마가 청소를 싫어하니까. 옷이랑 헤어드라이어랑 잡지랑 많이 있어. 탁자 위에도 물건이 가득해서 숙제할 때 옆으로 치워야 돼. 근데 여기는 아무것도 없네."

리카는 텔레비전 리모컨만 놓여 있는 탁자를 가리켰다.

"리카, 아침 먹었어? 배고프지 않아?"

"안 고파. 아침에 맥도날드 갔다 왔어."

리카는 소파에 앉아 가방에서 짐을 꺼냈다. 옷과 세면도구, 게임기. 내가 부엌에서 마실 것과 간식을 준비하고 있으니 료가 옆으로 다가왔다.

"주눅이 안 드는 아이네. 잘 지낼 수 있을 것 같아서 다행이다."

"응, 아이 보는 건 처음이라 긴장했는데."

"금방 익숙해지겠지. 그나저나 그 친구, 남자 보는 눈이 너무 없던데?"

료가 말소리를 죽였다.

"자기들이 놀러 가려고 애를 맡기면서, 차 안에서 선글라스 끼고 인사하는 건 아니지. 자기 아이가 아니라고는 해도 상식이 너무 없잖아. 뭐, 상식이 있는 사람이라면 부인하고 별거 중에 여자랑 만나지는 않겠지. 개조한 왜건에 액세서리 주렁주렁 달고, 대체 몇 살이냐고."

확실히 나도 별로 좋은 인상은 아니었다.

"그런 여자하고 친하게 지내는 건 별로 추천 안 하고 싶네."

"뒤끝 없고 성격 좋은 사람이야."

점심은 명란젓을 섞어 분홍색으로 만든 미니 주먹밥에 시원한 쟁반국수를 준비했다. 오이와 삶은 닭고기와 토마토와 달걀지단을 고명으로 올린 평범한 음식이었지만, 리카는 너무 예쁘다며 눈을 반짝였다. 분홍색 주먹밥은 어떻게 만드는 거냐면서 흥분했다.

"너희 집에서는 이런 거 안 먹어?"

료가 물었다. 엄마는 요리를 못해, 하고 리카가 대답했다.

"엄마는 낮에도 밤에도 일하느라 바빠. 하지만 머리도 묶어주고 지난번에는 손톱에 오렌지색 매니큐어도 발라줬어. 나는 엄마 엄청 좋아해."

"초등학생한테 매니큐어라니."

료가 질렸다는 표정을 지었다.

"쉬는 날에는 어디 놀러 가주시니?"

계속해서 묻는 료에게 내가 아이를 취조하지 말라고 눈길을 줬다. 리카는 고개를 저으며 쉬는 날에는 피곤하니까, 하고 어물쩍거리며 쟁반국수를 먹었다.

"리카, 밥 먹고 동물원 갈까?"

료의 말에 리카가 접시에서 고개를 번썩 늘었다.

"동물 진짜 좋아! 판다!"

"그 동물원에 판다가 있었나."

료가 시내에 있는 동물원을 찾아보았지만 아쉽게도 판다는 없었다. 료가 그렇게 말하자 리카는 플라밍고랑 펭귄도 좋다고 말했다.

"아저씨, 고마워."

료가 어? 하고 눈이 동그래졌다.

"아저씨라고 부르는 건 금지. 료라고 불러주지 않으면 동물원은 없어."

"엇, 미안해. 료! 료! 료!"

좋았어, 하고 료가 오케이 사인을 하자 리카는 엄청난 속도로 쟁반국수를 먹기 시작했다.

즐거워 보이는 두 사람을 곁눈질하는데 내 가슴은 쿵쾅거리고 있었다.

동물원에 가는 건 15년 전 그날 이후 처음이다.

주말 동물원은 붐비고 있었다. 플라밍고와 펭귄을 좋아한다던 리카는 실제로 모든 동물에게 흥미를 보여서 다음으로 넘어가는 데 시간이 꽤 걸렸다.

나는 천천히 동물원 안을 돌아보았다. 가족끼리 온 사람,

아이들의 웃음소리, 습기와 열기 속에서 넘실거리는 짐승의 냄새. 머리 위에는 이글거리는 뜨거운 태양과 한여름 푸른 하늘이 펼쳐져 있었다.

그날과 많이 닮았다. 마지막 순간, 후미는 내 손을 세게 잡았다. 체포될 걸 알면서. 그 후에 자기 인생이 어떻게 될지 잘 알면서.

후미는 그때 어떤 기분이었을까.

"넋 놓고 있으면 잃어버려."

료가 돌아보며 내 손을 잡았다.

"애가 둘이네."

료는 알파카 우리 창살에 올라가 있는 리카와 나를 번갈아 보았다. 리카는 여름이라 털을 깎아놓은 알파카를 가리키며 이거 알파카 아니야, 하고 소리쳤다. 더위 대책을 위해 잘랐지만 머리 부분만은 복슬복슬 털이 남아 있었다.

"응, 이건 알파카처럼 안 보이네."

"좀 이상하다. 다른 별에서 온 생물 같아."

엉겁결에 웃음이 터졌고, 료도 웃었다. 걱정했던 것보다 훨씬 즐거운 시간이 당혹스러우면서도 나는 조금씩, 지금 내가 있는 곳으로 마음이 미끄러져 들어갔다.

여기에는 아홉 살의 나도 열아홉 살의 후미도 없다.

대신, 료와 리카가 있다.

여기가 스물네 살 나의 세계이고, 앞으로도 나는 여기서 살아가리라.

"사라사, 저쪽에 사자가 있대."

료가 발꿈치를 들며 내 손을 잡아당겼다. 리카에게도 "사자다~" 하며 말을 건다. 아이같이 구는 료를 보자 조그맣게 웃음이 났다.

동물원이 문을 닫을 때까지 놀다가 역 앞에 새로 생긴 중국요릿집에서 저녁을 먹었다.

"대단하다. 테이블이 돌아가네."

리카가 신이 나서 처음 본 원탁을 빙빙 돌렸다. 여러 가지 맛을 조금씩 볼 수 있는 딤섬 코스에 디저트로 행인두부까지 나오자 리카는 계속 깔깔대며 웃었다.

"료, 배가 불러서 걸을 수가 없어."

가게를 나오자 리카가 료의 손을 끌어당겼다. 료는 친해져서 어리광 부리는 리카를 네, 공주님, 알겠습니다, 하고 안아 올렸다. 해가 져서 선선한 바람이 부는 거리를 걸었다. 오랜만에 기분 좋은 밤이었다.

"그러고 보니 사고 싶은 잡지가 있어. 서점에 들렀다 갈게."

료가 생각난 듯 말했다.

"사라사는 먼저 들어가서 목욕물 받아줘. 많이 걸었더니 오늘은 욕조에 몸 좀 담그고 싶네."

"알았어. 자, 리카, 먼저 들어갈까."

내가 손을 내밀자 됐어, 내가 데리고 갈게, 하고 료가 말했다.

"못 걷겠다는데 사라사는 못 안으니까."

"하지만 그렇게 안고 서점을 돌면 힘들잖아. 벌써 여덟 살인데."

그렇게 말하자 나 뚱보 아니야, 하고 리카가 료의 목에 팔을 감고 매달렸다.

"가벼워서 괜찮아. 예행연습도 하고 싶고."

"무슨?"

"결혼하면 나도 금방 아빠잖아."

딸이야, 하고 료가 리카를 안고 흔드니 리카가 큰 소리로 웃는다.

서점으로 걸어가는 료와 리카를 배웅하며 나는 집으로 돌아왔다. 욕조에 걸터앉아 뜨거운 물이 담기는 걸 멍하니 응시했다.

—그건 다시 말해, 나도 엄마가 될 거란 얘기지.

결혼하면 바로 아이를 갖는다는 이야기는 한 적이 없다. 장래에 야마나시로 가서 농사일을 이을지도 모른다는 이야기도 나는 몰랐다. 애초에 결혼 이야기 자체가 갑작스러웠다.

료는 중요한 일을 항상 혼자서 결정하네.

크게 상관은 없다. 궁극적으로 료와 내가 제대로 이어져 있다면, 나는 분명 지구 끝이라도 따라가리라. 그곳이 아무것도 없는 불모지라 해도 나는 묵묵히 밭을 매리라. 우리가 제대로 이어져 있기만 하다면.

"정말 고마워. 엄청 재미있었다고 리카가 그러더라."

일이 끝나고 안자이 씨와 차를 마시러 갔다.

"사라사 요리가 맛있었대. 엄마하고는 완전 딴판이라고 잔소리를 들었지."

안자이 씨가 입술을 삐죽 내밀며 유자 아이스티를 마셨다.

"동물원 데려가줬다며. 리카가 학교 도서관에서 동물책만 빌려 와. 하지만 털이 깎인 알파카는 이상했대."

"저도 그건 좀 그랬어요. 철사처럼 기다란 몸에 머리만 보슬보슬 털이 남아 있었어요."

"밸런스 좀 생각해서 잘라주지. 그리고 카페도 처음 가봤다고 좋아하더라."

"아아, 밤늦게까지 데리고 다녀서 미안해요."

그날 밤, 료와 리카는 좀처럼 돌아오지 않았다. 서점에 갔다가 카페에 들렀다는 말을 듣고, 아이를 늦게까지 데리고 다니면 어떻게 하냐고 평소라면 료가 할 법한 소리를 내가 했다. 료는 미안, 미안, 하고 기분 좋게 목욕탕으로 가버렸고, 리카는 벌써 꾸벅꾸벅 졸고 있어서 내가 서둘러 거실에 이불을 깔고 재웠다.

"신경 쓰지 마. 집에서도 늦게까지 안 자니까."

게다가 말이야, 하고 안자이 씨가 내 쪽으로 몸을 당겼다.

애인과의 첫 여행이 무척 즐거웠는지, 호텔 식사가 맛있었다, 온천이 좋았다, 칭찬이 이어졌다. 또 가고 싶다고 중얼거리는 모습에서 머지않아 다시 아이를 봐달라고 할 것 같은 예감이 들었다. 뭐, 괜찮겠지 싶다. 아이를 상대하는 데도 궁합이 있는데, 나도 리카하고 잘 맞고 료도 즐거워했다.

집에 오는 길에 슈퍼에 들러 삼치를 사고 꽃집에서 푸른 수국을 샀다. 아이들이 좋아할 만한 메뉴가 이어져서 오늘 밤은 담백한 음식이 먹고 싶었다. 집으로 돌아와 잔잔한 하늘색 꽃잎이 빼곡한 수국을 작은 꽃병에 꽂고 소파 탁자에 장식했다.

조용한 방에서 눈을 감고 있는데 보지 않으려 했던 것이 떠올랐다. 후미의 애인에게 따끔한 말을 들은 이후로는 후미를 검색하는 걸 관두었다. 하지만 몰래 촬영한 사진을 올린 인터넷 글이 마음에 걸렸다. 현재의 후미를 위협하는 누군가가 있다는 사실. 한번 신경이 쓰이자 마음을 어쩌지 못하고 조금만 더, 하고 변명을 하며 그 사이트로 들어갔다.

페이지를 연 순간, 심장박동이 요란해졌다. 또 새로운 글과 사진이 업로드되어 있었다. calico 안에서 커피를 내리고 있는 후미. 지난번보다 얼굴이 선명하게 찍혔다. 과거 유괴 사건의 범인이라고 단정 지을 정도까지는 아니었지만, 그중 한 사진에 시선이 갔다.

소파에 앉은 어린 여자아이 사진이다. 허리 아래까지만

찍혀 있고 스커트에서 막대기처럼 가느다란 다리가 테이블 아래로 뻗어 있었다. 어린이의 다리다. 어둑해서 확실히 보이진 않지만 다리 아래로 반짝이는 무언가가 빛을 반사하고 있었다. 스팽글 같다.

—리카?

리카의 샌들에는 스팽글이 달려 있었다.

calico에 리카가 있을 리 없다.

하지만 그날 밤, 저녁 식사를 하고 료와 리카는 카페에 갔다.

집어삼킬 듯이 화면을 보았다. 무릎을 덮는 풍성한 스커트. 리카가 입고 있던 체크무늬인가 아닌가. 너무 집중해서 보느라 머리가 아팠다.

노트북 앞에서 몸을 둥글게 말고 고개를 숙였다. 이 아이가 리카일까. 료가 리카를 데리고 calico에 갔나. 이 사진을 올린 게 료인가.

그렇다면 료는 calico의 주인이 사에키 후미라는 걸 알고 있다는 말이다.

여아 유괴범의 가게에 어린이 사진.

싫어도 불온한 연상을 하게 만드는 조합에 소름이 돋았다.

나는 고개를 들고 다시 한번 사진을 구석구석 들여다보았다. 이 아이가 리카가 아니라는 증거를 찾기 위해서. 그건 내가 료를 믿는다는 증거이기도 하다. 제발. 부탁이야. 하지만 증거는 찾을 수 없었고, 내 안에서 료라는 사람의 윤곽이 급격하게 흐려졌다.

벨이 울리자 정신이 들었다. 벽시계를 보니 7시 반이 지난 시각. 언제 시간이 이렇게 흘렀나. 이어지는 벨 소리에 관자놀이가 쑤신다. 일어날 수가 없다. 열쇠 돌아가는 소리가 들리고 양복 차림의 료가 나타났다.

"⋯⋯또야."

료는 지친 듯 중얼거리며 부엌 불을 켰다. 거실까지 빛이 닿아 나는 눈을 찡그렸다. 역광이어서 료의 표정이 잘 보이지 않았다.

"오늘은 뭐야. 또 영화라도 보는 거야?"

대답하지 못하는 내 옆으로 와서 탁자 위에 놓인 노트북을 들여다본다. 화면에는 몰래 calico를 찍은 사진이 떠 있다.

"뭐야, 이거."

그렇게 묻기에 나는 천천히 료를 올려다보았다.

"이 사진, 료가 올린 거야?"

료는 고개를 갸우뚱했다.

"료, 후미에 대해서 알고 있었어?"

료는 고개를 갸웃한 채 나를 내려다본다.

"이거 리카의 샌들 아니야? 후미의 가게에 리카를 데리고 갔어?"

계속되는 질문에도 료는 대답이 없다.

"료, 대답해. 료는 후미를―"

갑작스러운 충격이었다. 시야가 빙 돌았고 정신을 차리니 소파 옆에 쓰러져 있었다. 왼쪽 얼굴로 뜨거운 열이 퍼져 나갔다. 순식간에 뜨거움이 통증으로 바뀌었고 아래로 숙인 얼굴에서 무언가가 뚝뚝 떨어졌다. 코피다. 검은 점이 소파 천에 물들어간다.

"대체 후미 그 새끼가 뭐야."

료의 목소리가 웃는 것처럼 들렸다. 사실은 분노로 상기되어 있었다.

"후미, 후미, 후미, 너희들 진짜, 제정신이야?"

료가 내 머리칼을 쥐고 소파에서 바닥으로 내동댕이쳤다. 내가 탁자와 같이 쓰러져, 노트북이며 갓 꽂아둔 푸른 수국이 함께 바닥으로 내던져졌다. 화병에서 쏟아진 물이 바닥을 타고 흘러 어리둥절하게 바닥에 쓰러진 나의 머리칼과 뺨을 적셨다.

"그놈은 널 유괴한 변태 로리콘이잖아!"

옆구리를 차여서 찌부러진 신음 소리가 새어 나왔다. 허리, 허벅지, 연달아 통증이 일었다. 내가 할 수 있는 건 애벌레처럼 몸을 둥글게 말고 머리 전체를 손으로 감싸는 일뿐이었다.

료가 무슨 말인가 했다. 어째서야. 너나 그놈이나 미쳤어. 너도 엄마랑 똑같아. 말이 끊기다가 이어지더니 마지막에는 격한 호흡만 들렸다.

폭력이 멎고, 나는 겁에 질려 눈을 떴다.

바닥에 주저앉은 료가 보인다. 울고 있는 것일까.

나는 움직일 수가 없어서 그저 료를 보고 있었다. 아무 감정도 일지 않는다. 한계를 넘어서는 통증 앞에서 감정이 완전히 씻겨나가고 희로애락이 사라졌다. 아마도, 그게 가장 편하기 때문이리라. 짓밟혀 뭉개진 벌레가 된 듯한, 이 무력감을 알고 있다. 아주 오래전, 한밤중에 돌아가던 손잡이 소리에 무서워 벌벌 떨곤 하던 그 시절의—

"……사라사."

료가 얼굴을 들고 기어서 나를 덮쳤다. 무겁다. 괴롭다. 하지만 목소리가 나오지 않았다. 내 눈에 비치는 이 사람이, 누구인지 알 수 없다.

반팔 셔츠 소매로 료의 손이 들어와 캐미솔을 들추고 곧바로 피부에 닿았다. 온몸에 소름이 끼쳤다. 그만둬, 겨우 쉰 목소리가 흘러나왔다.

"왜?"

그 질문에 정신이 아득해졌다. 왜? 왜? 나의 신체다. 나만의 것이다. 만지지 말라고 거절할 권리가 내게는 있다.

"싫어."

"왜 싫어?"

절망했다. 행위를 거부하는 데 싫다는 말 이상으로 무슨 이유가 더 필요한가. 설명을 덧붙이고 그걸 들어주기를 바라야만 하는가.

료는 상처받은 아이 같은 표정을 짓고 있었다.

나도 분명 같은 표정이었으리라.

우리는 완전히 엇갈리고 있었다.

나의 의지와 상관없이 행위가 이어졌다. 손잡이가 삐걱거리며 돌아간다. 조율이 안 된 바이올린처럼 불쾌한 소리가 고막을 울렸다. 그 시절 그때처럼, 나는 경직된 채 시간이 가기만을 기다렸다. 하지만 몸의 가장 안쪽에서, 오랜 시간 잠들어 있던 흉포하고 거친 동물이 눈을 뜨며, 천천히 머리를 쳐드는 것을 느꼈다.

─다카히로가 죽었으면 좋겠어.

─운석이라도 떨어져서 지구가 박살 나든가.

나 자신을 갈기갈기 찢어놓을 만큼 끓어오르던 분노가 선연히 떠올랐다. 그 감정이 구석구석까지 가득 차올랐다. 손가락 끝이 꿈틀거렸다. 슬금슬금 뻗어간다.

젖은 마룻바닥을 더듬었다. 물을 쏟으며 꽃을 흩뿌린 꽃병에 닿았다. 그걸 쥐고, 나를 덮치고 있는 료의 머리를 있는 힘껏 내리쳤다. 꽃병이 깨지면서, 내 얼굴까지 파편이 튀었다. 나는 료의 밑에서 기어 나와 쏜살같이 현관으로 달렸다.

샌들을 꿰신고 계단을 내려오다가 발이 엉켜 세 계단 정도 미끄러져 떨어졌다. 료의 전 여자 친구가 료와 싸우다 병원으로 실려 갔다는 이야기가 뇌리를 스쳤다. 아파트를 뛰쳐나오면서 계단에서 굴러 머리를 다쳤다니까요— 이즈미의 목소리로 재생이 된다. 그제야 상황이 확실히 이해가 갔다. 그녀가 느꼈을 공포와 분노와 굴욕감까지.

금방이라도 벗겨질 것 같은 샌들을 손에 쥐고 한밤의 주택가를 달렸다. 오가는 사람들이 흠칫했다. 나는 끔찍한 얼굴을 하고 있으리라. 입술이 찢어져 입안에 피 맛이 번졌다. 달리면서 몇 번이나 뒤를 돌아보았다. 료가 쫓아오는 기색은 없었다.

안심했지만 그래도 여전히 두려워서 더, 더 달렸다. 하지만 어디로 가면 좋을지 알 수 없었다. 이럴 때 다들 친한 사람 집으로 달려가리라. 부모, 애인, 친구. 내게는 무엇도 없다. 지갑도 없다. 한계에 달해 발이 멎었다. 갑작스러운 고통이 덮쳐왔다. 땀이 흘러 셔츠가 젖었다. 오늘 밤 어떻게 하나. 나는 거칠게 숨을 몰아쉬며 밤거리를 바라보았다.

가늘게 야윈 달이 당장이라도 떨어질 듯한 각도로 밤하늘에 걸려 있었다. 숨을 내쉬며, 나는 천천히 흐트러진 옷을 매만졌다. 셔츠 안에서 뒤집어진 캐미솔을 끌어내려, 스커트 안에 제대로 집어넣었다. 그런 다음 샌들을 신고 터덜터덜 걷기 시작했다.

보는 눈이 많은 큰길을 피해 철로를 따라 뒷길을 한 시간 정도 걸었을 때, 오랜만에 보이는 풍경이 눈에 들어왔다. 오래된 빌딩과 calico의 간판. 하지만 이런 차림새로는 가게에 들이길 수 없다.

돈도 없어서 맞은편 골목에서 카페를 올려다보았다. 어스름한 조명 덕에 카페 창문은 전부 어둡다. 오히려 밤거리가 더 밝게 보일 정도다. 그 어둠이, 나는 좋았다. 조용하고 차분한 심해와 같은 공간.

달의 위치가 조금씩 움직인다. 한참을 서 있으니 발이 저려 감각이 없었다. 내가 한 자루의 막대기처럼 느껴졌다. 그래도, 나는 여기 외에 다른 곳으로 갈 마음이 들지 않았다. 받아주지 않는다 해도, 여기가 내가 있을 장소라는 기분이 들었다.

창 너머로 실루엣이 나타났다. 마르고 긴 몸. 아아, 후미다. 손님이 돌아간 테이블을 닦고 있다. 실루엣이 움직임을 멈췄다. 어두워서 잘 보이진 않지만 눈이 마주쳤다는 느낌이 들었다. 후미의 실루엣이 안으로 사라지고, 잠시 후 건물 계단으로 누군가가 내려왔다. 천천히 이쪽으로 다가온다.

"어떻게 된 거야?"

예상하지 못한 전개에 당황했다.

"지갑이 없어서."

"그게 아니라."

"응?"

다시 묻기에 내 상태를 두고 하는 말이란 걸 알았다.

"괜찮아. 보이는 것만큼 대단한 건 아니니까."

이유는 몰라도 강한 척 미소를 지으니, 후미가 작게 입을 벌렸다. 어이가 없는 듯, 질려버린 듯, 두 감정이 뒤섞여 화가 난 듯도 했다.

"충분히 대단하거든."

후미는 그렇게 말한 뒤, "들어올래?" 하고 물었다. 후미를 처음 만난 날이 생각났다. 그날은 비가 왔고, 후미는 남색 모카신을 신었고, 내게 우산을 씌워주었다.

─우리 집에 올래?

달고도 차가운 얼음사탕 같은 목소리가, 내 위로 미지근한 빗방울처럼 부드럽게 떨어졌다. 15년이 지난 오늘 밤도, 나는 그날과 똑같이 쉽게 녹아들었다.

"갈래."

빌딩으로 돌아가는 후미의 뒤를, 나는 묵묵히 따랐다. 후미가 calico의 문을 열어준다. 믿을 수 없었다. 나를 위해서는 열리지 않을 거라고 생각했던 문이다. 드디어 자기 나라 땅을 밟은 병사처럼, 나는 안도 끝에 눈물이 쏟아질 것만 같았다.

"얼굴, 어떻게 좀 해봐."

수건을 받아서 화장실로 갔다. 거울을 보고, 아…… 하는 한숨이 흘렀다. 말라붙은 코피가 얼굴 전체에 들러붙었고 입술에는 시퍼런 멍이 생겼다. 블라우스와 스커트를 젖혀보니 똑같이 멍이 있었다. 자각한 순간 온몸이 쑤셨다.

달라붙은 피를 씻어내자 상태가 조금은 나아졌다. 화장실을 나오자 손님이 돌아가고 있었다. 후미가 카운터 너머로 클로즈 팻말을 넘겨주었다.

"문밖에 걸어줘."

"아직 10시도 안 됐는데."

"걸고 나서 문 잠가."

후미는 내 말을 무시하고 안으로 들어가버렸고, 나는 그 말대로 문밖에 클로즈 팻말을 건 뒤 문을 잠갔다. 후미가 타월과 얼음이 담긴 트레이를 가지고 나왔다.

"우선 응급처치하자."

나를 소파에 앉히고 후미가 그 앞에 무릎을 꿇었다. 물수건을 펼쳐 얼음을 감싸고 자, 하고 내게 건넸다. 고마워, 하고 받아 들고는 입가에 댔다. 후미는 가는 주둥이의 주전자를 기울여, 껍질이 까진 내 발에 차가운 물을 끼얹었다. 상처가 따가워서 얼굴을 찡그렸다.

"괜찮으니까 내가 할게."

그렇게 말했지만 후미는 말없이 나의 작은 상처들을 하나하나 씻어서 깨끗이 했다. 후미가 마른 수건으로 발을 닦아주는 사이, 나는 후미와 함께 살았던 그때를 떠올렸다.

"도대체 무슨 일이 있었던 거야?"

타월과 주전자를 정리하며 후미가 물었다. 조금 생각한

뒤 이런저런 일, 하고 대답했다. 간단히 설명할 자신이 없어서 직접적인 원인이 된 사건은 말하고 싶지 않았다.

"살다 보면 이런저런 일이 생기는 건가."

후미는 물러나 맞은편 소파에 앉았다.

"그러고 보니 다니 씨한테서 내 아파트 주변을 서성이고 있었다는 얘기 들었어."

"다니 씨?"

"지난번에 나랑 같이 있던 여자."

"……애인이야?"

부정하지 않기에 역시 그렇구나 하고 납득했다. 후미는 애인에게도 '씨'를 붙이는 모양이다. 어쩐지 후미답다. 질투 비슷한 기분은 안 들기에 내가 후미에게 가진 감정이 사랑이 아니라는 걸 새삼스레 깨달았다. 집착하고 있는 건 변함없지만.

"같이 살아?"

"아니. 다니 씨한테 그렇게 들었는데, 안 오는구나 싶었어."

"다음에 또 보이면 경찰에 신고한대서."

"아, 그래서."

"미나미라고 하더라."

후미가 눈을 들었다.

"이름, 바꿨구나. 미나미 후미? 사에키 미나미?"

"어느 쪽이든 상관없잖아?"

"상관있지. 미나미 후미라면 미가 세 개나 늘어가잖아."

그렇게 말하자 후미는 처음 깨달았다는 표정을 짓는다.

"안타깝게도 미가 세 개나 들어가는 미나미 후미야. 호적은 그대로지만."

"가명이라면 하쿠초라든가 무샤노코지(일본 근대를 풍미한 소설가들) 같은 더 굉장한 이름이 좋았을 텐데."

"튀어서 뭐 좋다고."

"아, 그런가."

납득하는 나를 후미가 뭐라 말할 수 없는 표정으로 바라보았다.

"사라사는 변함이 없네."

후미가 작게 입꼬리를 올렸다. 아아, 그래. 후미는 이렇게 웃는 사람이었지. 그리움에 목이 메는데 갑자기 깨달았다. 지금, 후미가 사라사라고 불렀나?

"왜 잊어버린 척해."

추궁하자 후미가 천천히 아무것도 없는 쪽으로 시선을 돌렸다.

"나하고 엮이지 않는 게 낫다고 생각했어. 그랬는데 엄청난 모습으로 나타나니까."

차마 못 본 척할 수는 없었다는 얘기리라.

"미안해. 이제 갈게. 도와줘서 고마워."

"갈 데는 있어?"

없다. 하지만 나는 여기 있을 자격이 없다.

"그냥 있어."

나는 고개를 가로저었다.

"후미는 날 원망하지?"

후미가 눈을 살짝 크게 떴다. 생각지도 못한 말이라는 표정이다.

"왜 그렇게 생각해?"

그 질문은 후미가 그렇게 생각하지 않는다는 뜻이었다. 후미는 나를 원망하지 않는다. 그 사실을 안 순간, 꽉 막아두었던 감정이 흘러넘쳐 잠시 멍해졌다.

"……그러니까 내가." 목이 바짝바짝 마른다. "……내가." 질질 끄는 듯한 목소리가 새어 나왔다.

"사라사."

후미가 내 이름을 부른다. 그것만으로도 나는 완전히 무너졌다.

"그때 경찰서에서, 내가 다 망쳤어."

눈물이 쏟아졌다.

"내가 한 말 때문에, 아니, 하지 못한 말 때문에 후미가 정말로 나쁜 사람이 됐어. 나는 도저히 다카히로가 한 짓을 말할 수 없었어. 그 바람에 후미의 죄가 더 무거워졌을 거야."

"그건 어쩔 수 없어. 쉽게 꺼낼 수 있는 이야기가 아니니까."

나는 고개를 가로저었다.

"만약 후미를 다시 만난다면 무릎 꿇고 빌 작정이었어. 죽으라고 하면 죽자 싶었어. 산다고 해서 좋은 일 같은 거 없을 거라고 생각했어."

떨리는 목소리로 말을 이었다. 하지만 말은 마음을 조금도 따라잡지 못했다. 훌쩍이며 혼나는 아이처럼 치마를 꼭 잡아 쥐었다. 일그러진 시야 너머로 후미가 무척 곤란한 표정을 짓고 있었다.

"뭐, 산다고 딱히 좋은 일이 없다는 건 동감인데."

후미다운 말투에 문득 묘한 그리움이 밀려왔다. 정말로 후미다. 나는 지금 후미와 함께 있다. 후미와 말을 섞고 있다. 죽는다는 바보 같은 소리 하지 말라는 말 따위, 후미는 하지 않는다.

─로리콘이 아니더라도 산다는 건 괴로운 일투성이야.

후미는 아홉 살 어린이에게도 그런 말을 거리낌 없이 하는 사람이었다.

"그때 왜 도망 안 갔어?"

쭉 궁금했다.

"동물원에서 경찰관이 달려왔을 때, 내가 도망가라고 했잖아. 그런데도 후미는 내 손을 꼭 잡아줬어. 내가 가여워서 그랬어? 나도 손을 맞잡아서 도망을 못 간 거야? 체포되면 무시무시한 일이 벌어진다는 거, 알고 있었지?"

그 시절 나는 후미가 어른이라고 생각했다.

하지만 겨우 열아홉 살이었다.

나는 그저 거기 있는 것만으로도 거대한 짐이 되어 후미를 짓눌렀으리라.

열아홉 살 대학생이 아홉 살 여자아이를 언제까지나 곁에 둘 수는 없는 일이다. 언젠가는 반드시 들킨다. 휴일에 둘이서 빈둥빈둥 피자를 시켜 먹고 이불에서 뒹굴며 저녁밥 대신 아이스크림을 핥아 먹으면서, 종알거리는 내 옆에서, 후미는 천천히 궁지에 몰리고 있었을 터다. 아무것도 모르는 나는 어리광만 부렸다.

"……미안합니다."

"사라사가 사과할 필요는 없어. 나는 내가 하고 싶은 대로 했을 뿐이야."

"하지만 예나 지금이나 나는 후미의 도움만 받고 있는걸."

—우리 집에 올래?

끔찍이도 힘든 시기에 후미의 그 말이 단비가 되어 나를 몇 번이고 상냥히 어루만져주었다. 나는 지금도 똑같은 기분을 느낀다. 바싹 말라 굳어버린 천에 물이 스며 원래의 모습을 찾아갔다. 내가 나의 모습을 되찾았다.

"커피라도 마실래?"

"고마워."

"아이스커피가 통증이 덜하려나."

"따뜻한 게 좋아. 보기보다는 안 아파."

"울어노 보튼나."

그리고 나는 다시 울고 말았다. 감정적이었던 아까와 달리, 이번에는 아파서 나는 생리적인 눈물이었다. 후미가 가져다준 물을 감사히 마셨다.

"똑같네."

"뭐가?"

"사라사. 처음 봤을 땐 흔한 느낌의 사람이 되었다고 생각했는데."

나는 조금 상처받았다. 하지만 후미의 감상은 그야말로 15년 걸려 내가 만들어온 것이었다. 무슨 소리를 들어도 반응하지 않고, 선의든 악의든 억지웃음으로 흘려 넘기며, 쓸데없는 이야기는 하지 않고, 그저 저기 놓여 있는 장식품처럼 나를 꽁꽁 닫아왔다.

"하지만 속은 하나도 안 변한 것 같다."

후미가 나를 응시했다.

"나는 옛날에 어떤 아이였어?"

알고 싶었다. 진짜 내가 어땠는지, 나도 모르고 있다. 이렇게 되어버리기 전에 나는 어떤 아이였을까. 그걸 알고 있는 건 이제 후미밖에 없다.

"게으르고, 약간 바보 같은 느낌이었지."

나는 눈을 깜박거렸다.

"아니, 잠깐만. 좀 더 다른 거 없어?"

그토록 알고 싶었던 진실이 그거라니 너무하다.

"엄청 자유로웠어."

지금의 나와는 한참 동떨어진 사람이다.

"잘 모르는 사람 집에 온 날 밤부터 쿨쿨 자고, 다음 날 집에도 안 가고, 내가 해준 아침을 지저분하게 먹고는 또 쿨쿨 자고, 계란프라이에는 케첩을 뿌리고, 폭력적이고 과격한 영화를 보고, 살짝 무서울 정도로 구김살이 없었어."

"무서웠어?"

15년 만에 마주한 진상에 충격을 받았다.

"금방 익숙해지긴 했지만."

어린이란 이만큼 자유로운 걸까 싶었지만, 자신이 아홉 살이었을 때와는 완전히 다른 생물을 마주하고 점점 영향을 받기 시작했다고 했다.

"먹을 가까이하면 검어진다는 말은 진짜구나 싶었어."

"아, 그 말 어릴 때 친구 부모님한테 들은 적 있는데. 사라사네 집은 정상이 아니니까 가까이 지내지 말라고 부모님이 그러셨대. 그래서 친구 안 하겠다고."

"신기하네. 우리 엄마도 내 친구를 두고 그런 이야기 자주 했어."

"기분 나쁜 우연이네."

나는 얼굴을 찡그렸다. 후미가 말한 오래전의 나는, 나의 기억과 완전히 일치한다. 게으르고 바보 같고 제멋대로라 진구의 부모까지 눈살을 찌푸리게 만드는 아이였다. 신실을 알고 싶다고 진지하게 생각해왔는데 힘이 쭉 빠졌다.

"후미, 그 안경, 멋으로 쓴 거야?"

"어어."

"벗어봐."

"왜."

"그냥. 어서 벗어봐."

제멋대로에 자유로웠던 어린 시절로 돌아간 기분이었다. 후미가 못 말린다는 듯이 안경을 벗었다. 그러고 보니 후미는 옛날에 내가 무슨 말을 할 때마다 자주 이런 표정을 지었지.

"앞머리 젖혀봐."

"왜?"

"그냥. 어서 젖혀봐."

"진짜 제멋대로라니까."

후미가 앞머리를 젖혀 올렸다. 길고 가는 손가락. 내가 아는 후미의 얼굴이 드러났다.

"후미는…… 깜짝 놀랄 정도로 하나도 안 변했네."

그리움과 놀라움이 동시에 나를 감쌌다.

"안 변했어?"

"응. 옛날하고 하나도 안 변했어. 그대로야."

후미는 쓸쓸히 웃었다. 남자는 어려 보이는 걸 싫어한다.

"나하고는 반대로 속은 엄청 변했지만."

"그래?"

"성인 여성을 사랑하게 되었으니까."

소아성애자와 아홉 살 여자아이라는, 우리를 연결했던 그 접점이 후미의 안에서, 내 안에서 사라졌다. 대신 새로운 관계를 맺을 가능성이 생겼다.

"이젠 나랑 후미가 연애를 한다 해도 아무도 뭐라고 하지 않겠지."

후미가 노골적으로 기분 나쁜 표정을 지었다.

"그냥 가능성이란 얘기고, 개인적으로 후미하고는 연애하고 싶지 않으니까 안심해."

이번에는 휴 하는 표정을 짓는다. 얼굴에 너무 잘 드러난다. 하지만 예전부터 나는 후미가 좋아하는 타입이 아니었다. 그건 그대로 이어지고 있다는 생각에 기분이 이상했다.

"게다가 나, 후미하고만큼은 자고 싶지 않아."

후미는 멍하니 얼이 빠진 표정을 지었다. 늘 이성적인 후미가 웬일이지.

나 자신도 무척 놀랐다. 나는 언제나 생각에 생각을 거듭한 끝에 말을 꺼낸다. 혹은 생각한 끝에 말을 하지 않는다. 어느 쪽이 많은가 하면 후자가 많아서 말이 없는 사람이라는 소리를 듣는다. 그런데 후미 앞에서는 입도 혀도 무방비

상태가 된다. 그런 나에게 놀랐다.

"부탁인데 조금만 생각을 하고 말해줄래."

"미안해. 평소에는 이러지 않는데."

겨우 반나절 만에 희로애락, 모든 감정의 극치를 오갔기 때문일까. 아니면 진통제가 들어서일까. 머리가 멍해지면서 쓰러질 것만 같다. 나는 샌들을 벗고 넓은 소파에 발을 올린 채 무릎을 안았다.

"여전히 아무렇게나 앉네."

"진짜."

서로 조그맣게 웃으며, 후미도 신을 벗고 소파에 한쪽 발을 올렸다. 무릎을 세워 그 위에 턱을 얹고 나를 본다. 둘이서 게으르게 살던 그때 그 시간 같다.

"아까 하던 얘기 계속해도 될까?"

후미는 허락한다는 표정을 짓지 않았지만 나는 말하고 싶었다. 얻어맞은 뺨이 부어올라서 뜨거웠고, 눈앞에는 후미가 있고, 분노와 안도가 같은 크기로 내 안에 있었다.

"연애하는 사이가 되면, 어느 정도는 그걸 해야겠지."

후미는 아까보다 더 인상을 썼지만, 그래도 묵묵히 듣고 있었다.

"나는, 그게, 싫어."

한 마디, 한 마디, 목에 걸리는 소금 알갱이처럼 말을 뱉었다.

애인이 만져주어도 차갑게 굳어가는 신체와 마음. 그 이유를 생각할 때마다, 떠오르는 원인을 마음속으로 뭉개며 어느새 생각을 멈춰버렸다.

"그런 나에게 결함이 있다고 생각해."

내 안에는 차갑게 굳어진 부분이 있어서, 진정으로는 아무하고도 이어질 수 없는 인간이 아닐까 생각한다. 아무리 노력해도 어쩔 수 없이 부서진 부분이 있다고. 그걸 어쩔 수 없다고 인정하는 한편, 인간의 영역에서 튕겨져 나간 사람이라는 슬픔에서 벗어날 수 없었다. 모순과 고독. 누군가에게 이 사실을 고백하는 건 처음이다.

후미는 가만히 나를 보고 있었다.

"미안해. 갑자기 이런 이야기 꺼내서 당황했지."

"아니, 나도 이해해."

내 고백에 동의하자 약간 화가 났다.

"정말 이해해?"

"나도 세상에서 튕겨져 나온 쪽이니까."

아아, 그랬다. 후미도 다른 사람과 다른 자신 때문에 발버둥 치는 사람이었다. 그 탓에 인생이 꼬여버렸지. 우리는 둘 다 입을 다물었다.

"지금 그 이야기, 그 끔찍한 얼굴이랑 상관있어?"

"응. 그것 말고도 이것저것 많지만."

상황은 실로 이어진 비즈 목걸이 같다. 한 개를 꺼내서 목걸이 전체를 이야기할 수는 없다. 어디가 시작이고, 어디가 끝인지도 모르겠다.

"때린 건 그때 그 남자지?"

단언하는 말투였다.

"처음에는 널 데리러 왔지. 두 번째는 널 찾으러 왔다가 카운터에 앉은 손님 얼굴을 하나하나 들여다보고 없다는 걸 확인하고는 말없이 나갔어. 그 뒤로도 얼굴을 가리고 몇 번인가 오더니 얼마 전에는 어린 여자아이를 데리고 와서 휴대전화로 이것저것 찍더라. 그 사진은 뭐였을까. 어디 올리기라도 한 거 아닌지 몰라."

남의 말 하는 듯한 말투였지만 후미는 알고 있었다. 겨우 손에 넣은 평온한 삶이 다시 위협받고 있다는 사실도, 그것에 대처할 방법이 없다는 사실도.

"무섭지…… 않아?"

너 때문이라고 추궁을 당해도 하는 수 없는 질문을 하고 말았다.

"무섭지. 하지만 어쩔 수 없잖아."

후미는 무릎을 당겨 안으며 천장을 올려다보았다. 아아, 그래. 세상은 어쩔 수 없는 일들로 넘쳐 나고 있으니. 부당하다고 성을 내도 에너지만 소모될 뿐이다. 그러니 깊이 생각하지 않도록 마음을 누르고 사는 수밖에.

둘이서 멍하니 천장을 보고 있는데 밖에서 문 두드리는

소리가 났다. 나와 후미는 그쪽을 보았다. 클로즈라는 명패를 걸어두었다. 하지만 다시 두드리는 소리가 들렸고 내 안에 공포가 일었다. 잠시 뒤 갑자기 어마어마한 소리가 울려 퍼졌다. 깜짝 놀라 몸이 움츠러든다.

"사라사, 나와! 여기 있지!"

역시 료였다. 계속해서 문을 발로 차는 굉음이 들렸다.

"힘이 좋네."

후미가 지긋지긋하다는 표정을 지었다. 나는 일어섰다.

"갈게."

"지금 나가면 또 얻어맞아."

"이대로 있으면 다른 가게에도 피해를 주니까."

이야기하는 중에도 마구 화를 내며 성질을 부리는 소리가 들린다.

"이 건물은 1층하고 우리밖에 없어. 밤에는 우리뿐이니까 좋을 대로 날뛰게 둬. 저러다 정신이 들겠지. 커피 더 마실래?"

내 대답을 기다리지 않고 후미가 주방으로 들어갔다. 후미 말대로 지금 나가면 엄청난 아수라장이 되리라. 나는 다시 소파에 앉으며 무릎에 얼굴을 묻었다.

진한 커피 향이 풍겼다. 이번에는 서버째 들고 와서 얼음이 가득 든 유리잔에 3분의 1은 커피를 붓고, 나머지는 우유와 시럽을 더했다.

"너무 달 것 같은데."

"괜찮으니까 마셔."

이건 커피가 아니라 설탕물이지, 하고 유리잔을 받았다. 한 모금 마셨다. 혀가 얼얼할 정도로 달다. 나는 얼굴을 찡그리며 후미의 독촉에 한 모금 더 마셨다. 달콤한 전류가 혀를 통해 전신으로 퍼졌다. 천천히 신경이 마비되는 듯하다.

"달고, 차고, 머리가 아파."

끈적끈적한 시럽에 잠겨 상처 입은 몸에 무거움이 더해갔다.

"사라사, 요즘도 저녁으로 아이스크림 먹니?"

맥락 없는 질문에 나는 고개를 옆으로 저었다.

"어째서?"

"이젠 아이가 아니니까."

지루한 이유다. 하지만 지루함의 집합체가 일상이다.

어느새 괴성이 잦아들었다. 한참 있다가 쿵 하는 소리가 났다. 얼마 후 또 쿵 하는 소리. 힘없는 노크 사이로 내 이름을 부르는 소리가 들린다. 부서져 잘 들리지 않는 단어들. 하지만 무슨 말을 하는지는 상상이 간다.

—앞으로는 절대로 안 그럴게.

—반성하고 있어, 미안해, 얘기 좀 하자.

쿵, 쿵, 문 두드리는 소리가 빗물처럼 고막을 울렸다. 나는 손으로 귀를 꽉 틀어막았다. 애처로운 부탁이 폭력과는 전혀 다른 부분을 공격했다. 상냥함과 너그러움이라는, 인간의 무른 부분을 치고 들어오는 방법이 교활하다. 나는 나쁜 사람이 아니야. 나쁜 사람이 아니라고 되뇌었다.

"사라사."

머뭇머뭇 고개를 들었다.

"다 마셔."

후미가 잔을 본다. 나는 느릿느릿, 어마어마한 양의 시럽이 들어간 커피를 한 번에 다 마셨다. 속이 울렁거릴 정도로 달았다. 전신에 노곤함이 퍼져 강제로 긴장감이 풀려서는 턱 하니 소파에 쓰러졌다.

"조금 자둬."

달고 찬 얼음사탕 같은 목소리. 아아, 너무 피곤해. 몸 여기저기가 아프다. 머리도 아프다. 손끝이 무겁다. 온몸이 노곤해서 죽을 것만 같다. 쫓기는 짐승이 겨우 자기가 파놓은 구멍으로 도망친 기분. 나는 후미의 보호를 받으며 잠에 빠져들었다.

한 시간 만에 눈이 떠졌다. 피곤이나 통증은 그대로였지만 기분은 조금 나아졌다. 오늘 밤 나는 꽤나 흥분했다. 피투성이로 나타나고, 묵직한 고백을 하고, 정신없이 잠에 빠져들고, 꼴사나운 행동을 한 끝에 이제 와서 부끄러워졌다.

후미는 내 눈앞에 앉아 무릎을 안고서 나를 응시하고 있다. 기다란 앞머리 틈으로 새카만 구멍 같은 두 개의 눈이 보인다. 예전과 다를 바 없는, 텅 빈 동굴과도 같은 눈에 놀랐다. 후미는 이제 소아성애자가 아닌데, 성인 여성 애인도 있는데, 더는 고독하지 않을 텐데, 어째서 옛날과 똑같이, 그렇게 무서울 정도로 허무한 눈을 하고 있을까.

"⋯⋯후미?"

부르는 소리와 함께 어렴풋이 똑, 똑, 하는 소리가 나고 있다는 걸 깨달았다. 수도꼭지에서 물방울이 떨어지는 것만 같은 일정한 간격의 소리가 무척이나 신경 쓰였다. 료는 내가 나오지 않는 한 돌아가지 않을 것이다. 계속해서 저 불쾌한 소리를 내리라.

"가야겠다."

후미가 움찔했다.

"가서 이래저래, 제대로 정리해야지."

집으로 가서 엉망진창으로 엉킨 매듭을 하나하나 풀거나, 혹은 끊어내야만 한다. 나나 료 모두 상처를 받겠지만, 더는 방법이 없다.

"괜찮겠어?"

"응, 이대로는 아무것도 안 돼."

후미는 알았다는 듯이 고개를 끄덕였다. 이제 눈은 텅 비어 있지 않다. 나는 몸을 일으켜 세웠다. 고마워, 하고 인사하자 작게 접은 1만 엔을 건넨다. 그렇지, 나는 돈 한 푼 없이 밖에 나왔지. 괜찮다고 하려다 말고 생각을 바꿔 받아 들었다.

"고마워. 꼭 갚으러 올게."

이건 후미를 다시 만나겠다는 약속이었다.

잠근 문을 풀자 생각보다 큰 소리가 났고 문 너머에서 사람의 움직임이 느껴졌다. 문 앞에 사람이 앉아 있다. 그 사람이 일어서기를 기다렸다가 문을 열었다. 초라한 모습의 료가 서 있었다. 흰자위가 붉게 충혈되어 있다.

"······사라사."

나는 말없이 료의 옆으로 빠져나왔다. 계단을 내려가자 료가 뒤따라왔다. 자정에 가까운 시각, 역을 향해 걸었다.

"사라사, 택시 잡을게."

"아직 전철 있어."

"그런 얼굴로 전철 못 타잖아."

나는 뒤돌아서 료와 눈을 마주했다. 이런 얼굴을 만든 건 당신이잖아, 라는 뜻을 전달하기 위해. 료는 입가를 일그러뜨리며 미안, 하고 눈을 피했다.

"다시는 안 그럴게."

료는 전에도 그렇게 말했다. 그때 나던 인공적인 포도 향이 떠오른다. 모조품. 사랑을 닮았지만 사랑은 아니다. 료는 자기 동굴을 채워줄 누군가가 필요할 뿐이다. 나도 비슷한 사람이었고, 오늘 밤 그 사실이 명백히 드러났다.

"료, 한 가지 부탁이 있어."

"뭐든 들어줄게."

"너무 피곤해. 들어가면 곧장 혼자 자고 싶어."

"물론이지. 편하게 쉬어. 나는 소파에서 잘 테니까."

그것뿐이야? 뭐든 더 말해봐, 하고 아첨하듯이 말한다.

"내일 일하러 갈래."

"가면 되지. 당연해."

그 당연한 일이, 더는 우리 사이에 통용되지 않는다.

"하지만 그런 얼굴로 접객할 수 있어?"

"할 거야."

"무리하지 않는 게 좋을 것 같은데."

"가지 말라는 거야?"

료가 입을 다물었다.

"걱정이 돼서."

나는 대답 없이 다시 역을 향해 걸었다. 플랫폼에서도 전철 안에서도 내 모습은 주목을 끌었다. 료는 안절부절못하는 것 같았지만 나는 아무렇지 않았다.

"가나이 씨, 무슨 일이야, 그 얼굴."

로커 룸에 들어가자 히라미쓰 씨와 동료들 눈이 휘둥그레졌다.

하룻밤 지나니 어젯밤보다 상태가 더 심각해졌다. 얼굴 전체가 벌겋게 붓고, 왼쪽 눈두덩이도 부어서 눈을 덮을 지경이었다. 제일 심한 건 찢어진 입가였다. 누가 봐도 폭력을 당한 것처럼 보이는 검은 멍이 퍼져서, 다른 매장 사람들도 겁먹은 눈으로 나를 보았다.

"아, 너무하네. 진짜 끔찍하게 당했구나."

안자이 씨만 웃어넘겨주어서 마음이 놓였다.

홀에 들어서자 나를 본 점장 눈이 놀라서 동그래졌다. 잠깐 스태프 룸으로 들어오라고 손짓을 했다. 집에 가라고 하려나. 나는 살짝 고갯짓으로 인사하고 점장을 마주했다.

"어, 그게, 이런 이야기는 프라이버시 침해가 될지도 모르겠지만, 아니, 성추행에 가까운가. 하지만 서비스 직종이니까, 일단은 나도 점장으로서."

"아무래도 이 얼굴로는 안 될까요. 홀이 안 되면 주방 일이라도 할게요."

"아, 음, 그래줄래. 그럼 히라미쓰 씨하고 교대해서 주방으로 가줘. 하지만 오늘 부른 건 그 일이 아니고, 저, 그게, 전부터 하고 싶었던 말이 있었어."

네, 하고 자세를 바로 했다. 무슨 말을 듣더라도 동요하지 말자.

"우리는 항상 정사원을 모집하고 있어."

"……네?"

"월급이 특별이 많은 건 아니지만, 아르바이트하고 다르게 사원이 되면 보험도 있고. 가나이 씨는 오래되기도 했고,

근무 태도도 좋고, 나도 자신 있게 본사에 추천할 수가 있어
서.”

점장은 작은 목소리로 우물우물 이야기를 계속했다.

“일손이 부족한가요?”

그렇게 묻자, 아, 아니…… 라고 하며 점장은 머리에 손을
짚었다.

“혹시 무슨 일이 생기더라도 수입이 안정되는 게 좋지 않
나 싶어서. 남자 친구하고 싸웠다든가 이사를 한다거나 할
때 정사원이면 여러모로 편할 거고.”

점장은 나와 눈을 마주한 채 내가 주제넘었지, 정말 미안
해, 하지만 가나이 씨가 일을 잘해주니까, 하고 중얼중얼했
다. 항상 근무 시간표 때문에 허둥지둥하면서 직원들에게
고개를 숙이는 마음 약한 점장을, 나는 한편으로 얕보고 있
었다. 말로 다 할 수 없는 수치심이 일었다.

“고맙습니다.”

고개를 숙이니 점장은 아니, 아니야, 하고 당황하며 자, 그
럼 그렇게 알라고, 하며 스태프 룸을 나갔다. 히라미쓰 씨와
교대하여 주방으로 들어가 묵묵히 일을 했다.

일이 끝나고 안자이 씨에게 차를 마시지 않겠냐고 했더
니, 뭐든 들어주겠다며 어깨를 으쓱했다. 둘이서 로커 룸을
나가려 했을 때 히라미쓰 씨가 말을 걸었다.

“가나이 씨, 나도 언제든 이야기 들어줄게.”

작게 속삭이는 소리에 나는 인사만 했다.

"저 사람들, 진짜 듣기만 할 뿐이야. 그것도 자기 행복을 확인하기 위해서."

출입문을 나오자 안자이 씨는 인상을 쓰며 기지개를 켰다.

"그래서 그 얼굴 뭐야. 너무 심했다."

카페에 들어가자 안자이 씨가 새삼 내 얼굴을 들여다봤다.

"남자 친구, 열받으면 폭발하는 타입이야?"

나는 어디서부터 이야기해야 할까 생각했다. 다 말할 수는 없고 말하면 말할수록 곤란해지는 기분도 든다. 그래서 결론부터 말하기로 했다.

"헤어질 생각이에요."

"으음, 아깝네."

안자이 씨는 미간을 찌푸렸다.

"하지만 폭력은 안 되지. 그 버릇은 웬만해서 고치기 힘들어."

"그래요?"

"헤어진 내 전남편도 그랬거든."

안자이 씨는 프라푸치노를 마구 뒤섞었다.

"평소엔 착한데 한번 열받으면 대단했지. 임신했는데도 발로 차고 때리고. 필사적으로 배를 부여잡고서 아, 이런 새끼를 고르다니 내가 미쳤네, 하고 참았지."

"참았어요?"

"집에는 가기 싫고, 혼자 살 정도로 돈을 버는 것도 아니고. 아르바이트하던 곳에서 정사원 이야기가 나왔지만, 그렇게 기를 쓰고 열심히 안 살아도 자기가 벌어 먹일 테니까 넌 집안일이나 하라고 했거든. 그때는 괜찮은 남자 잡았다고 좋아했지. 지금 생각하면 벌이도 없는데 제까짓 게 도망가겠냐 하고 얕잡아본 것 같기도 해."

료와 비슷하다고 생각했다.

"손찌검하는 남자는 날뛰고 엄청 반성해. 세상 가여운 표정으로 사과한다고. 그거 절대로 믿으면 안 돼. 그놈들한테는 스위치가 있어서 그게 한번 탁 켜지면 멈추질 못해. 끝장인 거지. 그놈들 의지하고는 상관없어. 병이야."

안자이 씨는 허공을 올려다보며 진짜 최악이었어, 하고 중얼거렸다.

"헤어져도 혼자 먹고살 수 있겠어?"

"그건 모르겠지만 료하고는 더 이상 안 되겠어요."

"헤어져줄 것 같아? 가정폭력범들은 끈질기다고."

"안자이 씨, 전에 야반도주 이삿짐센터 안다고 했죠?"

"응. 아아, 부르려고?"

나는 고개를 끄덕였다.

"그 전에 헤어지자는 말은 해야겠지만요."

그러자 안자이 씨가 절대로 안 된다고 했다.

"헤어지자는 말을 꺼내면 또 열받아서 폭력을 써. 그러니까 우선은 거리를 둬. 만나서 이야기하더라도 카페나 다른 사람 눈이 있는 데가 낫고."

끄덕끄덕했다. 같은 경험을 해본 사람이라 설명하지 않아도 알아주는 게 고맙다. 안자이 씨한테 상담해서 다행이었다.

"결정했으면 빠른 게 좋지. 언제로 할래?"

"이사 갈 곳이 정해지면요."

"우리 빌라 저렴해. 소개해줄까?"

"고마워요. 하지만 살고 싶은 동네가 있어요."

"오케이. 이사 갈 곳 정해지면 알려줘."

"귀찮은 일 부탁해서 미안해요."

"나야말로. 대신 나중에 또 리카를 부탁해."

깍쟁이처럼 교환 조건을 내세워 오히려 마음이 편했다.

안자이 씨와 헤어지고 후미가 사는 동네 역에서 내려 맨 처음 보이는 부동산 회사에 들어갔다. 어서 오십시오, 하고 웃으며 일어서던 남자가 멈칫했다. 아아, 그렇지. 끔찍한 얼굴을 하고 있었다는 걸 잊었다.

"이 근처에 살 집을 찾는데요."

네, 하고 남자가 나오다가 상사처럼 보이는 연배의 남자에게 제지를 당하고, 대신 삼십대 정도의 여성이 나왔다. 부동산 회사에는 다양한 이유로 집을 찾는 사람들이 온다. 분명 내가 이사하려는 이유를 손바닥 들여다보듯 훤히 알고 있는 것이리라.

나의 희망 사항은 곧바로 이사할 수 있는 곳일 것, 되도록 저렴한 매물일 것, 이 두 가지뿐이었다. 자료를 뒤지다가 매물 몇 건을 보러 가기로 했다. 담당자가 차로 안내해주었다.

살펴본 방은 모두 그런대로 괜찮았다. 료와 사는 집처럼 널찍한 거실과 부엌에 방 두 개인 공간과는 비교할 수 없다. 빛도 잘 안 들고 설비도 낡았다. 방도 좁다. 하지만 나 혼자만 살 수 있는 공간이다. 부동산으로 돌아오면서 후미의 아파트가 있는 길로 들어섰다.

"저 아파트."

나도 모르게 중얼거렸다. 네, 하고 담당자가 핸들을 잡은 채 대답했다.

"저기 저 두부같이 생긴 흰 아파트 괜찮네요."

"새 건물이고 외관이 심플해서 젊은 분들에게 인기가 있지요."

"월세, 비싸겠지요?"

음, 좀 하지요, 하고 내게 알려준 금액은 내 예산을 가볍게 뛰어넘었다. 부동산으로 돌아와 어느 집으로 할까 상담을 하면서도 머릿속에서는 후미가 사는 아파트가 떠나지 않았다.

"아까 그 아파트, 빈집 있나요?"

잠시만요, 하고 담당자가 컴퓨터로 확인했다. 그냥 물어보는 걸 테고, 내가 그런 곳에 이사하긴 힘들 거라는 걸 알면서도 담당자는 친절히 응대했다.

"3층이 한 곳 비어 있네요. 마침 지난달에 막 나갔어요."

후미의 집은 3층 오른쪽 끝이다.

"3층, 어느 집인가요?"

"302호입니다. 안에서 두 번째니까 여기입니다."

담당자가 보여주는 도면을 보며 아…… 하고 한숨이 새어 나왔다. 방 하나에 거실과 부엌이 있는 널찍한 집이었다. 그 시절 후미의 집과 닮았다. 보고 싶어요, 하는 말이 나도 모르게 새어 나왔다.

"월세가 상당히 오버되는데요."

"알고 있습니다. 하지만 보여주세요."

한 번 더 차를 타고 가서 아파트 바로 뒤 주차장에 차를 세웠다.

엘리베이터로 3층까지 올라가 들어간 곳은 후미의 바로 옆집이었다. 문이 열리고 거실로 들어선 순간 그리움에 숨이 막혔다. 새하얀 벽으로 된 거실, 카운터로 분리된 부엌, 안쪽에 위치한 침실, 욕실의 색 조합, 모든 게 후미가 살던 집을 닮았다.

"마감재도 청결감이 있고 좋지요. 수납 공간도 많아요."

"여기로 하겠습니다."

네? 하고 담당자가 돌아본다.

"너무 성급하게 정하지는 마세요. 집을 보고 충동적으로 결정하시는 손님들이 많은데, 일단 집에 가셔서 천천히 생각하시는 게 **좋습니다**. 월세가 오버되는 매물은 권장하지 않습니다."

"괜찮습니다. 여기로 하겠습니다."

단언하는 나에게 담당자는 뭔가 더 할 얘기가 있는 듯한 표정을 지었지만 알겠습니다, 라고만 했다. 부동산으로 돌아가 계약에 대한 설명을 듣고 서류를 기입했다. 나머지는 보증회사의 심사만 통과하면 입실할 수 있다고 한다. 집에 가는 길, 전철에서 나는 조금씩 냉정을 되찾았다.

저질러버렸네.

후미와 같은 동네에 살고 싶다는 생각은 했지만 설마하니 옆집이 될 줄이야. 다니 씨에게 들키면 정말로 경찰에 신고당할 테고 예산도 부담이다. 무엇보다 후미가 거북하게 생각하겠지. 나의 이성은 정신 차리라고 한다. 그런데도 결심은 단호했다. 안자이 씨가 한 말이 떠올랐다.

―그놈들한테는 스위치가 있어서 그게 한번 탁 켜지면 멈추질 못해.

스위치가 한번 켜지면 끝장나는 사람이 있다. 그 스위치를 나도 가진 듯하다. 그 집에 들어서는 순간, 내 안쪽 어딘가에서 탁 하는 소리가 났다. 아아, 내 집이다, 하고. 병이라고 안자이 씨는 말한다. 내가 스토커라고 다니 씨는 말한다. 두 사람의 말이 겹쳐지며 어린 시절 일이 떠올랐다.

―나도 언젠가는 위험한 사람이 될까?

동네 아주머니들은 엄마가 '속세를 벗어난 사람'이라고 수군거렸다. 도서관 언니에게 그 뜻을 물었더니 "지나치게 마이 웨이로 살아서 위험한 사람"이라고 대답했다. 위험한 엄마와 위험한 아빠 사이에 태어난 나도 언젠가 위험한 사람이 될까? 하고 생각했던가.

그러고 보니 후미도 그렇게 말했다. 나는 게으르고 바보 같고 자유롭고 제멋대로인 아이였다고. 15년 만에 마주한 진실. 후미를 다시 만난 뒤, 나는 점점 어린아이였던 때로 돌아가고 있다.

며칠은 평온하게 흘러갔다. 나를 향한 폭력이나 범죄 사이트에 올린 글에 대해 료는 한마디도 하지 않았고, 대신 같이 산 이후 처음이라고 할 정도로 집안일을 했다. 나도 굳이 지난 일을 끄집어내지 않았다. 태풍이 불어닥치기 전에 조금이라도 힘을 비축해둬야지.

사흘 후 보증회사의 심사가 통과되어 안자이 씨가 야반도주 이삿짐센터에 전화를 걸어주었다.

"여보세요―, 가나코한테서 연락받고 전화드립니다― 이사하신다고―"

내 휴대전화로 곧장 연락이 왔다.

"급하다고 들었는데요―, 언제가 좋을까요―?"

묘하게 어미를 길게 끌며 단조로운 어투로 말하는 남자였다. 괜찮을까 하는 불안이 엄습했다.

"되도록 빨리 부탁하고 싶습니다. 내일은 안 될까요?"

"내일요— 낮입니까, 밤입니까—?"

"아, 낮에요."

이사를 밤에 하겠냐고 물을 줄은 몰랐다. 역시 야반도주답다.

"짐은 어느 정도 있습니까—? 큰 가구는 몇 개지요—?"

"가구는 탁자하고 의자 정도입니다. 나머지는 옷과 일용품."

"네— 네. 그럼 내일 가능합니다—"

어미가 늘어지는 느긋한 말투와는 상반되게 남자는 일을 척척 진행시켰다.

이튿날 아침, 평소와 변함없이 아침을 차리고 료를 배웅했다. 나도 출근하는 것처럼 집을 나섰다가 역 앞 PC방에서 시간을 보냈다. 직장에는 하루 쉰다고 말해두었다.

정오가 지나 아파트로 돌아오니 정확하게 약속한 시간에 벨이 울렸다.

"안녕하세요—, 택배입니다— 짐 가지러 왔습니다—"

인터폰 너머로 어제 그 전화 목소리가 들렸다. 문을 열자 동그란 얼굴에 안경 낀 남자와 반질반질한 민머리의 젊은 남자가 서 있었다. 둘 다 택배회사 유니폼을 입고 있다. 이웃에서도 의심하지 않으리라.

"그럼 짐 옮기겠습니다—"

납작하게 접힌 플라스틱 상자를 들고 두 사람이 들어왔다.

"우선은 자주 쓰시는 것부터요— 옷은 여기에—"

조립한 플라스틱 상자 안에 봉이 꽂혀 있어서 거기에 쓱쓱 옷을 걸 수 있었다. 종이 박스에는 식기와 일용품이 착착 쌓였다.

"이건 어떻게 할까요—? 이 책장에 있는 건요—?"

가져갈 것, 그러지 않을 것의 판단을 쉬지 않고 해야 했다. 료가 직장에 있다는 걸 알고 있었지만, 당장이라도 현관문을 열고 들어올 것만 같은 공포감이 있다. 초조함에 등이 떠밀려서 거의 대부분 필요 없다고 대답했다. 겨우 30분 만에 택배회사를 가장한 이삿짐센터 트럭에 내 물건이 쌓였다.

"자—, 그럼 저쪽에서 뵙겠습니다—"

"잘 부탁드립니다."

현관에서 이삿짐센터 사람들을 배웅하고 거실로 돌아왔다. 가져간 가구는 침대 옆에 두었던 작은 탁자와 의자뿐. 예전 집에서 가져온 내 것이었다. 다른 건 모두 료와 함께 사모았다. 그것들을 가지고 나올 기분은 들지 않았다. 3년 동안 산 집에서 이사했는데 겉보기에는 거의 변함이 없다.

—이건, 괴로울지도 모르겠다.

내가 버려진 입장이라면, 짐 같은 거 꼴도 보기 싫을 터다. 추억이 있는 물건들에 발목이 잡혀 다음 걸음을 내딛지 못하게 된다. 료는 나의 몸에 폭력을 휘둘렀지만, 나는 료의 마음에 폭력을 휘둘렀다는 사실을 깨달았다. 료의 마음에 지금도 남아 있을, 엄마가 집을 나간 상처가 팍 터지며 피가 튀는 모습을 상상했다.

나는 크게 한숨을 내쉬며 천장을 올려다보았다. 더는 못 참겠다고 헤어지는 마당에 이제 와서 죄책감에 휘둘리는 내가 싫다. 이런 마음은 상냥함도 배려도 아니다. 눈을 감는데, 남자가 기다리는 진녹색 자동차에 올라타던 엄마가 생각났다. 베란다에서 손을 흔드는 나를, 엄마는 한 번도 돌아보지 않았다. 미움을 받아도 좋다는 결의. 아주 깔끔한 작별이었다.

"자—, 대체로 마무리되었을까요—"

새집 이사는 15분도 채 안 걸렸다. 상자 몇 개와 탁자와 의자뿐. 짐은 혼자서 풀겠다고 했다. 그렇게 말할 만한 양도 아니지만.

"감사합니다. 덕분에 잘 끝났어요."

안자이 씨가 현금 지불이라기에 미리 준비해둔 사례금 봉투를 내밀었다.

"아—, 저야말로 이렇게 편한 일은 오랜만이었습니다—"

여러 사정으로 남몰래 떠나야만 하는 사람들을 상대로 하는 일이다. 이사 도중에 들켜서 성난 사람들과 실랑이를 벌이기도 한다고 했다. 그래서 격투기를 하는 덩치 큰 젊은 남자만 아르바이트생으로 쓴다며, 남자는 돈을 세면서 옆에 선 일꾼을 보았다. 대학에서 격투기 동아리를 한단다.

"이사한 곳은 절대 새 나가지 않을 겁니다— 안심하세요—"

고개를 숙이더니 그럼, 하고 두 사람은 돌아갔다. 명함도 없고 이름도 모른 채, 단정치 못한 말끝과 달리 일이 빨리 끝났다.

나는 거실로 돌아와 텅 빈 집 한가운데 섰다. 아무것도 없다. 커튼도 전등도 없다. 그거라도 사러 갈까 하다가 그만두었다.

이곳은 나만의 집이다. 청소도 하지 않은 마룻바닥에 드러누웠다.

차가운 바닥에 체온이 전해져 어느새 익숙해졌다.

기댈 사람 하나 없이 홀로 세상에 내던져지는 일이, 나는 쭉 두려웠다.

—오늘부터는 정말로 아무도 없는 거야.

스스로에게 속삭였다. 설날도, 추석도, 크리스마스도, 생일도, 긴 연휴도, 혼자서 보낸다. 감기에 걸려 열이 나도 죽이나 과일을 사다 주는 사람은 없다. 괜찮으냐고 머리를 어루만져주는 손도 없다. 지진이 나도 나 혼자 도망간다. 혹은 나 혼자 깔려 죽는다. 죽어도 찾을 사람이 없다. 혹은 더 쓸쓸하게, 어느 날 갑자기 큰 병에 걸려 살날이 얼마 남지 않았다는 통보를 받거나. 길어야 몇 개월, 그 시간을 홀로 보낸다.

기댈 곳이 없다는 건 그런 뜻이다.

하지만 굳이 말해보자.

그게 어떤 건지.

혼자가 된다는 게 쭉 무서웠고, 지금도 무섭다.

그러나 그와 똑같은 무게로 자유롭다. 입가의 긴장이 풀리더니 갑자기 웃음이 터져 나와 바닥을 굴렀다. 데굴데굴 구석까지 갔다가 다시 거꾸로 되돌아왔다. 옷에 먼지가 묻었다. 계속 웃고 있어서 누가 보면 정신이 나간 줄 알 것이다. 하지만 알 게 뭔가. 이곳은 나만의 방이고, 아무도 나를 보지 않는다. 나는 혼자니까.

웃음의 파도가 잦아든 후 가방 있는 곳까지 엉금엉금 기어 안에서 은행 통장을 꺼냈다. 내 명의의 적금. 많지는 않지만 함부로 쓰지는 않아서 갑자기 무직이 된다 해도 반년은 살 수 있었다.

길어야 반년밖에 못 사는 병에 걸린다면. 하지만 그건 상당한 중병일 테니 할 수 있는 게 별로 없겠지. 될 대로 되라 하며 일어났다.

몇 개 안 되는 상자를 하나 열어 뽁뽁이에 싸인 올드 바카라 유리잔을 꺼냈다. 이것만은 반드시 가져가자고 마음먹고 있었다. 이리로 오다가 편의점에 들러 사 온 저렴한 위스키를 가방에서 꺼냈다.

유리잔에 호박색 술을 붓고 조용히 목으로 넘겼다. 강렬한 향기. 뜨거운 열기가 식도를 미끄러지며 위가 서서히 데워졌다. 그곳에 장기가 있다는 게 느껴졌다. 술을 마시고 살아 있음을 실감한 것은 처음 있는 일이었다.

─엄마 아빠도 이런 생각을 했을까?

이전 남자 친구나 료도 여자가 도수 높은 술을 마시는 걸 싫어했다. 입 밖으로 말을 꺼내진 않았지만 어쩐지 느껴지는 무언의 압력. 하지만 난생처음 마시는 위스키가 나는 마음에 들었다. 엄마 아빠 모두 술을 좋아했으니 유전인지도 모른다. 목과 위를 태울 듯한 열기가 천천히 팔다리로 전해져서 기분 좋은 노곤함 속에 옛일이 하나둘 떠올랐다.

아빠가 좋아하던 브랜드는 맥캘란. 다음엔 그걸 사보자. 위스키 사는 김에 아이스크림도 사 올 걸 그랬다. 오늘 저녁은 아이스크림으로 할 걸 그랬다. 후미의 집에서 처음 먹어본 아이스크림. 그 시절 흔치 않았던 고급 외국 아이스크림.

아아, 더는 대량으로 배달되는 채소를 어디 쓸지 고민하지 않아도 된다. 토마토 요리도 자유롭게 만들 수 있다. 수국을 사도 돈이 아깝다는 소리를 듣지 않는다. 수국의 계절은 끝나버렸으니 흰 난초를 심자. 갖가지 아이디어가 쉬지 않고 떠오르고는 흘러갔다.

알코올로 기분이 알딸딸해지는데 왼쪽 집 베란다 창문이 열리는 소리가 들렸다. 후미다. 나는 엉금엉금 기어서 창가로 가 바깥을 향해 난 무거운 전면 창을 열었다.

얼굴을 내미니 가뿐하고 상쾌한 향기가 전해졌다. 후미가 빨래를 넌다. 내 기분은 최고조에 달했다. 감격스러운 향기. 자유의 향기다. 멍하니 냄새를 맡는 동안 후미는 방으로 들어가버렸고, 나는 창문을 닫고 방으로 돌아왔다.

위스키 따른 잔을 손에 들고 후미 집 쪽으로 난 벽에 몸을 기댔다. 비싼 월세답게 옆집 기척이 전혀 안 들린다. 나는 귀를 벽에 대보았다. 눈을 감고 신경을 곤두세웠다. 아주 희미하게 음악 소리가 들린다.

안심했다. 이 벽 너머에 후미가 있다.

벽에 댄 귀를 통해 음악이 팔다리로 전해지며 바닥에 뿌리가 내려지는 느낌이다. 하지만 그것들은 나를 옭아매지 않는다. 종횡무진 어디론가 뻗어나가서 나의 제어로부터 멀어진다.

─나도 언젠가는 위험한 사람이 될까?

어린 내가 묻는다. 모르겠다. 어른이 된 나는, 이제부터 어디로 가야 할까. 나는 불안에 떨 만큼 자유를 맛보았다.

이튿날, 안자이 씨는 무사히 이사를 마친 나에게 다양한 충고를 해주었다.

정가에 사지 않아도 가구든 뭐든 싸게 살 수 있는 사이트가 있다고 했다. 사이트를 보니 가구뿐만 아니라 저렴한 물건부터 고가의 물건까지 다양한 것들이 올라와 있어서 깜짝 놀랐다. 대단하네, 라고 하자 고생한 것치고는 세상을 너무 모른다며 어이없어했다.

"가전제품도 중고로 충분해. 뭐, 가끔씩 속을 때도 있긴 하지만."

"그건 인터넷만 그런 건 아니에요."

내 말에 안자이 씨가 틀린 말은 아니라며 웃었다.

"그래서 남자 친구는 어때?"

"어제부터 계속 전화가 와요."

"받으면 안 돼."

"하지만 언젠가 한번은 말을 해야 한다고 생각해요."

"위자료 교섭이라도 하려고?"

"그런 건 아니지만."

그럼 뭘 위한 대화냐고 물었다.

"아무튼 이리로 올 것 같은데."

"그럴까요?"

"전에도 그랬잖아. 안 올 리가 없어."

안자이 씨의 예언이 빗나가기를 빌었다. 설마 하루 이틀

만에 오는 건 아니겠지. 하루가 무사히 끝났을 땐 가슴을 쓸어내렸다.

퇴근하기 전에 점장에게 정사원 이야기를 정식으로 부탁했다.

"음, 그럼 본사에 알리도록 할게. 면접은 언제로 할까?"

"되도록 빨리 부탁합니다."

"상처가 나은 뒤에 하는 게 좋지 않을까."

맞는 말이다. 얼굴에 시퍼런 멍이 들어서 면접을 보러 간다면 문제 있는 인간으로 보이겠지. 그렇게 해주세요, 하고 부탁하며 스태프 룸을 나왔다.

로커 룸에서 옷을 갈아입은 뒤 휴대전화를 확인했다. 료에게서 무서울 만큼 많은 착신 전화가 와 있다. 한번은 이야기를 하는 게 좋겠다. 하지만 조금 더 차분해진 뒤에 하는 게 나을까. 또 한편으로는 차분해지고 나면 굳이 이야기할 필요가 없다는 기분도 든다.

집으로 가기 전에 쇼핑몰에 들러 침구 한 세트를 샀다. 어제 이불만큼은 사러 가자고 생각했는데 처음 마신 위스키에 녹다운되어 잠들어버렸다. 피로와 안도감과 술의 조합은 최상의 수면제다. 여름이라 다행이다. 겨울이라면 꽁꽁 얼었겠지.

청소 도구와 샴푸 같은 일용품도 손에 들 수 있을 만큼 사들고 쇼핑몰 화장실에서 변장을 했다. 새빨간 립스틱을 바르고 선글라스를 낀 뒤 모자를 깊숙이 눌러썼다. 이 정도면 나라는 걸 못 알아볼 것이다. 내 집에 가는데도 신경을 바싹 곤두세워야 한다.

—다음에 발견하면 경찰에 신고할 거야.

다니 씨나 후미도 나를 알아채지 못하리라.

아파트에 들어갈 때는 고개를 숙인 채 엘리베이터가 아니라 비상계단을 이용했다. 2층 층계참에서 누군가 내려오는 발소리가 났다. 돌아갈까 했지만 너무 늦었다. 변장을 했으니 괜찮아, 하고 층계를 올랐다.

고개 숙인 눈에 버켄스탁 남자 샌들과 단을 접어 올린 베이지색 바지가 보였다. 고상한 복사뼈, 아, 후미의 뼈다.

두근거리는 가슴으로 아무 일 없이 스쳐 지나갔다. 집으로 들어가자마자 현관문에 몸을 기대고 가슴에 손을 얹었다. 다행이다. 안 들켰고, 첫날부터 후미를 만났다. 죄책감과 흥분이 밀려왔다. 이것이 스토커의 심리일까.

나는 짐을 거실에 두고 서둘러 베란다로 나갔다. 베란다용 슬리퍼를 안 사 와서 맨발이었다. 한여름 콘크리트 열기가 뜨거웠지만 그런 것쯤 아무것도 아니었다. 후미가 외출한 지금이 베란다를 들여다볼 찬스다. 단숨에 난간으로 몸을 젖혀 옆집을 들여다보았다. 석양이 반사되어 실내는 보이지 않는다. 하지만 베란다는 보인다. 빨래걸이에 빨래는 없다. 에어컨 실외기 위에 빨래집게 걸이와 행거가 들어간

플라스틱 상자가 놓여 있다. 뚜껑을 덮어서 비바람에 쓸려가지 않도록 했다. 베란다용 빗자루가 세워져 있다. 쓰레기 하나 없다.

—그래, 후미다.

옛날부터 후미는 무엇이든 제대로 했다. 과거의 기억과 옆집 베란다가 중첩되자 핑그르르 현기증이 났다. 초조함에 몸을 되돌렸다. 저녁이었지만 여름 햇살은 무더웠다. 방으로 들어가 차를 마시려다가 문득 생각났다. 마실 게 없네.

집에 오는 길에 마실 건 사 가자고 했는데 잊고 있었다. 이런, 하고 모자를 쓰며 다시 집을 나섰다. 슈퍼에서 마실 것과 샌드위치와 샐러드, 내일 아침밥으로 주먹밥을 샀다. 연녹색 양배추, 물이 오른 아스파라거스. 싱싱한 채소에 시선을 빼앗기며 빨리 냉장고를 사야겠다고 생각했다. 여름이니까 얼음도 먹고 싶다.

슈퍼를 나와 올 때와 반대 방향으로 걸었다. 도중에 꽃집이 있었다. 여름답게 흰 폼폰국화와 블루스타 미니 부케가 귀엽다. 하지만 그 너머에 있는 흰 칼라꽃에 시선이 갔다. 세로로 시원스레 뻗은 하얀 꽃. 맨 처음 후미를 보았을 때 이 꽃을 떠올렸다. 한 송이만 사겠다고 하니 잘라낸 끝에 물을 가득 머금도록 해주었다.

식료품과 꽃을 들고 삼림공원으로 향했다. 스스로 빛을 내는 듯한 한여름 녹음. 드문드문 빛이 새어 드는 나무 그늘 아래를 걷는 것만으로도 기분이 좋아졌다. 연못이 보이는 벤치에 앉아 선글라스를 벗고 한숨을 돌렸다.

빛을 반사하는 수면을 바라보며 달지 않은 아이스티를 마셨다. 만족스러운 기분으로 샌드위치 포장을 뜯는다. 그때 꾸벅꾸벅 졸던 초등학생 남자아이가 또 오지 않을까 싶었지만, 샌드위치를 먹고 나니 내가 졸렸다.

눈을 감았다. 귀와 목 사이로 시원한 바람이 불었다. 저녁 준비를 하지 않아도 된다. 통금 시간도 없다. 아무리 오래 여기 있어도 나를 혼낼 사람이 없다. 외롭고, 기분 좋아.

옆에 누가 앉는 기색에 눈을 살짝 떴다.

슬쩍 보니 후미가 있었다. 나는 입이 벌어져 그대로 몸이 굳었다.

"입에 벌레 들어가겠다."

그 말에 서둘러 입을 닫았다.

"어, 안녕. 우연이네. 이런 데서 뭐 해?"

나는 떨리는 가슴을 억누르며 억지 연기를 해댔다.

"내가 너한테 묻고 싶은 말인데."

"응?"

"아까 아파트에서 지나쳤잖아."

긴 앞머리 사이로 잘도 곁눈질했구나…… 하고 체념했다.

"어떻게 알았어? 모자에 선글라스에 립스틱까지 칠했는데."

"팔에 멍이 든 거 보고."

저런. 얼굴을 가리는 데만 신경을 썼는데. 그래도 살노 봤구나 싶다. 내가 복사뼈만 보고 후미를 알아보는 것처럼, 후미도 나를 알아볼 수 있다면 좋겠다고 생각했다. 예를 들면 내가 새끼손가락의 손톱만 한 존재가 되었다 해도.

"어제 이사 온 게 설마하니 사라사일 줄이야."

"미안해. 바로 나갈게."

낙원은 하루 만에 끝인가. 힘이 빠졌다.

"나가긴 왜 나가. 사라사가 살고 싶은 곳에 살아."

"신경 쓰이지 않겠어?"

"신경 쓰이게 만들 작정이야?"

나는 서둘러 고개를 가로저었다.

"그럼 문제없네."

후미는 담담하게 말했다. 긴장이 순식간에 풀어졌다.

"나, 이상하게 후미 옆에 살고 싶었어."

"어째서?"

옆에 있으면 안심이 돼. 마음이 놓여. 채워지는 기분이야. 다 맞는 말이었지만 그 말들을 다 모아도 부족한 기분이었다. 말로 다 할 수 없는 말이 가슴속에 꽉 차서 갑갑했다.

"거기가 내가 있을 곳이라는 기분이 드니까."

후미가 한쪽 눈을 가늘게 떴다.

"불쾌해?"

"아니."

"고마워."

"립스틱, 안 어울려."

그 소리에 나는 손등으로 아무렇게나 입술을 닦았다. 후미에게 들킨 이상, 더는 이런 거 필요 없다. 입 주위가 빨개졌겠지만 안 어울리는 걸 바르고 있는 것보다야 낫겠지. 나는 기분 좋게 아이스티를 마시며 연못 위로 미끄러지는 백조 보트를 바라보았다.

"어쩌지. 기분이 진짜 좋네."

요 며칠 나는 내 안에서 벌어지는 변화를 깨닫고 있다. 나는 조금도 헤매지 않게 되었다. 하고 싶은 일을 하게 되었다. 그게 좀 심한 수준이라 곤란할 지경이다.

"꾹 참고 있던 게 꿀렁꿀렁 분화하는 느낌."

"내가 아는 사라사는 옛날부터 자기가 하고 싶은 대로 다 하고 사는 아이였는데. 우리 집에 온 다음 날, 아침 먹은 그릇을 치우지도 않고 소파에 곯아떨어져 있었지."

나는 와하하 하고 웃었다. 소리 내어 웃어본 게 몇 년 만일까.

"나, 후미랑 있으면 마음이 너무 편해. 얼마 전까지만 해도 안 이랬는데."

"어땠는데?"

나는 료와 살던 때가 떠올라 입을 다물었다. 억압받았다고 말하는 건 간단하지만 그만큼 내가 받아들이고 살았다는 측면도 있다. 그 보는 설 서울에 올리고 말해야 공평할 테고, 그건 이미 연애가 아니라 재판이 되어버린다.

"있지, 여기서 만난 거 우연이야?"

문득 생각나 물으니, 빨리도 알아챈다는 표정을 짓는다.

"남을 스토킹하면서 자기가 당하는 데는 이렇게도 둔감하다니 재미있네."

"누구나 그럴걸?"

"하지만 사라사는 특별히 태평하고 둔감해. 나랑 스친 뒤에 베란다로 우리 집 몰래 들여다봤잖아. 참 대담한 범행이라면서 밑에서 보고 있었지."

"몰래 봤어?"

"사라사가 그랬지."

맞는 말이다. 나는 풀이 죽었다.

"내가 나갔으니 이때다 싶어서 당당히 들여다봤겠지. 그러다 더위에 지쳐서 서둘러 방으로 들어갔고, 슈퍼에서 식료품을 사고, 꽃을 사고, 공원에서 맛있게 샌드위치를 먹었지. 행복한 스토커 생활도 다 있다 싶어서 감탄하고 있었어."

"하고 싶은 걸 다 할 때는 기분이 진짜 좋구나."

그렇게 말하자 후미는 진짜 뻔뻔한 애네, 하는 시선으로 날 봤다. 물론 내 맘대로 붙인 해석이고, 후미가 그렇게 말한 건 아니다. 후미는 스토커에게도 품위 있게 대한다.

"어제 막 이사 왔을 텐데, 막힘없이 저벅저벅 걷는 것도 대단했어."

"그건 전에 후미가 사는 동네에 견학을 온 적이 있어서야. 점심 때 calico나 근처 가게를 체크하면서 주거 환경이 괜찮다고 생각했거든. 후미는 주거지를 고르는 센스가 있어."

"당당하게 범행을 고백하네."

감탄하기에 죄송합니다, 하고 나는 다시 풀이 죽었다.

"하지만 다니 씨에게는 들키지 않도록 조심할게. 애인이 이상한 생각을 하면 안 되잖아. 그 부분만큼은 나도 제대로 분별할 테니까."

"고마워. 그래주면 다행이고."

끄덕이는 옆얼굴을 보며 후미도 남자구나, 하고 당연한 생각을 했다. 연애라는 의미의 질투가 아니다. 지금, 후미는 행복하다. 나는 그게 가장 기쁘다.

"다니 씨, 어디가 좋았어?"

후미는 조금 생각에 잠기는 표정을 지었다.

"정신과 치료를 받다가 알게 되었어."

나는 대답을 할 수 없었다.

"소년원을 나온 뒤로 집에 들어갔다가 이러저러해서 이곳으로 왔는데, 그때 다니던 병원에서 다니 씨와 가끔씩 마주쳤고 이야기를 하게 됐어."

그렇게 만나면 안 되지만, 하고 후미가 덧붙였다.

"어째서 안 되는데?"

"불안정한 사람들끼리 사귀면 더 불안정해지는 경우가 있거든."

"그래서 서로를 더 이해할 수도 있잖아."

"어, 그 사람 고민을 듣고 공감하는 부분이 있었어."

그런 만남이었구나, 하고 턱끝으로 가지런했던 다니 씨의 단발머리를 떠올렸다. 똑 부러지는 성격처럼 보였는데 정신과 치료를 받았다니 의외였다.

"후미와 다니 씨는 '그 일'로 이어졌구나."

그러자 후미는 아니, 하고 고개를 저었다.

"나는 내 사건 이야기는 안 했어. 만났을 때부터 가명을 썼고, 그 사람은 내가 '사에키 후미'라는 걸 몰라. 말하려고 한 적도 없어. 말할 수 있을 것 같지도 않고."

후미는 살짝 고개를 숙이며 긴 다리를 쭉 폈다. 가는 발목과 조그마한 복사뼈. 이 남자는 어째서 이렇게 호리호리할까.

—괜찮아. 오래 사귀다 보면 언젠가는 좋아지겠지.

아무런 힘도 없는 무책임한 말밖에 떠오르지 않았다. 어떤 아픔이라도 언젠가는 누군가와 나눌 수 있다는 건 거짓말이다. 내 손에도, 모두의 손에도 하나의 가방이 있다. 아무도 대신 들어줄 수 없다. 평생 자기가 안고 가야 할 가방 안에 후미의 그것이 들어 있다. 내 가방에도 들어 있다. 내용물

236

은 다 다르지만 버릴 수는 없다.

"나는 옛날하고 하나도 안 변했어."

후미가 중얼거렸다.

"나는 그 사람하고 이어질 수 없어."

후미는 빛나는 수면을 보고 있었다. 소름 끼칠 만큼 억양이 없는 목소리로, 어두운 두 개의 구멍 같은 눈으로, 미동도 없이 연못을 응시한다. 설마, 하는 불길한 예감이 엄습했다.

"……후미는."

목이 잠겨서 말이 제대로 나오지 않았다.

"후미는, 아직도 성인 여성을 사랑할 수 없는 거야?"

후미는 대답하지 않았다. 1초마다 침묵이 긍정의 빛을 더했다. 문득 시야가 흐려졌다. 빈혈이다. 벤치에 앉은 채 나는 팔다리가 차가워지는 것을 느꼈다.

"다니 씨하고는 헤어지는 게 좋겠다고 생각하고 있어."

후미의 말에 나는 최선을 다해 무릎 위로 주먹을 쥐었다. 후미는 행복할 거라고 생각했다. 그 사실에 더할 나위 없는 안도를 느끼고 있었다. 지금은 절망뿐이다. 구제할 길 없는 이 사람을 어찌해야 할까. 학원 책가방을 멘 초등학생들이 눈앞을 달려갔다.

"여름방학인데도 학원을 가네."

"나도 다녔어. 여름방학이나 겨울방학이나."

"나 같으면 빼먹고 놀러 갔을 거야."

후미와 둘이서 피자를 시켜 먹고 영화를 보던 여름날 휴일이 생각났다.

"안 울어도 돼."

그 말에 나는 가능한 한 참으려고 노력하며 작게 훌쩍거렸다.

아까부터 쭉, 엄청난 양의 눈물이 쏟아지고 있다. 지금 당장 아홉 살로 돌아가고 싶다. 후미가 바라는 모습이 되어, 후미가 하고 싶은 걸 전부 같이 하고 싶다. 키스하고 싶다면 해라. 몸을 만지고 싶다면 만져라. 안고 싶다면 안아라.

나는 그런 걸 좋아하지 않지만 후미가 원한다면 기꺼이 모든 걸 하리라. 사랑도 연애도 쾌락도 아니지만 그래도 나는 그걸 행하리라. 내가 기분 좋다고 느끼는 건 육체에서 멀리 떨어진 곳에 있고, 후미만이 그곳에 닿을 수 있기에.

이런 기분은 처음이라 울면서도 놀라고 있었다. 부모님을 잃은 뒤로 나는 구멍 난 보트에 타고 있는 기분이었다. 틈만 나면 구멍을 덮을 것을 찾았다. 가끔씩 나와 비슷하게 전복할 것만 같은 보트가 나를 스쳐 갔지만 손을 내밀 여유는 없었다. 나는 나의 일만으로도 벅찼다. 그런 내가 처음으로 누군가를 구원하고 싶다고 빌고 있다.

하지만 나는 이미 후미가 찾는 어린 여자아이가 아니다. 원래 나는 후미의 취향이 아니었지만, 그래도 지금보다는 나았다. 어른이 되어버린 나는, 요만큼도 후미에게 힘이 되어주지 못한다. 눈물뿐만 아니라 콧물까지 흘렀다.

"고마워, 사라사."

달고 차가운 목소리에는 아무런 고뇌도 없었다. 이미 후미가 많은 것들을 체념하고 있다는 걸 알 수 있었다. 머리 위로는 매미가 짧은 생을 노래하고 있었다. 매미마저도 생을 노래한다.

멍도 옅어져서 홀로 복귀했다. 휴일 런치 타임은 언제나 줄이 늘어설 정도로 붐빈다. 주문을 받고, 요리를 나르고, 계산을 하고, 테이블을 정리한 뒤 다음 손님을 안내했다.

"세 분 손님, 사카구치 님."

기다리던 손님을 부르자 어린아이를 데리고 온 젊은 부부가 일어선다. 계속해서 새로운 손님이 들어왔다. 어서 오세요, 하는데 몸이 굳었다.

"사라사."

친근하게 미소를 지으며 료가 내 이름을 불렀다. 안내할 손님과 료 사이에서 나는 잠시 고민했다. 안자이 씨가 나와서 반응하면 안 돼, 하고 귀엣말로 속삭였다.

료의 테이블은 안자이 씨가 맡아주었다. 나는 가능한 한 가까이 가지 않으려 했지만, 커피를 따르려고 돌아다니는 나를 료가 불러 세웠다.

"사라사, 건강해 보여서 다행이네."

나는 말없이 컵에 커피를 따랐다.

"갑자기 집을 나가서 걱정했어. 지금은 어디서 지내? 안자이 씨랑 같이?"

부드러운 어조로 묻는다.

"일하는 중이야."

나는 빠른 발걸음으로 자리를 떴고 료는 런치를 다 먹고 조용히 돌아갔다. 마음이 놓였지만 문제는 퇴근길이다. 4시에 일이 끝나 로커 룸으로 돌아왔는데 소란스러운 수다가 뚝 끊겼다.

"가나이 씨, 남자 친구 왔었다며?"

히라미쓰 씨가 걱정스럽게 말을 건다.

"괜찮아?"

"뭐가요?"

나는 히라미쓰 씨의 눈을 보았다. 히라미쓰 씨는 조금 놀란 얼굴이었다.

"요즘 상태가 이상해서. 얼마 전에도 엄청난 상처가 있었고. 내가 학생 때 쉼터 자원봉사를 한 적이 있거든. 괜찮으면 상담을 들어줄까 하고."

히라미쓰 씨의 눈에는 호기심도 있었지만 걱정하는 기색도 서려 있었다.

"고맙습니다. 도움이 필요하면 상담하겠습니다."

똑바로 눈을 보며 그렇게 말하자 히라미쓰 씨는 뚱한 표정을 지었다. 나는 재빨리 옷을 갈아입고 안자이 씨와 함께 로커 룸을 나왔다. 평소라면 종업원 전용 통로를 이용하겠지만 오늘은 손님이 드나드는 문으로 나갔다. 쉬는 시간에 점장에게만큼은 사정을 이야기했다.

"그래요. 힘든 일 생기면 언제든 거리낌 없이 이야기해요. 시간을 바꾸거나 내가 할 수 있는 일이 있다면 힘이 되고 싶으니까."

"귀찮게 해드려서 죄송합니다."

"뭘. 내 여동생도 비슷하게 무서운 일을 당한 적 있어."

"그렇습니까?"

"경찰하고도 이야기를 했는데 막을 수가 없었어. 그 후로 여동생은 쭉 자기 방에 틀어박혔지. 벌써 몇 년이나 그런 상태야. 가나이 씨는 그렇게 안 됐으면 좋겠어."

그래서 이토록 잘 대해주었구나. 처음으로 이해가 갔다.

"빨리 해결되면 좋겠네."

"고맙습니다."

나는 고개를 숙이고 가게를 나왔다. 안자이 씨가 먼저 나가 표가 없는 걸 확인해주었다. 장 보러 온 사람들 틈에 섞여 쇼핑몰을 빠져나왔다. 길에서 택시를 잡았다. 무슨 일 생기면 전화하라고 안자이 씨가 내가 탄 택시 창문 너머로 인사를 했다.

올 거라고 예상했다. 그래서 무섭지는 않았다. 아무튼 침착하게 행동하자. 침착하게. 그렇게 각오하는 사이 아파트에 도착했다. 입구에서 열쇠를 꺼내려 했을 때, 별안간 팔목을 잡혔다. 료였다.

"역시 여기였군."

기분 좋게 웃는 얼굴과 달리 팔목을 꽉 붙들렀다.

"사에키 후미도 여기 살지."

"후미를 미행했어?"

모른 척 말을 하는데 등줄기로 식은땀이 흘렀다.

"사에키랑 사나?"

"아니."

"거짓말하지 마."

한 발짝씩 뒤로 밀리다 내 몸이 출입문 유리에 떠밀렸다.

"지금 오면 용서할 테니 돌아와."

나는 눈을 부릅떴다.

"뭘 용서한다는 거야?"

료는 어이없다는 표정을 지었다.

"나는 너랑 사에키를 혼인 불이행으로 고소할 수도 있어."

"후미하고는 료가 생각하는 그런 사이가 아니야."

"사실만 놓고 보면 아무도 그렇게 생각 안 할걸."

"사실 따위는 어디에도 없어. 다들 자기 멋대로 해석할 뿐이지."

옛날부터 그랬다. 주위의 어른, 세상 사람들, 친구, 애인,

다들, 그랬다.

"너, 머리가 어떻게 된 거 아니야?"

갑자기 머리를 덥석 움켜쥐어서 고통에 얼굴이 일그러졌다.

"사에키라고. 그놈은 널 유괴해서 두 달이나 감금했어. 무슨 짓을 당했는지 벌써 잊었어?"

"무슨 짓을 당했다고 생각해?"

쉰 목소리로 물었다.

"차마 입에 담을 수 없는 짓이잖아?"

"료나 세상 사람들이 생각하는 그런 짓, 나는 하나도 당하지 않았어. 내가 내 발로 후미를 따라갔어. 후미는 상냥했어. 나는 쭉 후미랑 같이 있고 싶었—"

강하게 머리채를 쥐었다가 세게 문에 부딪혔다. 충격이 있고 잠시 후 통증이 일었다. 쓰러지지 않으려고 어떻게든 버티는데 두피 근처에 땀이 솟았다.

"……어째서 ……어째서 이런 짓을 해?"

료를 노려보았다. 한심함과 비참함이 분노로 변했다.

"사라사가 내 말을 안 들으니까."

"폭력을 쓰면 말을 들을 거라고 생각해? 료의 아빠가 엄마를 자주 때렸지? 엄마가 집을 나가서 슬펐잖아? 그런데 어째서 똑같은 짓을 해? 이러면 더—"

"시끄러워!"

귓가에 대고 소리를 질러서 금속 파편이 고막을 찢는 듯
했다.

"내 부모는 아무 상관 없어. 문제는 너야. 이런 걸 뭐라고
부르는지 알아? 스톡홀름증후군. 너는 너무 무서운 짓을 당
해서 뇌가 멋대로 없는 사실을 만드는 거야. 너는 병에 걸린
거야. 이대로는 평생 못 빠져나가."

머리칼을 잡힌 채 몇 번이고 머리가 문에 부딪혀 서 있을
수도 없이 몸이 밑으로 미끄러졌다. 바로 옆에서 비명이 들
렸다. 료의 어깨 너머로 젊은 여자와 남자 모습이 보였다.

"당신, 지금 뭐 하는 거야?"

남자의 물음에 료는 내 머리채를 잡고 서서 반응하지 않
았다. 남자가 휴대전화로 어딘가에 전화를 걸었다. 경찰인
듯하다. 점차 료의 눈에 초점이 돌아왔다. 유리문 아래 주저
앉은 나를 보고 겁에 질린 듯 머리칼을 놓았다.

얼마 후 경찰차가 와서 경찰관이 내게서 료를 떨어뜨렸
다. 다른 경찰관은 남자와 여자에게 사정을 묻고 있었고 주
위에 구경꾼이 몰려들었다.

"당신이 이 여성분 머리를 잡고 소리를 지르며 문으로 밀
쳤다는 게 사실입니까?"

경찰관이 물었지만 료는 고개를 숙이고 아무 말도 하지
않았다.

"이대로라면 경찰서로 가셔야 합니다."

"잠깐만요. 아는 사람입니다."

엉겁결에 내가 말했다.

"무슨 관계시죠?"

"……헤어진 애인입니다. 집 앞에서 기다리고 있어서."

"갑자기 말도 없이 집을 나가니까 그렇잖아! 대화를 하고 싶을 만도 하지!"

료가 거칠게 말했다. 경찰관이 사이에 끼어들어 말린다. 자주 있는 치정 싸움이라고 판단한 듯 료를 대하는 태도가 다소 누그러졌다.

"서로 대화로 푸실 거면 그렇게 하세요. 아니면 피해 신고가 들어갑니다. 그렇게 되면 두 분이 경찰서로 가셔야 하는데."

어떻게 하겠느냐는 질문에 나는 고개를 가로저었다.

"……대화하겠습니다."

"알겠습니다. 그럼 만약을 위해 이름과 주소를 알려주세요."

바인더에 낀 서류에 료와 나의 정보를 기입했다.

"그럼 오늘은 두 분이 대화를 하십시오. 하지만 남자분, 폭력은 절대 안 됩니다. 부디 냉정하게 서로 잘 이야기하고 화해하십시오."

연배가 있는 경찰관이 그렇게 말하며 자, 여러분, 돌아가십시오, 하고 구경꾼을 돌려보냈고, 신고한 젊은 커플은 사랑싸움은 집에 가서 하라며 귀찮다는 듯 아파트 안으로 들어갔다.

"……미안해."

아무도 없는 입구에서 료가 고개를 숙인 채 사과했다.

"정말 잘못했어. 두 번 다시 안 그럴게."

"벌써 세 번째야."

내 목소리는 지쳐 있었다. 아무런 힘도 남아 있지 않았다.

"이번엔 진짜야. 한 번만 더 기회를 줘. 무릎이라도 꿇을 테니까."

"그럴 필요 없어. 료가 보기에는 주먹을 휘두를 만큼 내가 나빴겠지. 하지만 나는 그 버릇을 못 고친다고 생각해. 더는 무리야."

"잠깐만. 정말로 내가 제멋대로였어. 앞으로는 사라사 마음을 이해하려고 노력할게. 그 카페에 가도 되고, 사에키를 만나도 되니까."

필사적인 료의 앞에서 마음이 차갑게 식어간다.

"어째서 허락을 받아야 하지?"

"어?"

"내가 뭘 하든, 료의 허락이 필요한 건 아니잖아?"

"그건 아니지. 나는 널 걱정해서 하는 소리인데."

료는 답답해하며 입술을 일그러뜨렸다. 나는 내 발끝을 보았다. 나와 료 사이에 선명한 선이 그어졌다. 이건 넘을 수 없다. 확실히 알겠다.

"음, 료가 보기에는 내 행동이 이상하겠지. 병이라는 생각이 든다 해도 어쩔 수 없다고 생각해. 걱정해줘서 고마워. 하지만 이젠 정말 날 내버려둬."

그 두 달간의 일은 나와 후미만이 알고 있다. 그걸 누군가가 이해해주길 바란 적도 있지만, 이젠 됐다. 아무리 마음을 쓰고 말을 해도, 서로 이해할 수 없는 일은 많다. 내버려두면 더 편해지는 경우가 있다.

나는 혼자가 되었지만, 그게 무슨 대수인가.

누군가와 함께 있을 때도, 나는 쭉 혼자가 아니었나.

내 안에는 아주 완고한 부분이 있다. 아무리 기다려도 농익어 부드러워지지 않는 부분이 있다. 나의 그런 부분이 료에게 상처를 주었다. 그렇게 생각하자 팔목에 새로 생긴 멍과 후두부에 가시지 않는 통증이 나에게 내려진 정당한 벌처럼 여겨졌다.

"미안해. 나도 당신한테 너무했지."

그렇게 말하자 료의 표정이 바뀌었다. 나를 보던 눈빛에서 감정이 사라지고 그저 멍해졌다. 마치 상처받은 어린아이처럼 보였다.

료가 등을 돌려 입구 앞 계단을 내려갔다.

고개를 숙이고, 좌우로 몸을 조금씩 흔들며, 한 번도 뒤돌아보지 않았다.

집으로 가서 세면대에 있는 거울로 후두부를 확인했다. 찢어지진 않았지만 혹이 생겼나. 가볍게 누르자 욱신욱신한 통증이 밀려왔다. 이번에는 조금 더 세게 눌렀다. 더 아프다. 어째서 아픔을 확인하고 싶을까. 딱지를 떼고 싶은 욕망과 비슷하다.

옷을 벗고 거울에 몸을 비춰보았다. 오래된 멍에 새로운 멍이 더해져서 비참한 꼴이다. 하지만 곧 사라지겠지. 남자 힘으로 몇 번이나 부딪혔지만 뼈도 부러지지 않은 걸 보면 내 몸도 꽤나 건강하다 싶어서, 거꾸로 든든한 기분마저 들었다.

하지만 샤워를 하자 신체에 열이 오르며 여기저기 통증이 시작되었다. 에어컨을 켜고 약해진 동물처럼 이불로 몸을 감쌌다. 아직 커튼이 없어서 석양에 눈이 부시다. 감은 눈꺼풀 너머로 계속 빛을 느끼다가 옆집 베란다 소리에 몸을 일으켰다.

창문을 열자 산뜻하고 좋은 향기가 났다. 후미가 빨래를 널고 있다. 나는 창밖으로 얼굴을 내밀고 눈을 감은 채 마취약 대신 그 냄새를 킁킁 맡았다.

"좀 무서운데."

갑자기 목소리가 들려서 깜짝 놀라 눈을 뜨니 베란다 너머에서 후미가 고개를 내밀고 이쪽을 보고 있었다. 아무리 나라도 부끄러웠다.

"왜 킁킁거리고 있어?"

"후미 집 빨래 냄새."

"냄새나?"

나는 고개를 저었다. 머리가 욱신욱신 아프다.

"좋은 냄새라 안심이 돼. 무섭게 해서 미안."

"말이라도 걸어주면 좋겠어."

"나 냄새 좀 맡을게, 하고?"

"조용히 냄새만 맡는 것보다는 나을 거 같은데."

"자, 그럼 고맙게 냄새 좀 맡겠습니다."

나는 창을 열고 맨발로 베란다로 나갔다. 후미가 내 맨발을 본다.

"맨발?"

"퇴근하면서 슬리퍼 사 오려고 했는데 여러 가지 사정이 생겨서."

"엄청 시끄럽더라. 경찰차까지 오고."

"보고 있었어?"

"응, 여기서."

후미가 난간에서 아래를 내려다본다.

"후미도 몰래 보는 거 좋아하네."

"나는 우리 집 베란다에서 밖을 본 건데."

후미는 어처구니없다는 표정이다.

"똑같지 않나."

"똑같지 않지."

우리는 베란다 벽 하나를 사이에 두고 난간에 몸을 기댄 채 이야기를 나누었다. 석양이 눈부셔서 이웃집 베란다에 기댄 후미도 눈을 가늘게 떴다. 지금은 안경을 쓰지 않았다. 가끔씩 부는 바람에 앞머리가 붕 떠서 후미의 부드러운 옆얼굴이 보인다. 맨발바닥이 천천히 따뜻해진다.

"아, 기분 좋다."

내가 방긋방긋 웃자 후미는 체념한 표정이다.

"경찰까지 왔는데 씩씩하네."

"그러네. 나는 의외로 튼튼한가 봐."

"그건 의외도 뭣도 아니야."

와하하 웃으며 나는 난간에 걸친 팔에 턱을 괴었다.

"멍이 또 늘었군."

"조금 세게 잡혔거든."

"다른 데는?"

"머리채가 잡혀서 유리문에 박혔어."

후미의 표정이 굳어서, 난 괜찮아, 하고 덧붙였다. 우연히 지나가던 주민이 신고를 해주었으니 역시 밀실 밖으로 나오길 잘했다.

"도망쳤는데 왜 또 따라온 거야?"

후미는 드물게 화난 얼굴이다.

"따라온 거 아니야. 기다리고 있더라."

"여길 어떻게 알았지. 들키기엔 너무 이른데."

"후미의 뒤를 밟았나 봐. 아까도 같이 사냐고 물었어."

후미는 불쾌한 듯 밝은 저녁 풍경을 바라보았다.

"다음에 또 오면, 내가 여길 나갈게."

"어째서?"

후미가 나를 본다. 폐를 끼칠 생각은 없었다. 내가 여기 있으면 후미까지 해를 입을지도 모른다. 그러다가 과거 사건까지 밝혀진다면.

그런 생각을 하는데 후미의 집에 작게 벨이 울리는 소리가 났다. 후미가 실내를 돌아보고는 내게로 시선을 돌렸다. 뭔가 말을 하고 싶은 얼굴이었지만, 자, 그럼, 하고 안으로 들어갔다. 나도 방으로 돌아가 후미의 방과 경계에 있는 벽에 귀를 댔다. 어렴풋이 여자 목소리가 들린다. 분명 다니 씨겠지. 벽에 기대어 편하게 앉아 눈을 감았다.

—어째서?

후미의 놀란 얼굴을 반추해본다. 적어도 나를 거절하지는 않았다. 그것만으로도 나는 어디든 갈 수 있고, 무엇이든 할 수 있다는 기분이 든다. 벽 너머에서 흘러나오는 목소리를 들으며, 후미가 지금 즐거운 시간을 보내기를 빌었다.

새로 늘어난 멍은 직장에서 또 주목을 받았다. 눈에 띄지 않게 조용히 살던 날들이 무색할 정도로, 하루하루가 소란

하고 어지럽다.

일이 끝난 뒤 카페에 들러 안자이 씨에게 어제 있었던 일을 이야기하자, 안자이 씨는 자기 과거를 들먹이며 료를 가차 없이 헐뜯었다. 화가 조금 가라앉자 이런 이야기 뒤에 정말 미안한데, 라고 하며 일주일 정도 리카를 봐달라고 부탁했다.

"나 한 번도 오키나와에 가본 적이 없거든. 처음이야."

남자 친구의 친구가 오키나와에서 카페를 오픈해서 여행 겸 같이 가자고 했단다. 선배의 고향 집에 묵기로 해서 숙박료도 안 든다고 한다.

"여름방학이니까 리카도 데려가면 좋잖아요?"

"그러고 싶은데, 지금 미묘한 시기거든."

안자이 씨는 진지한 얼굴로 몸을 앞으로 끌어당겼다. 남자 친구에게는 별거 중인 아내가 있는데 이혼 이야기는 착착 진행되고 있다. 아울러 안자이 씨하고 사이도 좋아서 재혼 이야기도 나오고 있다고 한다. 이번 여행으로 그 부분을 확실히 하고 싶다고 말했다.

"그러니까 부탁 좀 할게. 리카한테 빨리 아빠를 만들어주고 싶기도 해."

금발로 염색한 남자 친구의 모습이 떠올랐다. 그 사람은 안자이 씨의 남편이 될지는 몰라도 리카의 아빠는 되지 않을지도 모른다. 불안감이 스쳤지만—

"알았어요. 하지만 이사한 지 얼마 안 돼서 집에 아무것도 없어요. 게다가 여름방학이잖아요. 아침저녁은 몰라도 점심밥은 어떻게 해요?"

"그런 건 신경 안 써도 돼. 리카는 어릴 때부터 혼자 있는 거에 익숙하고, 용돈도 있으니까 편의점에서 적당히 사 먹을 거야."

"그래요? 그래도 어떻게 하겠느냐고 리카한테 물어볼게요."

이번 주말부터라니, 그때까지 기본적인 가전제품을 사두어야 한다. 집에 가는 길에 쇼핑몰에서 전자제품을 파는 곳에 들렀다. 텔레비전과 냉장고, 전자레인지와 토스터.

가능한 한 옛날 후미 집과 비슷하게 흰색 아니면 베이지색으로 구입했다. 볼 때마다 통장 잔고가 쭉쭉 줄어든다. 괜찮아, 본사 면접이 다음 달이잖아, 하고 스스로를 다독였다.

주말에 리카가 왔다. 안자이 씨의 남자 친구는 예전과 마찬가지로 선글라스를 쓴 채 택시 뒷좌석에서 인사했다.

"어서 와. 예쁜 원피스네."

오늘 리카는 포니테일로 머리를 묶고 짙은 분홍색 원피스를 입었다.

"얼마 전에 엄마가 사준 거야. 사라사 언니 엄청 아플 것 같아."

얼굴과 반소매 밖 팔뚝에 멍이 남아 있어서 넘어졌다고 대충 둘러댔다. 두 번째라시 시로 속마음도 잘 통했다. 둘이서 안자이 씨를 배웅했다.

"지난번에 갔던 집하고 다르네."

리카는 새집을 두리번두리번하다 나를 돌아보았다.

"사라사 언니 집에는 아무것도 없네."

"그래도 있을 건 다 있어."

"괜찮아? 돈이 없어?"

걱정스럽게 묻기에 나는 살짝 웃었다.

"최소한의 것들은 있으니까 괜찮아. 안 죽어."

"어? 죽어?"

"아니, 그러니까 안 죽는다고."

리카는 이상하다는 듯이 텅 빈 방 안을 둘러보았다.

"료는?"

"없어."

"왜?"

"헤어졌어."

"······사라사 언니, 괜찮아?"

한층 걱정스러운 얼굴로 묻는다. 묘하게 어른스러운 눈빛이었다.

"괜찮아. 그런데 왜?"

"우리 엄마는 남자 친구랑 헤어지면 항상 펑펑 울거든."

리카는 우울한 듯 말하며, 지금은 엄청 즐거운 것 같지만, 하고 화가 난 듯이 마룻바닥에 털썩 주저앉았다. 가방에서 옷가지와 게임기를 마구잡이로 꺼냈다. 나는 조그만 머리에 가만히 손을 올렸다.

"리카, 시원해지면 같이 공원 갈까?"

"공원?"

"숲속처럼 큰 공원이야. 연못도 있고 백조 보트도 있어."

"갈래!"

리카가 눈을 반짝였다. 점심으로 아보카도와 베이컨 파스타를 먹고 둘이서 잠깐 낮잠을 잤다. 내가 눈을 뜨니 리카가 먼저 일어나 조용히 게임을 하고 있었다. 안자이 씨 말대로 손이 안 가는 아이다. 그것도 슬프게 느껴졌다.

기온은 좀처럼 낮아질 것 같지 않았지만, 리카가 기다리고 있어서 저녁 장을 보러 나간 김에 삼림공원에 들렀다. 나는 변함없이 변장을 했다.

"사라사 언니, 그 선글라스 안 어울려. 립스틱도 너무 진한 것 같아."

"그렇지. 근데 그래도 하는 수 없어."

후미에게는 하루 만에 들켰지만 다니 씨와 마주칠 때를 대비해서 계속 신경을 써야 한다. 후텁지근한 거리를 리카는 쾌활하게 걸어간다.

"우와, 진짜 숲속 같네. 시원하네."

공원으로 들어서자 단번에 기온이 떨어졌다. 리카는 신기하다는 듯이 성큼성큼 걸어 들어가더니, 연못 다리 근처에 세워진 백조 보트를 보고 호기심이 폭발했다.

"나 이거 탈래."

부탁이 아니라 단호한 선언이었다.

"엄청나다! 앞으로 나간다. 이것 봐, 이것 봐."

리카는 발밑의 페달을 힘껏 굴렸다. 20분에 600엔. 꽤 비쌌지만 나도 백조 보트는 처음이라 즐거웠다. 다른 보트랑 다르게 지붕이 있는 것도 재미있었다.

"리카, 핸들 돌려. 다른 보트랑 부딪치겠어."

"응? 어디로, 어디로 돌려?"

그러는 사이에도 백조는 엄청난 속도로 나아갔다.

"잘 모르겠을 땐 페달 밟는 걸 멈추면 돼."

아, 그렇구나, 하고 리카는 발을 멈추었고 노부부가 우아하게 오후를 즐기는 보트와 부딪치는 사고를 막을 수 있었다. 할아버지가 눈웃음을 지으며 가볍게 손을 들고 빛나는 수면을 미끄러져 갔다.

"조금만 더 갔다가는 쾅 찧을 뻔했네. 아, 쫄았다, 쫄았어."

함부로 말하는 리카 옆에서 웃었다. 나는 요즘 자주 웃는다.

"리카, 오늘 밤에 뭐 먹고 싶어?"

"음, 고기 먹을래."

"햄버그스테이크나 닭튀김 같은 거?"

"철판구이가 좋아. 고기랑 소시지를 굽자."

"좋아. 채소도 많이 굽자."

하지만 핫플레이트가 없다. 살까? 리카가 집에 가고 나면 쓸 일이 없어질 텐데. 그렇다고 프라이팬에 구우면 기분이 안 난다. 아무 생각 없이 뭍으로 시선을 주는데, 벤치에 호리호리한 실루엣의 남자가 앉아 있는 모습이 보였다.

"리카, 잠깐 저리로 가보자."

뭍을 가리키니 리카가 네, 하고는 너무 열심히 핸들을 돌려서 그 자리에서 한 바퀴 돌아 원래 자리로 돌아오고 말았다. 천천히 돌려보자, 하고 나는 교습소 교관이 된 심정으로 지도했다.

"후미."

가까이 가서 말을 거니 후미가 손에 들고 있던 문고본에서 얼굴을 들었다. 이상하다는 듯 주위를 돌아보기에 "연못, 연못" 하고 불러서 후미가 이리로 왔다.

"연못에 사는 갓파(일본의 전설 속에 나오는 물에 사는 요괴)인 줄 알았네."

"백조였지—"

나는 들뜬 기분으로 말꼬리를 늘였다. 후미가 우습다는 표정을 짓는다. 리카랑 같이 있어서 그런지 어린아이가 된 것처럼 들뜬 내가 조금 부끄럽다.

"여기는 리카. 친구 딸인데 일주일쯤 맡게 되었어."

리카는 핸들을 쏙 잡은 채 안녕하세요, 하고 인사했나. 후미는 작게 고개를 숙이고는 그럼, 하고 매정하게 발길을 돌렸다.

"있지, 후미, 핫플레이트 가지고 있어?"

후미가 돌아본다.

"가지고 있으면 좀 빌려줘. 오늘 저녁에 철판구이를 하고 싶은데 집에 없어."

"그래. 나중에 가지러 와."

후미가 가버린 뒤 리카가 비밀스럽게 귀엣말을 했다.

"있지, 있지. 저 아저씨, 남자 친구야?"

후미에게 아저씨라는 호칭이 안 어울려서 대답이 조금 늦었다.

"아니야."

"그럼 친구야?"

"음, 그런가."

애매한 대답이었다. 후미와 나의 관계를 한마디로 표현할 말이 없다.

"흠, 료가 자기보다 어린 사람한테 언니 뺏긴 줄 알았네. 전에 엄마가 그랬거든. 자기보다 어린 여자한테 남자 뺏기면 진짜 열받는다고."

나는 안자이 모녀의 과격한 대화를 상상하며 웃었다.

"그랬구나. 하지만 후미는 료보다 다섯 살 많아."

"거짓말."

리카가 눈을 동그랗게 떴다. 료는 스물아홉 살, 후미는 서른네 살. 하지만 둘이 비교하면 분명 료의 나이가 훨씬 많아 보인다. 료는 자기 나이처럼 보이고, 후미는 이상하리만치 어려 보이는 탓이다. 처음 만난 열아홉 살 때와 인상이 거의 변하지 않았다. 그래도 초등학생 리카가 보기에 후미는 벌써 아저씨인가 싶어, 흐르는 시간에 대해 이런저런 생각이 들었다.

백조 보트를 반납한 뒤 슈퍼에 들렀다. 고기를 살 때 점원이 몇 그램을 살 거냐고 물어서 고민했다. 리카가 눈치챈 듯 나를 본다.

"아저씨도 부를 거야?"

"올지 어떨지 모르겠어."

그렇게 말하면서도 3인분의 고기를 사고 말았다.

오늘 밤 카페는 정기 휴일이니 후미가 오면 좋겠다고 생각하면서.

의외로 후미는 시원스레 가겠다고 말했고, 핫플레이트를 안고 우리 집으로 왔다.

"시원할 정도로 아무것도 없네."

후미가 집 안을 둘러본다.

"늘 쓰는 것만 가지고 왔거든."

가구라고 할 수 있는 선 혼사서 겨우 식사힐 수 있을 정도의 작은 탁자와 의자. 가전제품은 냉장고와 전자레인지와 토스터와 텔레비전. 침대 없이 이불을 깔고 잔다.

"아무리 그래도 물건이 너무 없다. 밥은 어디서 먹을 거야?"

"여기서."

나는 슈퍼에서 사 온 돗자리를 보여주었다.

"이걸 거실에 깔면 피크닉 기분도 나고 재미있잖아."

주머니에서 돗자리를 꺼내 바닥에 깔았다. 당장에 리카가 돗자리로 올라가 "우아, 피크닉 같다"라고 하며 신나 하기에 그것 봐, 하고 의기양양하게 후미를 보았다.

"역시 사라사는 사라사군."

후미는 으쓱하는 표정으로 돗자리 위에 핫플레이트를 올렸다.

"뭐 좀 도와줄까?"

"채소를 자르기만 하면 되니까 편하게 있어."

내가 준비하는 동안 리카는 게임을 하고 후미는 뉴스를 보았다. 도중에 게임이 지겨워진 리카가 후미에게 나도 텔레비전 보고 싶어, 라고 해서 후미가 리모컨을 리카에게 건넸고, 자기는 휴대전화를 만지작거렸다. 그러자 또 리카가 나도 보여줘, 하고 후미의 손안을 들여다보았다. 아무래도 놀아달라는 것 같다.

"아저씨, 유튜브 틀어줘. 만화영화 보고 싶어."

"이건 화면이 작으니까 텔레비전으로 보는 게 좋지 않아?"

"지금 안 하니까."

그러자 후미는 휴대전화를 조작했다. 금방 만화영화 주제가가 들린다. 후미는 친절하지 않아도 예전부터 부탁은 거의 다 들어줬던 게 생각났다. 오늘 저녁 식사 초대에도 응해주었다. 무정하긴 하지만 천성적으로 사람을 싫어하는 건 아니라고 새삼 느꼈다.

"사라사 언니, 아이스크림 먹고 싶어!"

"바닐라밖에 없어."

"그것도 좋아."

리카가 다가왔다. 냉동실에서 막대 아이스크림을 꺼냈다. 어쩐지 나도 먹고 싶어져서 준비를 잠시 멈추고 둘이서 거실에 드러누워 아이스크림을 먹었다.

"사라사 언니, 배고파—"

"기다려. 이거 다 먹고 해줄게."

우리 대화를 듣고 있던 후미가 말없이 부엌으로 갔다.

"후미, 내가 할 테니까 그냥 둬."

"괜찮아. 내가 제일 한가하니까."

"아저씨, 힘내!"

리카와 나는 얼굴을 마주 보고 웃었다.

"아저씨, 상냥하네."

비밀 이야기처럼 귀엣말을 해서 나는 놀랐다.

"그렇게 생각해?"

주뼛주뼛 그렇게 묻자 리카가 고개를 크게 끄덕였다.

나는 기뻐져서 맞아, 이런 일도 있었어, 저런 일도 있었어, 하고 후미의 장점을 쭉 늘어놓았다. 혼자서도 영양분이 골고루 들어간 음식을 만들어. 부지런히 청소를 해. 지각을 하지 않아. 빨래에 다리미질을 해. 리카는 대단하다— 하며 감탄한 듯이 듣고 있다. 15년 동안 누구한테 말해도 믿어주지 않은 일이 계속해서 긍정되어간다. 어쩐지 믿을 수 없는 기분이 들어서, 나는 리카를 꽉 껴안아주고 싶어졌다.

결국 대부분의 준비는 후미가 해주었다. 리카는 고기만 먹었고, 나는 채소만 먹었으며, 후미는 밸런스를 맞춰 먹었다. 각자가 다른 사람을 간섭하지 않았다.

"사라사랑 아저씨는 재미있네."

배가 잔뜩 부른 리카가 바닥에 드러누워, 오늘로 두 번째인 아이스크림을 먹었다. 조금 졸린 눈으로 신기하다는 듯이 나와 후미를 보고 있다.

"엄마나 학교 선생님처럼 밥 먹기 전에 아이스크림 먹지 말라거나, 고기만 먹지 말고 채소도 먹으라거나, 그런 말을 전혀 안 하네. 오히려 같이 아이스크림을 먹고."

"아, 그렇구나. 안 된다고 해야 되는 거였네."

내버려두면 된다고 했지만, 너무 자유롭게 했던 것인지도 모른다.

"하지만 재미있어. 엄마는 가끔 요리할 때마다 채소도 먹어, 채소도, 하면서 잔소리하거든. 평소에는 편의점 도시락이나 컵라면이나 빵이면서. 진짜 제멋대로야."

내가 웃었다. 어른의 모순을 아이는 냉철하게 보고 있다. 아이스크림이 녹아서 막대를 타고 리카의 손에 끈적끈적하게 흘러내렸다. 후미가 그걸 닦아주며 말했다.

"올림픽에서 메달을 딴 사람도 채소는 안 먹는다고 했어. 알약으로도 나와 있으니 꼭 음식이라는 형태로 섭취할 필요는 없지 않나. 체내에 들어가기만 하면 되니까."

"그러고 보니 지킬 필요도 없는 규칙이 너무 많다는 생각이 들어. 나도 어릴 때, 어째서 저녁으로 아이스크림을 먹으면 안 되는지 그 이유를 오래 생각했거든."

"이유는 알아냈어?"

"아니. 하지만 이제 괜찮아. 지금은 언제든지 아이스크림을 먹을 수 있으니까."

"어른이 되면 규칙을 지키지 않아도 돼?"

리카가 신이 나서 묻기에, 아쉽게도 안 돼, 하고 내가 고개를 가로저었다.

"어른이 되면 지금보다 훨씬 더 많은 규칙을 지켜야 해."

"하지만 사라사 언니는 언제든지 아이스크림을 먹을 수 있잖아?"

"그 대신 손에서 놓아야 하는 것들도 많아."

떠나간 료의 뒷모습이 스쳤다. 억압과 동시에 비호를 받았다. 그것들을 놓아버린 대신, 나는 망망대해 앞 벼랑 끝에 홀로 서는 자유를 얻었다. 세찬 바람이 불고, 사방팔방으로 머리칼이 휘날려 뺨을 마구 때린다.

"나이만 먹어서는 자유롭게 아이스크림을 먹을 수 없어."

리카는 흐음, 하고 이해할 수 없다는 표정을 지으며 "아저씨? 아저씨는 저녁 대신 아이스크림 먹을 수 있는 사람이야?" 하고 물었다.

그렇지, 라며 후미는 마시던 위스키 잔을 내려놓았다.

"어릴 땐 먹을 수 없었지만 지금은 먹어."

"왜 못 먹었어?"

"엄마의 육아 서적에 안 된다고 쓰여 있었거든."

인터넷에 밝혀진 후미의 가족이 떠올랐다. 회사를 경영하는 아버지와 교육에 열정적인 어머니, 머리가 좋은 형. 글자로만 보면 흔한 부유층 가정이었지만 바른 생활을 강박적으로 수행하던 열아홉 살의 후미를 떠올리면 가슴이 답답해진다.

"육아 서적이 뭐야?"

"아이를 올바로 키우는 법이 적힌 책."

"어째서 지금은 먹어?"

"책과 함께 내다 버렸으니까."

후미는 조용히 대답했다. 15년 전, 후미가 책과 함께 내다 버린 것. 평온하게 이어질 줄로만 알았던 자신의 미래. 하지만 그 대신 후미는 무엇을 손에 넣었나. 후미는 모든 것을 버렸음에도, 자신을 괴롭힌 성적 취향은 지금도 몸 안에 자리하고 있다.

"사라사 언니도 이상하지만, 아저씨도 이상해."

"그래?"

"아저씨라고 불러도 발끈하지 않고."

"너는 지금 몇 살이니?"

"여덟 살."

"내가 여덟 살 때도 서른네 살 남자는 아저씨로 보였어."

"하지만 료는 싫어했어. 그렇지, 언니?"

"료는 아슬아슬하게 이십대여서 그랬나 보다."

"똑같잖아."

리카가 가차 없이 선언했다.

"됐어. 불쌍하니까 아저씨도 후미라고 불러줄게."

"멋대로 불쌍히 여겨줘서 고마워."

"응, 알았어. 후미, 휴대전화 빌려줘. 만화영화 볼래."

미묘하게 엇나가는 대화 끝에 후미는 리카에게 휴대전화를 넘겨주었다. 리카는 아까 보던 영상을 틀었지만 5분도 안 되어서 꾸벅꾸벅 졸기 시작했다.

　나는 담요를 가져와 리카에 세 덮어주있다. 짐이 든 리카의 머리칼을 쓰다듬었다. 에어컨을 켰는데도 땀이 나서 피부가 촉촉하다.

　"아이는 금방 잠이 들어버리네."

　"사라사도 잘 잤어."

　리카의 손에 꼭 쥐여 있는 아이스크림 막대를 후미가 가만히 끄집어냈다.

　"상냥하네, 후미는. 예나 지금이나."

　그렇게 말하자, 후미가 이상하다는 듯한 표정을 지었다.

　"그런 말은 별로 들어본 적이 없는데. 정반대는 몰라도."

　"하지만 부탁한 건 어찌어찌 다 들어주잖아."

　"사실은 항상 거절하려고 해."

　"그래?"

　"응. 하지만 역시, 혼자는 무서우니까."

　몹시도 솔직한 고백이었다. 혼자 사는 게 훨씬 더 편할 수도 있다. 하지만 역시 혼자는 무섭다. 신은 어째서 우리를 이렇게 만들었을까.

　아침밥이 다 되었는데도 리카는 이불에서 나오지 않았다. 여름방학 늦잠은 정당한 행동이기에 방해하지 않았다. 자, 일하러 다녀올게, 하고 작게 말을 걸며 리카의 몸에 가만히 손을 댔다. 팔이 뜨거웠다. 부자연스럽게 볼이 빨간 것도 신경이 쓰인다.

"리카, 몸 아프지 않아?"

"……응, 나른해."

서둘러 편의점으로 달려가 체온계와 해열 시트를 사 왔다. 38도 가까이 나와서 가게에 전화를 걸어 쉬겠다고 했다.

오후까지 상태를 봐도 열이 떨어지지 않고 거꾸로 더 올랐다. 감기인가. 하지만 다른 병이라면 무섭다. 근처에 내과가 있는지 찾아보는데 옆집 창문이 열리는 소리가 났다. 베란다로 나가니 후미가 아이스커피를 들고 난간에 기대어 있었다.

"안녕, 후미. 근처에 괜찮은 내과 있을까?"

"좋은지 나쁜지 모르겠지만 슈퍼 뒤에 있어. 어디 아파?"

"리카가 열이 나. 감기인가 봐. 아이스크림을 두 개나 먹여서 그런가?"

"어린이니까 내과가 아니라 소아과잖아."

"아, 그런가. 그러네. 찾아볼게."

"갈 때 얘기해."

고마워, 하고 방으로 돌아왔다. 찾아보니 소아과는 역 하나 떨어진 종합병원뿐이다. 옷을 갈아입혔지만 제대로 설 수 있을지 불안해서 안고 가는 수밖에 없었다. 후미의 집 벨을 누르니 옷을 갈아입은 후미가 그대로 나와 문을 걸어 잠갔다.

"같이 가수게?"

응, 하고 후미가 두 손을 뻗었다.

"왜?"

"사라사보다는 내가 힘이 더 좋아."

고마워, 하고 나는 후미에게 리카를 맡겼다. 택시 안에서 축 처진 리카의 작은 등을 계속 쓰다듬었다. 리카는 감기라는 진단을 받고 약을 지어 집으로 왔다. 같이 가줘서 고맙다고 인사했더니 후미가 조금 생각에 잠겼다.

"내일은 어쩔 거야?"

"응?"

"오늘 쉬었잖아. 내일도 열이 안 내리면 어떡해."

"그럼…… 또 쉬어야지."

지금 상황에서는 어쩔 수가 없다.

"낮에는 내가 볼까. 가게는 저녁부터니까."

"그럼 고맙지. 하지만 후미도 낮에 쉬어야 하잖아."

"이삼일 정도는 괜찮아."

"……사라사 언니, 후미, 귀찮게 해서 미안해."

이불 위에 누워 있던 리카가 조그맣게 중얼거렸다.

"……나, 혼자 있어도 괜찮아. 혼자 있는 거 익숙하니까."

괴로운 듯한 숨소리에 마음이 아팠다. 주눅 들지 않고 돌보기 쉬운 아이처럼 보여도 그렇지 않다. 이 아이는 괴로운 걸 괴롭다고 말하지 못할 뿐이다.

  이튿날이 되어도 리카는 열이 내리지 않았다.

  상태를 보러 온 후미는 작은 받침대를 가져와 리카가 자
고 있는 이불 근처에 놓고, 예전에 쓰던 구형 모델 휴대전화
를 설치했다.

  "사라사 핸드폰도 줘봐."

  "뭐하게?"

  "감시 카메라 앱 다운받으려고."

  후미는 재빨리 내 휴대전화를 조작했다. 받침대에 설치한
오래된 휴대전화를 카메라 대신으로 삼고, 내 전화를 연결
시켜 언제든 리카의 상태를 볼 수 있게 해주었다. 혼자 살면
서 반려동물을 키우는 사람들에게 추천하는 애플리케이션
이라는 설명이 있었다.

  "요새는 편리한 게 참 많네."

  하지만 괜스레 찝찝한 기분이 든다.

  "후미가 있으니까 일부러 카메라까지 설치할 필요는 없는
데."

  "걱정되잖아. 나한테 어린 여자애 맡기는 거."

  나는 고개를 갸웃했다.

  "리카한테 무슨 짓을 할지도 모른다는 생각 안 들어?"

  "아니, 전혀."

나는 지극히 평범하게 대답했다.

"어째서 그렇게 나를 믿지?"

후미가 입을 삐죽거려서 나는 아니야, 하고 대답했다.

"믿고 말고 할 것도 없이 사실을 아는 거지."

"사실은 내가 어린 여자아이를 데려다 나쁜 짓을 한 죄로 체포된 전적이 있다는 거야."

후미는 자조적으로 웃었다. 마치 자기 자신에게 스스로 상처를 내는 것처럼 보였다.

"미안. 내 말투가 나빴어. 다시 말할게. 사실과 진실은 달라. 세상이 아는 후미와 내가 아는 후미는 달라. 후미는 상대가 싫어하는 걸 억지로 강요하는 사람이 아니야. 나는 그게 진실이라는 걸 알아."

딱 잘라 말한 뒤 설치한 앱을 지우고 받침대에 놓인 휴대전화와 충전기 코드를 뽑아 후미에게 돌려주었다. 이건 필요 없는 물건이다.

"정말 필요 없겠어?"

"필요 없어. 화가 나려고 해."

그렇게 말하는 나는 이미 화가 나서 후미를 흘끗 노려보았다.

"……그럼, 가끔씩 문자로 상황을 알려줄게."

후미는 선생님에게 혼난 아이처럼 풀이 죽었다.

"미안해. 내가 조금 과했네."

"아니, 그렇지 않아."

후미는 길고 가는 목을 힘없이 가로저었다.

"그런 말은 처음이라서."

나는 한숨을 삼켰다. 우는지 웃는지 알 수 없는 그 표정에서, 후미가 이제껏 맛봤을 고통이 전해졌다. 나는 아랫배에 힘을 주었다.

"아침 먹을 거니까 후미도 같이 먹자."

억지로 웃어 보이자 후미도 어색하게 입꼬리를 올렸다.

리카가 자고 있는 거실에 깔아둔 돗자리에 햄에그와 샐러드와 토스트를 늘어놓았다. 커피는 후미가 끓여주었다.

"후미다운 올바른 아침 식사지. 요즘도 그래?"

그렇게 묻자 후미는 햄에그를 내려다보았다. 함께 나온 케첩을 보고 살짝 웃었다.

"밤에 일을 하니까 아침은 거의 안 먹어."

"아, 그렇구나."

"조식은 안 먹고, 오후에 일어나고, 피자 배달도 시키고, 햄버거도 먹고, 낮부터 술도 마셔. 너무 많이 마신 날은 카페에서 졸기도 해."

옛날의 후미였다면 상상도 할 수 없는 느슨한 생활이다.

"반려동물도 키웠어?"

"아니, 왜?"

"아까 그 앱. 반려동물 기르는 사람에게 추천한다고 쓰여

있어서. 동물은 좋아하지만 키워본 적이 없어서 그런 게 있
는 줄도 몰랐어."

"반려동물은 나야."

"응?"

"집에서 몇 년이나 감시를 받았어. 그땐 더 제대로 된 실
내용 카메라였지만."

나는 토스트를 든 채로 몸이 굳었다.

"형기를 마친 뒤에 민간 재활시설에서 일할 예정이었지
만, 더 이상 다른 데서 부끄러운 짓을 하지 말라고 해서 집
으로 들어갔어. 정원에 내 전용 별채가 마련돼 있더라."

별채에서 몇 년이나 감시를 받다니. 상상만 해도 등줄기
가 서늘해졌다.

"……감시 카메라라니, 왜 그렇게까지."

"엄마는 바른 생활을 하는 사람이라 내가 또 무슨 짓을 할
까 봐 불안했겠지."

그렇게까지 바른 건 일그러진 모습의 또 다른 형태가 아
닐까. 하지만 후미의 어조는 담담했다.

─그런 말은 처음이라서.

조금 전 후미가 한 말이 생각났다.

제일 가까운 사람이 카메라로 감시할 만큼 의심하는 분위
기에서, 후미는 살아왔다.

"지금은 자유야."

부드러운 웃음은 선뜩할 만큼 고독감을 띠었다.

15년 동안 후미는 어떤 인생을 살았을까.

점장에게 사정을 이야기하고, 유니폼 주머니에 휴대전화를 넣어도 좋다는 허락을 받았다. 상태를 알리는 문자가 두 시간에 한 번꼴로 들어왔다. 후미는 여전히 그런 걸 제대로 한다.

저녁에 집에 와서 열을 재보니 37.8도로 내려가 있었다. 리카는 후미가 계란을 넣고 죽을 끓여줬다고, 열로 발갛게 달뜬 얼굴로 기쁜 듯 말했다. 선물로 사 온 고가의 아이스크림에 크게 기뻐하더니, 그걸 먹고는 다시 스위치가 꺼진 것처럼 잠이 들어버렸다.

"후미, 고마워. 괜찮으면 저녁 먹고 가."

"응."

"먹고 싶은 거 있어?"

"다 좋아해."

알아, 라고 대답하며 냉장고에서 적당히 식재료를 꺼냈다.

요리하는 동안 후미는 잠든 리카에게서 조금 떨어져 벽에 기댄 자세로 문고본을 읽었다. 그 옆에 유리잔과 위스키병이 놓여 있다. 대낮부터 술을 마신다고 했는데 설마하니 위스키를 스트레이트로 마시는 줄은 몰랐다.

옛날과 변함없이 마른 체격과 섬세한 옆얼굴. 사람이 발

산하는 기운이 옅어서 식물 같다. 그러고 보니 후미의 집에
있던 깡마른 물푸레나무는 어떻게 되었을까.

"탄 냄새가 나는데."

문득 후미가 이쪽을 보았다. 밥을 짓는 솥에서 연기가 살
짝 나서 서둘러 불을 껐다. 걱정스럽게 밥솥 바닥에 주걱을
넣어본다.

"위쪽은 먹을 수 있는 거 아니야?"

어느새 후미가 내 뒤에 와 있었다. 나는 한심한 얼굴로 뒤
돌아보았다.

"평소엔 실수 안 하는데 후미 때문이야."

"책만 읽고 있었는데?"

"응, 계속 책을 읽었지. 아주 조용히."

"춤이라도 출 걸 그랬나?"

"인간이라기보다는 식물 같아서 기분이 이상했어. 숨은
쉬고 있나 걱정이 돼서 나도 모르게 지켜보게 되잖아. 아, 그
러고 보니."

─그때 그 물푸레나무는 어떻게 됐어?

아무렇지 않게 꺼내려던 질문을 금방 안으로 삼켰다. 일
부러 작은 나무를 골라 샀다고 후미는 말했었다. 카페에도
비슷하게 작은 물푸레나무가 있었다. 미성숙하고 마른 나
무. 그건 소녀밖에 사랑할 수 없는 후미의 애증의 화신인지
도 모른다. 예나 지금이나.

"술병이 예쁘네, 하고 보고 있었어."

속마음을 감추며 후미가 앉아 있던 곳을 돌아보았다. 멋스러운 유리잔과 위스키병이 놓여 있고, 술병에는 폭스테리어 일러스트가 있었다.

"스캘리왜그."

후미가 술병과 유리잔을 가져왔다. 잔에 남은 호박색 액체를 다 마시고는 내게 병을 보여주었다. 라벨의 폭스테리어는 경영자가 키우던 개를 모델로 그린 거라고 한다.

"처음 듣는 브랜드네. 하긴 산토리 토리스랑 맥캘란밖에 모르긴 해."

"양극단의 브랜드야."

"산토리 토리스는 편의점에서 사봐서 알아. 맥캘란은 아빠가 좋아하던 거고."

"락글라스가 있어서 네가 좋아하는 줄 알았어."

후미는 싱크대 위에 뒤집어져 있는 내 올드 바카라에 시선을 주었다.

"저거 와인글라스야."

"그래?"

후미는 흥미로운 듯 원기둥형 유리잔을 손에 들었다.

"calico 밑에 있는 앤티크 가게 주인이 주셨어."

"아가타 씨 말이구나. 그 건물 주인이야."

"그렇구나. 우아한 분이던데. 아빠가 이 유리잔에 위스키 마시는 걸 좋아했다고 했더니 그냥 주셨어. 곧 가게를 접을 거래. 지금은 뭐 하셔?"

"입원하셨어. 살날이 얼마 남지 않았다고 본인이 직접 그러셨어."

작은 노인에게서 풍기던 약 냄새가 생각났다. 죽기 전의 아빠와 같은 냄새.

"내 유리잔도 아가타 씨가 주신 건데. 입원하기 전에 인사하러 오셔서는 기념이라고 주셨어. 무슨 기념이냐고 물으니 뭐든 좋지 않냐며 웃으시더라."

"그럼, 그것도 바카라야?"

후미의 유리잔을 보며 물었다.

"응, 아가타 씨는 올드 바카라를 편애했으니까."

우리는 두 개의 유리잔을 비교했다. 모양이 비슷했지만 하나는 와인글라스고 하나는 락글라스다. 닮았지만 다르다. 다르지만 닮았다. 죽어가는 노인이 넘겨준 두 개의 아름답고 깨지기 쉬운 유리잔이 마치 우리 같다고 생각했다.

"마셔볼래?" 후미가 스캘리왜그병을 들었다. "맥캘란을 좋아하면 이것도 마음에 들지 않을까."

"좋아한 건 아빠야."

"그 아버지에 그 딸이니까 좋아할지도 몰라. 맛의 계통이 비슷해."

두 개의 유리잔에 위스키를 따랐다. 물도 얼음도 넣지 않는다. 호박색 액체가 그대로 비치는 유리잔에 넋을 잃었다. 이유도 없이 건배를 하고 목으로 넘겼다. 목구멍을 타고 흐르는 열기가 기분 좋다. 다 마신 뒤에도 풍부한 향이 입안에 번졌다.

"맛있어."

솔직한 감상을 말하자, 후미의 입꼬리가 올라갔다.

"뭐 마셔?"

리카가 비틀비틀 일어나 다가왔다. 화장실에 가려고 일어난 모양이다. 나도 마실래, 하고 엉겨 붙으며 강아지다, 하고 귀엽다며 술병에 손을 뻗었다.

"사라사 언니, 후미. 다 마시면 나 이 술병 가질래."

"빈 병으로 뭐하려고?"

후미가 묻는다.

"방에 장식하지."

나와 리카가 같은 타이밍에 대답했다.

어릴 적, 나도 멋진 라벨이 붙은 술병을 좋아했다. 귀엽지? 하고 서로 맞장구치는 나와 리카를, 후미는 알 수 없다는 표정으로 보고 있다.

"있지, 후미, 다 나으면 후미네 집에 놀러 가고 싶어."

리카가 후미를 올려다본다. 병간호를 하며 쭉 같이 있어서 제법 친해진 모양이다.

"안 돼."

후미가 드물게 거절했다. 리카가 흥 하고 얼굴을 찡그린다. 한동안 후미를 올려다보았지만 후미가 내주하지 않자 뚜벅뚜벅 화장실로 가버렸다. 나와서는 이쪽을 보지도 않고 거실로 가려고 했다. 너무 낙담한 뒷모습이 가여웠다.

"리카 짱, 내가 매일 여기 올게."

결국 후미가 졌다. 리카가 돌아본다.

"억지로 안 와도 돼."

"억지로 오는 거 아니야. 리카랑 사라사랑 같이 있으면 즐거워."

"……그럼, 와도 돼. 그리고 리카라고 불러도 돼."

"응?"

리카가 얼굴을 휙 돌려 거실에 깔린 이불 속으로 들어갔다. 평소에는 밝은데 감기에 걸리니 응석을 부린다. 분명 저 모습이 본래의 리카겠지.

리카는 며칠 만에 건강해졌지만 이번에는 다른 문제가 생겼다. 어제부터 안자이 씨와 연락이 닿지 않았다. 오늘 오후에는 데리러 온다고 해서 리카는 옷과 게임기를 가방에 넣고 기다리고 있었다. 하지만 저녁이 되어 겨우 문자 한 통이 왔다.

'미안. 이삼일만 더 부탁해!'

맡는 건 괜찮지만 리카에게 전화 한 통 하라고 답장을 했는데 묵묵부답이다. 애인과의 여행이 즐거워서 견딜 수가 없는 걸까.

"엄마, 안 와?"

거실에서 텔레비전을 보던 리카가 어느새 옆으로 왔다.

"일이 생겨서 이삼일 늦는대."

리카는 흐응, 했을 뿐이다. 멍한 옆얼굴에는 표정이 없다.

"리카, 장 보러 갈까? 냉장고가 비었어."

변장하고 리카를 데리고 나왔다. 장 보러 가기 전에 삼림 공원에 들러 백조 보트를 탈까 물었지만 리카는 고개를 저었다. 기운 나게 하려고 했는데 역효과였다. 매점에서 소프트 아이스크림을 사서 걷는데 문득 리카가 손가락을 가리켰다.

"후미."

작은 손가락 끝에는 벤치에 앉은 후미가 있었다.

"어, 리카 아직 있었어?"

솔직한 질문에 리카가 발끈했다.

"엄마가 남자 친구랑 러브러브라 안 돌아와."

후미가 나를 흘끗 보았다. 괜찮냐는 눈빛에 나는 쓴웃음으로 답했다.

"후미, 오늘 쉬는 날이지. 같이 밥 먹자."

"오늘은 혼자서 책 읽고 싶어."

"읽으면 돼. 나는 만화영화 볼 테니까."

"혼자서, 라는 부분에 대해서는?"

"다들 각자 혼자서 좋아하는 걸 하자. 한방에서."

리카의 말에 후미는 조금 생각한 뒤 그래, 그러자, 하고 일어났다.

저녁은 각자 좋아하는 걸 샀다. 리카는 도넛과 닭튀김과 딸기우유. 나는 메밀국수와 감자튀김. 후미는 초밥과 치즈. 역 앞 대여점에 들러 리카가 보고 싶은 만화영화 DVD를 빌렸다. 아직 인터넷 계약을 안 해서 영상 서비스를 이용할 수 없다. 편리한 세상은 절차가 귀찮다.

리카가 만화영화를 고르는 동안 나와 후미는 여기저기 둘러보며 걸었다. 그러다 문득 멈춰 서서 영화 한 편을 꺼냈다. 〈트루 로맨스〉.

"같이 본 거 기억해?"

"응. 다른 엔딩도 있다는 걸 얼마 전에 알았어."

"다른 엔딩?"

"라스트가 달라. 둘이 죽으면서 끝나."

해피엔드로 찍은 감독에 반해 언해피를 주장한 각본가. 둘 다 물러서지 않아서 두 종류의 엔딩을 찍었는데 공개된 건 감독이 민 해피엔드판이었다. 물거품이 된 언해피판은 나중에 나온 디렉터판 특별 영상에 담겼다고 한다.

"전혀 몰랐어. 후미는 봤어?"

"안 봤어. 나는 토니 스콧판으로 됐어."

"죽는 게 타란티노답지만 나도 영화 라스트는 좋아."

이야기를 나누며 엄마 아빠를 떠올렸다. 둘 다 이 영화를 참 좋아했다. 좋아하는 장면은 달랐지만 엔딩이 좋다는 점에서는 일치했다. 빌릴까? 하고 물어서 고개를 가로저었다. 리카 앞에서는 못 보니까, 라고 하니 "조금은 상식 있는 어른이 되었네" 하고 후미가 말했다.

"조금은, 이라는 말을 꼭 해야 해?"

"사라사가 처음 이 영화를 본 게 언제야?"

"여덟 살이었나?"

후미는 그것 보라는 표정을 지었다. 하지만 부모님 감독 아래 보았으니 내 책임은 아니다. 지금 생각하면 엄마뿐만 아니라 아빠도 진짜 별종이었다.

돗자리에 먹을 것을 늘어놓고 가운데 산더미처럼 감자튀김을 쌓았다. 딥소스는 허니머스터드와 아이올리 소스. 리카는 맥도날드 같네, 하고 기뻐했다.

"맛있다."

후미는 감자튀김을 씹으며 그리운 듯 중얼거렸다. 리카는 먼저 이불을 깔고 노트북에 DVD를 넣고는 만반의 태세를 취했다. 그러고는 뒹굴뒹굴 감자튀김을 먹으며 만화영화를 보기 시작했다.

"사라사 2호네."

후미가 말했다.

"사라사 언니 집 너무 좋아."

리카가 말했다.

"사라사 언니노 있고, 우미노 있고, 맙노 맛있고, 계속 여기 있고 싶다."

"그렇게 말하면 엄마가 화내."

잠시 공백이 흘렀다.

"엄마는 내가 없는 걸 더 좋아하는지도 몰라."

태연한 말투였다.

"엄마는 나보다 남자 친구를 더 좋아해."

너무 태연해서 오히려 그걸 의식하며 말하고 있다는 게 들여다보였다.

"엄마는 리카를 좋아해."

나는 너무 과장되지 않게 말하려고 애썼다.

"그럴까? 하지만 엄마는 남자 친구랑 오면 항상 나더러 밖에서 놀다 오라고 해. 용돈을 주니까 좋긴 하지만. 편의점에서 맘에 드는 거 살 수도 있고."

리카는 기름기로 반짝이는 손끝을 노트북 마우스 패드에 올렸다.

"친구 집도 가고 공원도 가는데…… 그래도 밤이나 겨울은 조금 싫어."

미소녀 전사가 변신하는 장면을 들여다보며 리카는 아무래도 좋다는 듯 말했다. 올해 겨울은 아직 오지 않았으니 작년 일이리라. 그때 리카는 일곱 살이었는데.

"나, 앞으로 쭉 여기 있고 싶다."

리카는 몇 번이고 변신 장면을 돌려 본다. 텅 빈 옆모습.

—하느님, 이제 그 집으로는 가고 싶지 않아요.

오래되긴 했지만 옅어진 적 없는 슬픔이 내 안에 있다. 천천히 팔다리 끝이 식어가던 감각이 떠올랐다. 후미가 가만히 내 팔을 잡아주었다. 그것만으로도 나는 힘을 얻어서 반대쪽 손을 리카에게 뻗었다. 구불구불한 곱슬머리를 만지니 가느다란 어깨가 흔들렸다.

"하지만 평소엔 엄마, 상냥해."

"응, 그렇지."

머리를 쓰다듬는데 리카가 갑자기 이불에 얼굴을 묻는다. 가만히 움직이지 않았다. 소리도 내지 않고 울고 있는 리카의 등을 감싸듯, 나는 리카에게 내 몸을 기댔다. 그런 나의 손을 후미가 강하게 잡아준다.

우리는 부모도 아니고, 부부도 아니고, 애인도 아니고, 친구라고 하기도 어렵다. 우리 사이에는 말로 다 규정할 수 없는 무언가가 있지만, 무엇으로도 우리를 단정 지을 수 없다. 그저 따로따로 혼자 지내며, 그러나 그것이 서로를 무척 가깝게 느끼게 한다.

나는 이것을 뭐라고 부르면 좋을지 모르겠다.

저녁 아르바이트생들이 둘이나 쉬고 싶다고 연락을 했다.

점장이 닥치는 대로 전화를 돌려서 7시 전에 겨우 대신할 친구들이 와주었다.

늦게 들어갈 거라고 미리 후미에게 문자를 보내긴 했지만, 후미도 카페 문을 열어야 한다. 서둘러 아파트 출입구에서 열쇠를 돌리는데, "잠깐만" 하고 뒤에서 팔이 잡혔다. 놀라서 돌아보았다. 료인가 했지만 무시무시한 얼굴의 다니 씨였다. 나는 바보처럼 입이 벌어졌다.

"당신, 어째서 여기 있어?"

평소에는 모자와 선글라스를 썼지만 오늘은 서둘러 오느라 잊었다.

"어째서 여기 열쇠를 가지고 있어?"

어떻게 빠져나가야 할지 생각하고 있는데 다니 씨가 크게 한숨을 내쉬었다.

"하는 수 없네. 잠깐 얘기 좀 해."

그러면서 내 팔을 부드럽게 당겼다. 격앙되는 일 없이 침착하게 걸어간다. 나는 초조했지만 참 냉정한 사람이구나 하고 감탄했다. 애인 아파트에 스토커가 드나드는 걸 보고도 두려워하거나 흥분하지 않는다.

카페라도 가려나 보다 하고 보조를 맞추고 있는데, 이리로, 하며 갑자기 강하게 팔을 잡아당겼다. 정신을 차려보니, 나는 경찰서 안으로 한 걸음 들어가 있었다.

"실례합니다. 스토커 피해 신고를 하러 왔습니다."

다니 씨의 말에 앉아 있던 경찰관이 고개를 들었다.

"아, 그래요. 피해를 입은 건 당신입니까? 아니면 친구분?"

경찰관이 나와 다니 씨를 번갈아 보더니, 어, 하고 다시 나를 보았다.

"지난번 그분…… 맞지요?"

"네, 그때는 감사했습니다."

얼마 전 아파트 앞에서 료와 실랑이를 벌일 때 왔던 경찰관이었다.

"피해자는 제 지인이고, 이 사람이 스토커입니다."

다니 씨가 본론을 말했다. 경찰관은 멍하니 서 있었고, 나는 이윽고 위기가 찾아왔음을 깨달았다. 경찰서로 끌려온 것이다. 경찰관이 당황한 듯이 나를 보았다.

"당신이, 이 여성의 친구분을, 스토킹하고 있습니까?"

"아니요, 저기, 저는……."

어떻게 설명해야 할지 당황하고 있는데, 경찰관이 우선 앉으라고 했다. 다니 씨가 명함을 꺼냈다. 그녀의 신분은 기자였다. 프리랜서 기자인데 사건 사고에 익숙한 듯했다. 그래서 이런 깔끔한 대응이 가능하구나 하고 납득했다.

"음, 그러면, 지난번 사건과는 또 다른 서류를 작성하겠습니다. 이쪽이 다니 아유미 씨, 그리고 이쪽이 가나이 사라사 씨. 그러면 조금 더 자세히 이야기를 들려주시겠습니까."

설명은 다니 씨가 했다. 자기 지인이 경영하는 가게에 내가 손님으로 나타나 연애 감정이 싹텄고 그게 심해져서 사택 주변까지 서성거리게 되었다는, 그녀의 입장에서 보면 꽤 억제한, 객관적인 사실만을 끄집어낸 설명이었다.

나는 반론할 수가 없었다. 후미는 나를 스토커라고 생각하지 않을 테지만, 나와 후미의 과거를 모르는 다니 씨에게 사정을 설명하긴 곤란하다. 후미 자신이 분명히 밝히지 않은 과거를 내가 다니 씨에게 말할 수는 없다.

"지금 설명이 틀림없습니까?"

경찰관의 질문에 네, 하고 고개를 끄덕거리는 수밖에 없었다.

하지만 범죄자가 될 판이다.

"사정은 잘 알겠습니다만, 피해 신고는 피해자 본인이나 본인의 동의를 얻은 사람만이 할 수 있습니다."

경찰관의 말에 다니 씨는 알고 있습니다, 하고 대답하며 나를 보았다.

"하지만 당신, 체포될지도 모른다는 생각에 무서웠지?"

다니 씨가 나를 응시한다. 아아, 그렇구나. 신속하고 합리적이고 정당한 방법으로, 이 사람은 나에게 따끔한 맛을 보여주었다. 이 이상은 정말로 범죄자가 되는 거예요, 라고.

"……죄송합니다."

깊이 고개를 숙였다. 나는 이 사람 앞에서는 철딱서니 없는 어린이였다.

"하지만 의문스러운 건 어째서 당신이 아파트 열쇠를 가지고 있느냐는 거야."

"아, 그건…… 제가 거기 살고 있기 때문입니다."

그렇게 말하자 다니 씨가 어이없다는 표정을 지었다.

"살고 있다니, 어, 잠깐만. 그럼 내가 잘못 짚었다는 거야?" 다니 씨의 표정에 긴장감이 감돌았다. "당신, 전부터 이 아파트에 살았어?"

"아니, 얼마 전에 이사를 왔어요."

"설마 미나미를 쫓아서?"

다니 씨는 얼굴을 일그러뜨리며 다시 경찰관을 보았다.

"사정이 바뀌었습니다. 지금 그 지인에게 전화를 걸어 당장 피해 신고를 하라고 하겠습니다."

한 치의 여지도 없다는 듯 다니 씨가 휴대전화를 꺼냈다.

"여보세요. 미나미, 나야."

정신이 몽롱해지는 내 옆에서 다니 씨는 서둘러 현 상황을 설명했다.

"……뭐? 벌써 알고 있다고?"

다니 씨가 눈썹을 찡그렸다. 후미는 나에 대해 뭐라고 설명했을까. 다니 씨의 표정이 점점 험악해졌다. 나는 여기서 도망치고 싶다는 충동을 느꼈다.

"……알겠어. 그 여자한테 사과할게."

조용히 전화를 끊고, 다니 씨는 나를 향해 깊이 고개를 숙였다.

"당신이 옆집에 이사 온 걸 미나미는 이미 알고 있고 인정하고 있다고 합니다. 제 오해였습니다. 갑자기 경찰서로 끌고 와서 정말 죄송합니다."

뭐라고 대답해야 좋을지 모르겠다. 경찰관이 그래요, 그래요, 하고 중재에 나섰다.

"뭐, 젊은 사람들 일이니까, 우선은 세 분이서, 아, 그러면 전에 그 남자분까지 포함해서 네 분인가요. 아무튼 잘 이야기하십시오."

료를 포함해 복수 치정 연애사로 이해한 듯하다.

역 근처 시끄러운 길거리로 나와 다니 씨와 나란히 걸었다. 이윽고 찾아온 밤과 낮의 기억이 뒤섞인 거리는 사람도 가게도 흐릿해 보인다.

"난폭하게 굴어서 정말 미안합니다."

다시 사과를 했지만, 한 가지 분명한 건 이 사람이 나빴던 게 아니라는 사실이다. 하지만 그걸 고할 권리가 나에게는 없다. 침묵 속에서 다니 씨가 작게 한숨을 쉬었다.

"나랑 미나미, 이제 끝인지도 모르겠네."

촛불을 불어 끄듯 은근한 한숨이었다.

"얼마 전부터 만나는 횟수도 줄었고, 내 일도 바쁘고⋯⋯. 뭐 그건 변명이지만. 당신, 나에 대해 미나미에게서 뭐 들은 거 있어?"

갑자기 어투가 바뀌면서 척척 말을 이어갔다. 흔들리는 마음을 다잡으려 한다. 아니면 내게 약한 모습을 보이기 싫은지도 모른다. 나는 아니요, 라고 대답했다.

"나랑 미나미, 정신과에서 만났어."

그렇습니까, 하고 끄덕이자, 그 얘기 들었지? 하고 물었다.

"날 배려해서 모른다고 해준 거야?"

그게 아니다. 나와 후미에 대해서는 말할 수 없는 게 너무 많다.

"내가 왜 정신과에 다니는지도 들었어?"

"아뇨. 후미는 남의 비밀을 쉽게 말하고 다니는 사람이 아닙니다."

그 부분만은 확실히 부정했다.

"그런 얘기, 당신이 안 해줘도 알아."

따끔하게 한 방 먹었다. 그렇담 처음부터 묻지를 말지. 다니 씨는 곧 미안, 하고 자조적으로 중얼거렸다.

"미나미를 후미라고 부르네."

"아, 그게."

"대단하네. 벌써 그렇게 가까운 사이구나."

내가 대답할 틈도 주지 않고 다니 씨는 말을 이었다.

"난 말이지, 암 때문에 한쪽 가슴을 절제했어."

갑자기 나이프를 들이댄 기분이었다. 가늘고, 아주 잘 드는, 빛나는 칼.

"그 전까지는 내가 강한 인간이라고 생각했시만 그렇시 않았어. 옷을 갈아입거나 목욕할 때마다 필사적으로 그쪽을 보지 않으려는 내가 싫어서 정신과에 다녔어. 미나미는 침착하고 이성적이라 왜 정신과에 다니는지 이해가 안 갔어."

지금도 모르겠어, 하고 다니 씨는 말했다.

"사귄 지 꽤 됐는데도 미나미에 대해서 아무것도 몰라. 내 이야기는 들어주지만, 자기 고민은 털어놓지 않는 사람이야. 말을 꺼내려 한 적은 몇 번 있는데 결국은 입을 다물었어. 그때마다 나는 내가 아무 가치가 없는 사람처럼 느껴졌어."

있지, 하고 다니 씨가 나를 보았다.

"미나미하고 잤어?"

나는 흠칫했다.

"나랑은 한 번도 없었어."

푹 찔린 나이프가 안에서 빙빙 도는 듯했다.

"내가 먼저 다가간 적은 있지만 그때마다 부드럽게 거절당했어. 내 가슴을 보기 싫어서 그런가 보다 하고 옷을 입고 하자고 했지만 그런 게 아니래. 그냥 할 수가 없대. 그게 반복됐어. 나는 여자로서 가치가 없는 거야. 아, 위로는 안 해 줘도 돼."

다니 씨는 나를 거부하듯 가볍게 손바닥을 내밀었다.

그래도 나는 그게 아니라고 말하고 싶었다. 그건 다니 씨의 신체가 원인이 아니라 후미의 성애 대상이 성인 여성이 아니기 때문이다. 이런 이야기를 하면서도 다니 씨의 발걸음은 조금도 느려지지 않았다. 마음과 신체를 분리하며 움직이는 일이 익숙한 사람이다.

"먼저 좋아하게 된 건 나였어. 미나미는 냉정해 보이지만 거절을 못하는 사람이잖아. 내가 약해져 있어서 미나미가 받아들여주는 게 안심이 됐어. 하지만 지금은 그게 아니란 걸 깨달았어. 미나미는 그저 아주 외로운 사람인지도 몰라."

옆에 있어주기만 한다면, 그게 누구든 상관없는지도 모르지, 하고 다니 씨는 말했다.

"……저는 그렇게 생각하지 않아요. 후미가 거절하지 않는 사람이라는 데는 동감이고, 그게 고독감에서 오는 건지도 모릅니다. 그렇다고 그게 누구든 상관없다는 건 아니에요."

"당신은, 나랑 다른 타입이네."

슬쩍 곁눈질을 한다.

"겉보기엔 말랑말랑한 느낌인데, 사실은 심지가 무척 강해 보여."

강하기로 치면 당신이지요, 하고 생각했지만 나를 보는 다니 씨의 눈 속 깊은 곳이 불안정하게 흔들리고 있다. 어쩌면 이 사람은 날카로운 단발머리와 짙은 색 재킷으로 여러

겹 방어를 하고 열심히 강해지려고 노력하는 중인지도 모른다.

"당신하고는 상관없이, 미나미하고는 제대로 이야기할래. 내일부터 출장이라 조금 시간이 걸리겠지만. 그럼 난 이쯤에서 실례할게. 오늘은 미안했어요. 고마워요."

역 개찰구로 들어가는 다니 씨의 등허리는 마음이 아플 정도로 곧게 뻗어 있었다. 자기 애인에게 추파를 던지는 여자에게 마지막까지 공정한 태도를 고수했다.

다니 씨를 배웅하는데 가방 안에서 휴대전화 진동이 울렸다.

'리카는 calico에 있습니다.'

나는 현실로 돌아왔다. 후미의 출근 시간을 한참 넘겨서 오랜만에 calico로 달렸다. 무거운 나무 문을 열자 어스름하고 조용한 공간이 펼쳐졌다.

"사라사 언니, 어서 와."

소파 자리에서 리카가 손을 흔든다.

"리카, 늦어서 미안해."

"괜찮아. 일했잖아."

"응. 도저히 나올 수가 없었어. 저녁은 어떻게 했어?"

"후미가 해줬어. 생선구이랑 두부 된장국이랑 시금치 반찬."

정통 메뉴다. 리카의 무릎 위에는 후미의 태블릿이 있고,

리카가 좋아하는 만화영화 영상이 흐르고 있다. 후미는 무엇 하나 빠뜨리는 법이 없다.

"후미, 늦어서 미안해."

주방으로 가자 후미가 컵을 닦으며 고개를 들었다.

"아까까지 다니 씨하고 경찰서에 있었어. 후미가 막아주지 않았으면 위험할 뻔했어."

"그 사람, 어땠어?"

걱정스럽게 물어보기에 뜨끔했다.

"……상처받았을 거야. 미안해. 내가 변장하는 걸 잊어버려서."

"다니 씨하고 내 문제야. 사라사는 신경 안 써도 돼."

손님이 들어와서 나는 리카와 함께 집으로 왔다. 학원에서 오는 것처럼 보이는 초등학생이 편의점 앞에서 아이스크림을 먹고 있다. 부러워서 우리도 같은 걸 샀다. 리카가 달콤한 액체를 뚝뚝 떨어뜨리며 물었다.

"역시 사라사 언니랑 후미, 사귀는 거 아니야?"

"안 사귀어. 전에도 말했잖아."

"사귀면 좋을 텐데. 후미는 언니를 좋아한다고 생각해."

"나도 후미를 많이 좋아해."

"그럼 서로 맘이 같네. 사귀어버려."

"그거랑 좀 달라. 더 절실하게 좋아해."

"절실하게?"

"내가 나로 살기 위해서 없어선 안 되는 것, 같은."

엄청 멋져― 하고 리카가 눈을 크게 떴다.

"그냥 결혼하면 좋을 텐데."

그러게, 하고 대충 답하며 아이스크림을 핥았다. 더할 나위 없이 절실하게 필요로 한다 해도, 나는 후미와 키스를 하고 싶다는 생각이 들지 않고, 하물며 자고 싶다는 생각은 절대로 들지 않는다. 후미와는 그저 함께 있고 싶을 뿐이다. 그런 기분에 붙일 수 있는 이름이 떠오르지 않는다.

사람과 사람이 그저 같이 있는 데에도 눈에 보이지 않는 법칙 비슷한 것이 있다. 나와 후미는 처음 만났을 때부터 그 법칙에서 튕겨져 나와 늘 갈 곳 없는 사람 같았다. 그건 무척 피곤한 일이었다. 나는 아이스크림을 핥으며 하늘을 올려다보았다.

"어디 먼 데로 가고 싶네."

깨끗한 밤하늘에 알루미늄을 닮은 작은 달이 걸려 있다.

"먼 데?"

"아무도 없는 곳. 상식이나 법칙이 없는 곳."

"무인도?"

"좋네, 무인도. 최고다."

"하지만 무인도에는 아이스크림 안 팔아."

"섬에는 작은 배가 있어. 그걸 타고 장 보러 가면 되니까 괜찮아."

"돌아오는 길에 다 녹을걸."

"배에서 먹으면 되지."

"만화영화는 볼 수 있어?"

"그럼. 사람은 없지만 와이파이는 터져."

그러니까 〈트루 로맨스〉도 볼 수 있어. 그러니 얼마나 좋아. 정말로 그런 섬이 있으면 좋을 텐데. 후미랑 나밖에 없는, 이 세상 어디에도 없는, 꿈의 섬.

오겠다고 한 날에서 이삼일이 지나도 안자이 씨는 돌아오지 않았다. 몇 번이나 전화를 했지만 연결되지 않았고 문자도 무시했다. 내가 출근하기 전에 후미가 리카를 보러 왔다. 하지만 리카는 이불에서 나오지 않았다.

"어제 계속 운 것 같아."

"낮에 오므라이스라도 만들까? 케첩으로 이름도 쓰고."

"고마워. 조금은 기운을 내주면 좋겠는데."

"친구하고 연락은?"

고개를 가로젓는 나에게 후미는 그렇구나, 하고 말했을 뿐이다.

쉽게 아이를 떠맡으니 그렇지, 라거나, 무슨 전조를 못 느꼈느냐, 이제 앞으로 어쩔 것이냐, 당장 경찰에 신고해라, 보통은 그런 말을 할 법한데, 하지 않아도 알 만한 말을 굳이 꺼내지 않는 게 고마웠다.

그날 오후, 본사에서 사람이 나와서 스태프 룸으로 불려 갔다. 낭연히 성사원 채용 때문일 서라고 생각했는데, 소금 묻고 싶은 게 있다며 주간지를 넘겨주었다.

「아직도 끝나지 않은 가나이 사라사 양 유괴사건」

제목이 눈에 들어온 순간, 손끝까지 얼어붙었다.

소년범죄의 실명 보도는 불법이었지만, 언론의 자유라는 명목으로 인권 따위는 눈곱만큼도 신경 쓰지 않는 것으로 잘 알려진 가십 잡지였다.

"어제 본사 사람이 발견했는데요."

본사에서 온 중년 남성은 어떻게 말해야 좋을지 몰라 곤란해하는 분위기였다. 주간지는 지난주에 발매된 것이었다. 흑백 4페이지다. 15년 전에 일어난 나의 유괴사건에 대한 보도라는 형태로 흑백사진이 실려 있었다.

지금 사는 아파트 베란다 너머로 이야기를 나누고 있는 나와 후미가 찍혀 있었다. 화질은 조악했고 눈은 가려져 있지만 우리를 직접 아는 사람이라면 알아볼 것이다.

과거 유괴사건의 가해자와 피해자, 그들은 지금 어떤 관계인가, 하는 내용의 기사였다. 피해 아동은 가해 소년에게 받은 세뇌에서 벗어나지 못하고, 지금도 가해 소년과 같은 아파트에서 살고 있다. 어린 무라사키노우에를 처음 본 히카루 겐지까지 들먹이며 추악한 현대의《겐지 이야기》라는 문장이 이어졌다. 이것은 철저히 스톡홀름증후군이며 그녀를 도와줄 누군가가 필요하다는 말로 끝을 맺고 있었다.

"회사는 종업원의 사생활까지 문제 삼지는 않습니다. 다만 두 번째 사진에 가나이 씨가 일하는 곳 간판이 나왔지요. 그게 본사에서 문제가 되고 있습니다."

본사에서 온 남성이 사진을 가리켰다. 흐릿하긴 하지만 전국에 체인점이 있는 패밀리 레스토랑 간판이다. 누가 봐도 어디인지 알 수 있다. 점장이 어쩔 줄 모르며 앞으로 나섰다.

"어, 저기, 가나이 씨, 만약 이게 엉터리라면 항의하는 게 낫다고 생각해. 괴로운 일을 겪은 사람을 한층 더 상처 입히는 거잖아. 그런 짓은 용서할 수 없지."

나는 아무런 대답도 할 수 없었다. 사실과 진실 사이에는 달과 지구만큼의 거리가 있다. 그 거리를 말로 메울 기분이 들지 않는다. 말없이 고개를 숙일 수밖에 없었다.

"죄송합니다."

사죄를 하면서도 머릿속이 복잡했다.

대체 나는 무슨 죄로, 누구를 향해, 무엇을 사과하고 있는가.

"그렇다는 말은, 이 기사가 사실이라는 거로군요?"

"옆집에 사는 것은 사실입니다. 하지만 스톡홀름증후군 같은 게 아닙니다. 상대 남성도 여러분이 생각하시는 그런 범죄자가 아닙니다."

"아아, 뭐, 이미 죗값을 치렀으니까."

"그게 아니라."

그만둬, 하고 또 다른 내가 나를 멈춰 세웠다.

어차피 말해도 안 통하잖아. 내가 바보 취급만 당할 뿐이잖아, 하고.

"애초부터 사건이 아니었습니다. 그 사람은 아주 올바르고 착한 사람입니다."

본사에서 나온 남성은 멍한 얼굴을 짓더니, 기분 나쁘다는 듯 눈을 찡그렸다. 점장도 충격을 받은 표정이다. 아아, 말해버렸네. 바보 같은 짓을 했다. 쓸데없는 말은 하지 말고 그저 고개나 숙이고 있을걸. 하지만 더는 그러기 싫었다.

나도, 후미도, 나쁜 짓은 전혀 하지 않았다.

그저 같이 있는 것. 그게 어째서 비난받을 일인가.

그것도 15년이나 지난 지금.

누군가가 부디 이 고통을 상상해주었으면.

부탁이니, 제발.

본사 남성은 알겠습니다, 하고 작게 한숨을 내쉬었다.

"행여 무슨 일이 생길 때를 대비해서 사실인지 아닌지 확인하고 싶었을 뿐입니다. 그래서 어쩌자는 건 아니고요. 조악한 사진이고 눈가가 가려져 있으니까요. 주간지의 작은 기사 같은 건 금방 잊힐 테니 쓸데없이 소란 피울 필요는 없겠지요."

그렇게 말하고 남자는 두 번 다시 나와 눈을 마주치지 않았다.

돌아가는 전철 안에서 전에 본 그 사이트를 확인했다. 역시 갱신되어 있다. 주간지에 올라온 사진이 게재되어 있었다. 하지만 인터넷에는 특별히 소란스러운 기색이 없었다.

슈퍼에서 장을 보고 오는 길에 돈을 인출했다. 생각보다 빨리 줄어드는 잔고에 놀랐다. 나의 발언을 후회하진 않지만, 이번 일로 정사원 채용은 없던 일이 되었으리라. 역시 밤에도 어딘가에서 아르바이트를 할까 생각했다.

집에 오니 후미가 와 있었다. "후미, 그거 사라사 언니한테도 보여줘" 하고 리카가 후미를 졸랐다. 후미가 내 앞으로 내민 휴대전화 화면에 케첩으로 'RIKA'라고 쓰인 오므라이스와 곰이 그려진 카푸치노가 찍혀 있었다. 후미가 만들어 줬다고 한다.

"대단해. 이런 특기가 있었구나. 대형 커피 전문점 같아."

"집에 있을 때 시간이 남아돌아서 이것저것 했거든."

감시 카메라가 달린 별채에서 몇 년이나.

"친구하고 연락됐어?"

리카에게 들리지 않을 만큼 작은 목소리였다.

"아니. 오면서 전화했는데 여전히 안 받아."

"그래. 내가 도울 게 있으면 뭐든 말해."

"고마워. 하지만 이제 충분해."

냉장고를 열고 슈퍼에서 사 온 식료품을 채웠다. 주간지 일은 말하지 않았나. 어차피 잊힐 거라면 일부러 후미를 두려움에 떨게 할 필요는 없다.

아침부터 리카에게 열이 있었다. 지난번처럼 고열은 아니지만 돌아오지 않는 엄마와 앞으로의 상황 때문에 상당한 스트레스를 받고 있는 것이리라.

"오면서 리카가 좋아하는 거 사 올게. 뭐가 좋을까?"

"아니야, 괜찮아. 고마워, 언니."

억지로 웃는 리카를 보는데 암담한 기분이 들었다. 계속 여기 둘 수는 없고, 이대로 안자이 씨가 돌아오지 않으면 경찰에 연락할 수밖에 없다. 나도 보육시설에서 자랐기에 어떻게 될지 잘 안다. 알고 있기에 그렇게 하기 싫었다.

"나중에 후미가 오겠지만 점심때쯤 다시 전화할게."

끄덕이는 리카의 머리를 쓰다듬고 나는 출근했다.

로커 룸에 들어서니 썰물이 밀려가듯 떠드는 소리가 멎었다. 옷을 갈아입는 나를, 히라미쓰 씨와 동료들이 무슨 말을 하고 싶은 것처럼 흘끗 본다. 하지만 아무도 말을 걸지 않았다.

홀로 나가기 전에 점장이 불러 세웠다. 이번엔 뭘까 싶어, 나는 다소 정색을 하고 스태프 룸으로 들어갔다. 어차피 좋은 소식이 아니라는 것쯤은 알고 있다. 그리고 내 앞에 펼쳐진 오늘 자 주간지에 나는 경악했다.

지난 호에 이어 제2탄이라고 밝힌 기사가 실려 있다. 페이지 분량도 늘어났고 거기에 리카와 후미의 사진이 실려 있었다. 주택가를 나란히 걷는 두 사람, calico로 들어가는 뒷모습. 이어서 나와 리카가 아이스크림을 먹고 있는 사진. 입고 있는 복장으로는 다니 씨와 이런저런 일이 있었던 날 찍힌 것이다.

눈가가 가려져 있지만 이번에는 후미의 실명이 실려 있다. 이번 기사의 메인은 성인이 된 피해 아동, 다시 말해 나의 전 애인 'N 씨' 인터뷰. N—나카세 료.

'처음 만났을 때부터 그녀에게서 불안을 느꼈습니다. 자기에게 일어난 일을 지금도 제대로 받아들이지 못하고, 그런 탓에 사에키를 미화하는 발언을 했습니다. 그녀는 자기가 사에키를 따라갔다고 했습니다. 사에키에게 심취해 있다는 인상을 받았습니다.'

'사진에 찍힌 여자아이는 그녀의 아이입니까?'

기자가 N에게 질문했다.

'아니요. 그녀의 친구의 아이입니다. 사실은 제가 제일 걱정하는 부분입니다. 그녀는 그 아이를 사에키와 만나게 하고 있는 것이지요. 어쩌면 성장해버린 자기 대신 그 아이를 이용하는 게 아닐까요. 만약 그런 거라면 빨리 무슨 조치를 취해야…….'

'제2의 가나이 사라사 양 사건이 벌어질지도 모른다는 말씀입니끼?'

N 씨는 입을 다물었다, 라고 인터뷰는 끝을 맺었다.

말이 나오지 않았다. 15년 전에 끔찍할 만큼 맛보았던 실망감. 억지로 입을 비틀어 열어 대량의 마른 모래를 쑤셔 넣는 기분. 으드득으드득 불쾌한 소리를 내며 나로부터 나오는 싱그러운 모든 것들을 빼앗아 갔다. 그것이 다시 반복되려 하고 있다.

"오늘 아침 일찍, 본사에서 연락이 왔어."

점장이 눈을 내리뜨고 말했다. 어제저녁, 본사로부터 기사가 첨부된 메일이 도착했다. 다음 주 발매될 주간지에 제3탄이 나올 예정이며 거기에 나의 인터뷰를 싣고 싶다고 했단다. 본사에서는 그녀의 개인사이니 그녀에게 직접 문의하라고 답했다.

말하자면 회사와는 관계가 없다, 라는 것이다.

"그래서 가나이 씨도 바빠질지도 모르고, 마음의 부담도 늘어날 테니, 가능한 한 배려를 하라고 지시가 내려왔어. 그러니까, 저기…… 일을 쉬어주면 좋겠어."

실질적인 해고 통보에 나는 알겠습니다, 라고 대답했다.

"여러모로 신경 써주셔서 감사했습니다."

기분 나쁘게 들리지 않도록 신경 썼다. 이렇게 되었지만 점장에게는 감사한다. 스태프 룸을 나가려는데 잠깐만, 하고 나를 멈춰 세웠다.

"지금이라도 본사에 설명해줄 수 없을까?"

"무슨 설명요?"

"주간지가 거짓말을 하고 있다고. 범인하고는 아무 관계도 아니라고."

"그런 말은 할 수 없습니다. 그거야말로 거짓말이니까요."

점장은 한심함이 극에 달한 표정으로 나를 응시했다.

"가나이 씨가 얼마나 상처를 받았는지, 나 같은 사람은 도저히 모르겠지. 하지만 말이야, 가나이 씨를 소중히 여기는 사람은 어딘가에 반드시 있어. 부탁이니 그런 사람들 목소리도 들어줘. 바깥세상도 좀 돌아봐. 그러면 생각도 바뀔 테니까."

열심히 말을 이어가는 점장과 나 사이에 메울 수 없는 거리가 생기고 있음을, 나는 그저 말없이 보고만 있었다. 상냥한 사람이다. 그렇기에 이렇게 상냥한 사람과도 서로를 이해할 수 없다는 데 절망하고 만다. 썰물에 떠밀리듯, 조용히, 멀어져간다.

로커에 넣어둔 물건을 모두 가방에 담아 밖으로 나오니 태양이 눈부시다. 오전의 거리는 목적을 가지고 걷는 사람들로 가득하다. 무직인 나는 느릿느릿 역으로 향했다. 8월의 끝, 조금만 걸어도 땀이 난다. 하늘은 더할 나위 없이 푸르다. 지금 당장 천재지변이 일어나 세상 따위 망해버리면 좋을 텐데. 아니면 무인도로 도망쳐버리고 싶다.

걸으며 료에게 전화를 걸었다. 평일 오전인데도 료는 당장에 전화를 받았다. 마치 내가 전화를 걸 줄 알았다는 듯이.

"일하는 중에 미안합니다. 사라사입니다."

"어어, 오랜만. 이제 나하고는 연락도 하기 싫어하는 줄 알았어."

료의 목소리는 침착했다.

"주간지 일로 할 이야기가 있어."

"미안하지만 아침부터 두통이 있어서 전화는 어려워. 할 이야기가 있으면 집으로 와."

"회사는?"

"머리가 아파서 쉬었어. 무리일 것 같으면 안 와도 돼. 나도 밤에 기자랑 만날 약속이 있고."

"기자?"

"인터뷰야. 그 기사, 연재할지도 모른대서."

주위의 풍경이 일그러져 보였다.

"지금 갈게. 괜찮아?"

"그럼."

전화를 끊고 휴대전화를 손에 든 채 나는 잠시 그 자리에 섰다. 료와 둘만 있는 건 무섭다. 역 앞 100엔 숍으로 들어가 작은 과도를 손에 들고서야 겨우 정신이 들었다. 내가 뭘 하려는 거지.

그 사이트를 확인하니 벌써 갱신되어 있었다. 누가 새로운 투고를 하는 것인가. 료인가. 아니면 주간지 기사를 읽고 사건을 떠올린 누군가인가. 음식점 리뷰 사이트를 보니 'calico'에 새로운 리뷰가 달려 있었다. 짧은 문장 한 줄에 소름이 끼쳤다.

'여기 마스터, 혹시 그 사건 일으킨 그 사람?'

벨을 누를 때는 긴장했다. 료가 어서 와, 하고 나를 안으로 들였다. 실례할게, 라고 하자 료는 뭐라 말할 수 없는 표정을 지었다. 거실 탁자에 마주 보고 앉았다. 실내는 변함이 없는데 모든 것이 숨을 쉬지 않는 것처럼 느껴졌다.

"그 일 이후로, 머리에 상처는 없었어?"

내게 묻는 료도 인형처럼 생기가 없다.

"괜찮아. 혹이 생겼을 뿐이야."

"머리는 나중에 문제 생길 수도 있으니 조심해."

대답하지 않는 나에게 료가 내가 할 말은 아닌가, 하고 힘없이 웃었다. 어쩐지 이상한 기분이다. 폭풍전야와 같은 고요함도 아니다. 이렇게 무기력한 료는 처음이다.

"뭐 마실래?"

"아니, 됐어."

"그래."

아직 아무 말도 하지 않았는데, 료는 완전히 지친 사람처럼 거친 숨을 내쉬었다.

"주간지 인터뷰 말인데, 멈춰주지 않을래."

나는 바로 본론을 꺼냈다.

"내 마음이지."

"직장에서 잘렸어."

"힘들겠네. 재취업 파이팅해."

말이나 표정에 감정이 전혀 없다.

"새로 취업해도 또 괴롭힐 거야?"

료의 눈썹이 쌜룩거렸다.

"자기 마음에 안 들면 다 괴롭힘으로 분류하는군."

"그게 아니잖아."

"내가 내 기분을 이야기하는 게 뭐가 나쁘지? 내가 뭘 할 때마다 사라사 마음에 드는지 안 드는지 생각해야 하는 건가. 사라사가 직장에서 잘린 건 사라사와 회사 사이 문제지. 나는 회사에 사라사를 해고시키라는 말은 한마디도 안 했어."

료는 논리정연하게 말했다. 하지만 료의 눈은 내가 아니라 희미하게 먼지가 쌓인 탁자를 보고 있다. 대화라기보다는 혼잣말처럼 들린다.

"너도 네 마음대로 자유롭게 살잖아. 나하고 하기로 한 결혼을 관두고 말도 없이 집을 나가서 사에키 후미와 살고 있어. 나는 그걸 인정해야만 하지. 각자 자유롭게 살 권리가 있

306

으니까 말이야. 그러니까 나도 내 맘대로 하겠어. 그걸 너도 인정해. 모두가 자유롭게 살고, 모두의 자유를 존중하기 위해, 모두가 참고 살지. 모순이지만, 그런 거잖아. 자기는 자유롭게 살면서, 자기를 상처 주는 일은 괴롭힘이니까 그만두라니, 그게 통한다면 너야말로 제멋대로지."

반박할 수가 없었다. 료가 하고 있는 일이 괴롭힘인가, 자유의 범주에 드는 일인가 판단이 서지 않는다. 감정적으로 판단하면 료는 비뚤어져 있다. 하지만 비뚤어져 있는 게 뭐 어때서? 비난할 권리는 있지만 구속할 권리는 내게 없다.

"……그렇구나."

정말로 료와 끝이라고 생각한 건 지금 이 순간이었을지도 모른다. 우리 사이에는 폭력이나 언어마저 상실되어 있었다. 더는 아무것도 없다. 텅 비었다.

"알았어. 갑자기 찾아와서 미안해. 갈게."

료는 배웅하지 않았다. 현관문을 열자 바깥 복도에서 들이치는 빛에 눈이 부셨다. 무척 환하다. 계단을 내려가는데 뒤에서 달려오는 발소리가 들렸다.

"사라사, 기다려!"

"료?"

"내가 나빴어. 사과할게. 그러니까 돌아와줘."

팔을 움켜쥐어서 균형이 무너졌다. 서둘러 계단 난간을 잡았다.

"아까 한 말은 취소할게. 사라사가 싫으면 인터뷰 안 할게. 그러니까."

"잠깐만, 료, 침착해."

"돌아오지 못하겠다면 좋아. 적어도 친구가 되어줘."

나는 눈을 깜박였다.

"문자하거나 가끔 만나서 차를 마시거나."

"무리야, 그런 건."

"그렇게까지 싫어진 거야? 이제 얼굴 보기도 싫은 거야?"

"그런 게 아니야. 그럴 의미가 없으니까."

"의미?"

"만난다 해도 아무것도 생기지 않아. 좋지도 싫지도 않아. 주고받는 부분이 하나도 없어."

말을 꺼낸 뒤 후회가 밀어닥쳤다. 료의 안색이 점점 더 창백해졌다. 사람이 이토록 파랗게 질리는 모습은 처음이다. 반대로 내 팔을 움켜쥔 힘이 점점 더 세졌다.

"료, 아파."

놔줘 하고 팔을 휘젓자, 료의 균형이 쉽게 무너졌다.

"아."

단 한마디를 뱉는 사이 료는 내 옆을 지나쳐 아래로 떨어졌다. 등 뒤에서 둔탁한 소리가 나서 돌아보니 료가 층계참에 쓰러져 있었다.

"……료?"

두려움에 떨며 달려가 료의 어깨에 손을 댔다. 눈을 감은 채 움직이지 않는다. 머리 아래로 붉은 액체가 천천히 번졌다. 나는 벌벌 떨며 휴대전화로 구급차를 불렀다.

사이렌 소리에 주민들이 나왔다. 만지지 마세요, 흔들지 마세요, 라고 하며 구급대원이 료를 들것으로 옮겨 갔다. 나도 구급차에 같이 탔다.

병원으로 가는 길에 료는 정신이 들었다. 구급대원이 이름을 물었고, 료는 작은 목소리로 대답했다. 의식은 제대로 돌아왔다. 다행이다.

"료, 괜찮아?"

내가 묻자 료의 표정이 굳었다. 료가 팔을 움직이려 한다. 곧 병원에 도착하니 안정을 취하라는 구급대원의 말도 듣지 않고, 료가 나를 손으로 가리켰다.

"이 사람이, 날 밀었습니다."

태어나 처음으로, 취조실이라는 곳에 들어갔다.

료가 치료를 받는 동안 병원에서 가다리고 있으니 경찰관이 찾아왔다. 병원 측에서 신고를 한 모양이다. 당신이 밀었습니까? 라는 질문에 고개를 끄덕일 수밖에 없었다. 나는 많은 질문을 받았다. 드라마에서 보는 것보다는 정중하게 대해주었지만, 그래도 불안해서 숨이 막혔다.

후미도 이런 상황에 처했겠구나 싶다. 하지만 후미는 더

어렸고, 죄가 더 무거웠다. 질문의 압박이 더 강했으리라. 묻는 대로 경위를 말하는 농안 리카 생각이 났다. 시간을 붙으니 벌써 오후였다.

"저, 집에 전화를 해도 될까요. 애가 열이 나서."

"아이가 있으십니까?"

"제 아이는 아닙니다만."

이야기하는 중에 다른 경찰관이 들어왔다. 내 맞은편에 앉아 있던 중년의 경찰관에게 서류를 건넨다. 그걸 읽은 중년의 경찰관이 눈을 찡그렸다.

"가나이 씨, 당신 얼마 전에도 나카세 씨 일로 주민 신고가 있었군요."

"아, 네, 그렇습니다."

그렇구나, 그때 일을 말하는 게 좋았겠구나 하고 생각했다.

"그때는 당신이 나카세 씨에게 폭력을 당했다고 나와 있네요."

"그렇습니다. 일이 끝나고 오니 아파트 앞에서 절 기다리고 있었습니다."

"흠, 그런 경위라면 이번 일도 정당방위겠군요."

상해 혐의가 벗겨진 것 같아서 마음이 놓였다.

"하지만 그러고 얼마 후에 다른 여성이 당신을 지인 남성 스토커로 신고했는데, 이건 이번 일과 관계가 있습니까?"

"없습니다. 그건 상대 남성이 부정했습니다."

"네, 그렇게 쓰여 있네요."

알면서 왜 물을까. 어렴풋이 불쾌감이 일었다.

"그 지인 남성 이름을 알려주실 수 있습니까?"

"이번 일과는 관련이 없는데……."

"만약을 위해서입니다. 죄송합니다, 저도 일을 해야 해서요."

부드러운 어조였지만 압박을 느꼈다. 그때까지 온순했던 내가 입을 다문 탓인지 질문하는 눈빛이 다소 날카로워졌다.

"……미나미 후미 씨입니다."

"호오, 미나미, 후미."

경찰관은 미묘한 느낌으로 성과 이름을 구분 지어 말하며 손안의 서류를 보았다.

"사에키 후미와 이름이 같군요."

심장이 크게 뛰었다.

"당신은 15년 전 '가나이 사라사 양 유괴사건' 본인이지요?"

상대방이 가만히 쳐다보는 눈빛에, 서류를 넘겨받았을 때부터 그 사실을 알고 있었다는 걸 깨달았다. 정중히 대해주고 있지만 여기는 경찰서라는 걸 새삼 느꼈다. 하지만 나쁜 짓은 하나도 하지 않았다. 당당히 굴면 된다고 스스로를 타일렀다.

"먼저 아이에게 연락하게 해주십시오. 열이 나고 있습니다."

"알겠습니다. 그렇게 하세요."

휴대전화를 꺼내 후미의 번호로 전화를 걸었다. 후미는 금방 받았다.

"여보세요, 리카는 어때?"

"미열이 계속되고 있지만 뭐 건강해. 아까 복숭아랑 피낭시에를 먹었어."

"다행이네. 늘 고마워."

그렇게만 말하고 전화를 끊었다. 통화를 하는 동안 쭉 시선이 따가웠다.

"리카는 여자아이입니까?"

"네."

"몇 살입니까?"

"여덟 살입니다."

"누가 돌봐주고 있나 보군요."

"네, 아는 사람이."

"그분 성함은?"

책상 밑으로 주먹을 쥐었다.

"어째서 그것까지 이야기해야 합니까? 료의 사건은 정당방위잖아요. 그런데 어째서 제가 범죄자 취급을 받아야 합니까?"

그렇지요, 하고 경찰관은 과장되게 인상을 썼다.

"과거 유괴사건이라고는 해도 당신은 피해자였으니까. 하지만 그렇기에 특히 신경 쓰이는 부분이 있어요. 아까 한 질문을 계속하겠습니다만, 미나미 후미라는 건 사에키 후미지요?"

가슴이 죄어왔다.

"지난주부터 주간지에 이런저런 기사가 나오고 있는 건 알고 계십니까?"

이 사람은 모든 걸 파악하고 있다. 그리고 일어날지도 모르는 범죄를 염려하고 있다. 하지만 아무렇지 않다. 나도 후미도 아무 짓도 하지 않았다. 괜찮다. 하지만 숨이 막힌다.

"당신과 나카세 료 씨의 사건, 사에키의 현재 애인이 주장한 내용. 두 건의 보고서와 주간지 기사를 보면 당신과 사에키는 같은 아파트에 살고 있고, 그것도 당신이 먼저 이사를 왔다. 그걸 사에키는 인식하고 있다는 것인데요?"

"……그렇습니다."

"아까 전화 받은 사람, 사에키입니까?"

사실이다. 모두 사실이다. 사방이 꽉 막혀 도망갈 곳이 없다. 도망갈 필요 따위 없는데, 같은 물감으로 점점 진실과 다른 그림이 그려지고 있다.

"아까, 본인의 아이가 아니라고 하셨지요. 부모님은 어디 계시죠?"

"오키나와에 있습니다. 여행하는 동안 맡아달라는 부탁을 받았습니다."

"그 부모님 연락처를 알려주시죠."

나는 안자이 씨의 전화번호를 알려주었다.

"하지만 안 받을지도 모릅니다."

"어째서요?"

"일주일 안에 돌아올 예정이었는데 며칠 전부터 연락이 안 되어서."

"행방불명이라는 겁니까?"

모르겠습니다, 라고 대답하자 경찰관은 다른 직원을 불러 서류를 넘겼다.

"안자이 가나코 씨, 지금 당장 연락해봐. 그리고 사에키 후미, 참고인으로 불러."

놀라서 고개를 들었다.

"잠깐만요. 어째서 후미까지—"

"사에키 집에는 여자 형사도 동행시켜. 여덟 살 아이가 있으니 같이 데려와."

"잠깐만요, 리카는 지금 열이 있어요. 억지로 데려오지 마세요."

"그리고 사에키 후미 자료도 가져오고."

"제 말 좀 들어보세요. 저나 후미나 아무 짓도 하지 않았습니다."

필사적으로 호소했지만 아무도 나를 보지 않았다. 내 존재 따위 없다는 듯 일이 진행된다. 발밑에 거대한 흑점이 생긴다. 그 점이 점점 넓어져서 나는 그 구멍으로 떨어진다. 손톱을 세워보지만 어디에도 걸리지 않는다. 자꾸자꾸 떨어져 내린다. 15년 전에도 그랬다.

"아이를 맡은 건 당신입니까? 사에키? 아니면 둘이서?"

"저입니다."

"자기가 맡은 아이를 타인에게 넘긴 겁니까? 그것도 하필이면 사에키에게. 15년 전 여자아이를 유괴한 놈에게. 놈이 어떤 녀석인지는 당신이 제일 잘 알 텐데."

"네, 압니다."

"그런데 어째서."

"후미는 그런 사람이 아니라는 걸 알고 있습니다."

경찰관은 나를 쳐다보더니 답답하다는 듯 미간을 찌푸렸다.

나는 스커트를 꽉 쥐었다. 부정적인 감정만을 내보인다면 차라리 편할 것이다. 분노와 멸시, 동정. 그런 것이라면 조금도 주저하지 않고 집어던질 수 있다. 하지만 그 안에 종종 상냥한 기분이 섞인다. 이 사람을 이해하고 싶다거나, 자기가 뭔가 해줄 수 있는 일이 없을까 하는. 그런 선의가 내 발목을 붙잡고, 거기로 가서는 안 된다고 강하게 잡아당긴다. 나는 아홉 살에서 한 걸음도 나아가지 못했다.

"……이제 제발, 자유롭게 해주세요."

고개를 숙이는데 잿빛 탁자에 눈물이 한 방울 떨어졌다.

"다 입니다. 딩신이 나쁜 세 아니에요. 낭신은 사에키의 피해자야."

아니야. 그렇지 않아. 나는, 당신들에게서 자유로워지고 싶어. 어설픈 이해와 상냥함으로 나를 칭칭 옭아매는, 당신들로부터 자유로워지고 싶다.

정중하게 대해주었지만 조금만 더, 조금만 더, 하며 좀처럼 놓아주지 않았다.

나는 나보다도 후미가 걱정되었다. 갑자기 경찰관이 와서 이유도 모른 채 경찰서로 끌려오는 것이다. 후미는 어쩌고 있는지 물어도 알려주지 않았다. 대신 15년 전 사건을 계속 물어서 머리가 아팠다.

"그러니까 몇 번이나 말하지 않았습니까. 그 유괴사건은 제가 제 발로 후미를 따라간 겁니다. 후미는 상냥했어요. 저는 후미에게 이상한 짓을 하나도 당하지 않았습니다."

"행위가 마지막까지 이루어지지 않았다는 건 알고 있어요. 당신을 진찰한 의사가 낸 소견서도 그렇고, 사에키의 신체검사에서도 증명되었습니다. 그에 대해서는 저도 사에키 씨를 동정하지만요."

경찰관은 한숨을 내쉬며 두꺼운 자료를 들춰보았다. 동정해? 무슨 이야기인지 이해하지 못하는 나를 본 경찰관이 아아, 하고 말했다.

"당신은 모르는군요."

뭘 모르는 거냐고 묻기 전에 다른 경찰관이 들어왔다.

"안자이 가나코 씨와 연락이 닿았습니다."

"드디어. 그래서?"

"맡겨진 아이는 안자이 가나코 씨 아이가 틀림없습니다. 여행을 간 동안 가나이 씨에게 맡아달라고 부탁했다는 부분도 일치합니다."

"사에키는?"

"그건 몰랐던 모양입니다. 아무튼 내일 낮에는 온다고 합니다. 그때까지 아이를 어떻게 할까 하고 물었더니, '우선은 그쪽에서 맡아줘'라고 하더군요."

"무슨 그런 멍청한 부모가 다 있어. 애를 내버려두고, 경찰서가 무슨 탁아소인 줄 아나."

경찰관은 함부로 말을 내뱉었다.

"그럼 가나이 씨, 긴 시간 수고하셨습니다."

"가도 됩니까?"

"네."

나는 크게 한숨을 내쉬며 느릿느릿 일어섰다.

"저, 후미는?"

"그쪽도 이제 갈 수 있을 겁니다."

마음이 놓이자 몸이 비틀거려서 뒤에 있던 경찰관이 잡아주었다.

"조금 쉬시겠습니까?"

"아니요, 집에 가겠습니다."

나는 가방을 손에 들고 고개를 숙인 뒤 조사실을 나왔다. 창문 너머가 어둡다. 계단을 내려가는데 1층 장의자에 리카가 여성 경찰관과 손을 잡고 앉아 있었다.

"사라사 언니!"

리카가 나를 보고 달려왔다. 나는 그 자리에서 몸을 쪼그려 리카를 안았다.

"리카, 갑자기 놀랐지. 미안해, 미안해."

"나는 아무렇지도 않아. 사라사 언니는? 괜찮아?"

나를 들여다보는 눈에 어른어른 눈물이 맺혀 있어서, 나는 리카를 더욱 꽉 껴안았다. 리카가 "후미는?" 하고 물었다.

"어? 후미는 어디 갔어? 후미는 괜찮아? 아저씨들이 후미를 데려가려고 해서, 후미가 싫다고 큰 소리를 냈어. 절대로 안 가겠다고 막 날뛰었어."

"날뛰었어? 후미가?"

"흥분을 가라앉히는 데 한참 걸렸다고 합니다."

아까까지 맞은편에 앉아 있던 경찰관이 바로 뒤에 서 있었다.

"참고인으로 이야기를 들으려는 것뿐이라고, 싫으면 거부할 수 있다고 몇 번이나 말을 했다고 합니다. 뭐, 싫어하는 기분은 이해가 갑니다. 만일 구류가 된다면 신체검사도 있으니."

"자, 리카, 언니하고 같이 갈까."

여성 경찰관이 리카를 내게서 떨어뜨리려 했다.

"싫어, 사라사 언니랑 같이 갈 거야."

리카가 나에게 매달렸다. 난처한 얼굴의 경찰관과 눈이 마주쳤다.

"저기, 저는 범죄자도 용의자도 아니지요. 그렇다면 제가 맡아도 괜찮지 않나요. 딱 하룻밤이고, 안자이 씨에게는 제가 잘 설명하겠습니다."

"하지만 당신 집에 돌려보내면 또 사에키가 올지도 모르지 않습니까."

"후미는 죄를 씻었잖아요. 이제 범죄자가 아닙니다."

"그건 그렇지만."

예나 지금이나 후미는 아무것도 하지 않았다. 그런데도 억측과 편견은 끊임없이 이어지고, 무슨 일이 있을 때마다 다시 소환되어 몇 번이고 상처에 인두질을 당한다.

"자, 가자."

여성 경찰관이 리카의 손을 잡았다. 나는 서둘러 반대쪽 손을 쥐었다. 아무리 강하게 잡아도 이 손은 떨어진다. 알고 있지만 잡았다. 어린 나의 손을, 후미는 꼭 잡아주었다. 이 세상 어딘가에, 나를 꼭 잡고 놓지 않은 사람이 있다. 그 힘이 15년 동안 나를 버티게 해주었다.

"사라사 인니, 고마워."

리카가 말했다. 가자, 하고 보채는 여성 경찰관 때문에 나와 리카는 손을 놓았다. 리카는 훌쩍훌쩍 울면서 몇 번이나 나를 돌아보았다.

"가나이 씨, 괜찮으면 이걸."

리카가 가버린 뒤 경찰관이 나에게 팸플릿을 내밀었다.

'전국 피해자 지원 네트워크'

나는 멍하니 표지에 쓰인 글씨를 읽었다.

"사건이 해결되어도 당신처럼 쭉 괴로워하는 사람들이 많이 있습니다. 마음을 공유하는 것만으로도 편안해질 때가 있지 않을까요. 전문가가 해주는 케어도 있고요."

"……고맙습니다. 신경 써주셔서."

점장을 마주했을 때와 마찬가지로, 조용히 어두운 강 비슷한 것이 내 앞을 가로막고 흐르는 기분이었다. 이토록 배려 넘치는 세계에서, 이토록 친절을 받으면서, 나는 절망적으로 서로 이해할 수 없음을 깨달을 뿐이다.

"하나 더, 전하고 싶은 말이 있습니다."

팸플릿에서 얼굴을 들고 그렇게 말하자, 경찰관이 뭔가요? 하고 고개를 갸웃했다.

"저한테 추잡한 짓을 한 건 후미가 아니라, 저를 맡아 키우던 이모의 아들이었습니다."

"네?"

"후미는 그 집에서 절 구해준, 단 한 사람이었습니다."

경찰관의 표정이 차차 일그러지기 시작했다.

그때 2층에서 경찰관과 함께 후미가 내려왔다.

"후미."

내가 한 발 다가섰다. 방금 받은 팸플릿이 손에서 미끄러졌다.

"후미, 괜찮아?"

달려가 얼굴을 들여다보았다. 혈기 없는 낯빛. 눈은 텅 비어서 빛 한 점 없다.

"후미, 가자. 같이 집에 가자."

피로로 혈관이 도드라진 손을 잡았다. 후미를 지탱하며 출구로 향하는 나를, 주위 경찰관들이 이상한 눈으로 지켜보고 있었다. 마치 괴물을 보는 듯이. 바닥에 떨어져 방치된 팸플릿을, 그걸 준 경찰관이 멍하니 내려다보았다.

미안합니다, 마음속으로 사과했다.

애써 보인 선의를 나는 내버렸다.

그런 물건 따위는, 요만큼도 나를 구원하지 못했다.

길에서 택시를 잡아탔다. 후미는 한마디도 하지 않았다. 여러 가지가 한계에 부딪혀 약간의 충격에도 산산조각 날 것만 같아 무서웠다.

초췌해진 후미 옆에서, 나도 정체를 알 수 없는 불안감에 사로잡혔다. 경찰이 데려가려 했을 때 후미가 날뛰었다고 리카는 말했다. 당신은 모르는군요, 라고 했던 경찰관의 말. 동정한다는 건 무슨 말인가. 나는 후미의 무엇을 모르는 것일까.

택시에서 내려 아파트로 들어가려는데 인기척이 느껴졌다.

"미나미, 어서 와. 출장 취재가 끝났어. 가게에 갔더니 닫혀 있고, 전화는 안 되고, 뭔가 있구나 싶어 걱정돼서 기다렸는데."

다니 씨가 슬쩍 내 쪽을 본다. 다니 씨의 손에는 어딘가에서 사 온 선물처럼 보이는 종이봉투가 들려 있다. 후미는 멍하니 반응이 없다. 다니 씨의 표정이 조금씩 일그러졌다.

"저, 다니 씨, 후미는—"

"당신은 가만히 있어."

분노 따위 조금도 없는, 조용한 부탁이었다.

"미나미, 본명이 사에키구나."

후미의 어깨가 어렴풋이 흔들렸다.

"집에 가는 전철에서 주간지를 체크했어. 흑백사진이었지만 미나미라는 걸 금방 알았어. 카페 사진도 있고. 지난주부터 실렸는데 몰랐어. 기자 주제에 세상 물정 어두웠지. 15년 전 유괴사건, 나는 학생이었지만 어렴풋이 기억나."

옆에 있는 나는 완전히 무시하고, 다니 씨는 후미만을 보고 있다.

"나한테는 아무 말도 안 했구나."

뭐, 할 수도 없겠지, 하고 다니 씨는 쓴웃음을 지으며 자기 발밑을 보았다.

"기사를 봤을 때 소름이 끼쳤어. 내 애인이 소아성애자라는 걸 알고, 기분이 나빠서 토할 뻔했어. 그런 인간을 좋아한 나도 오싹했고."

하지만, 하고 다니 씨는 고개 숙인 채 말을 이어갔다.

"만약에 미나미가 자기 입으로 과거 이야기를 해줬더라면 나는 어떻게 했을까 싶었지. 역시 기분 나쁘다고 생각했을까. 어쩌면 같이 힘내자고 말했을지도 몰라. 아니 무리다, 라고 했을지도 모르고. 지금까지 취재해온 사건이나, 가해자나 피해자, 수많은 사람들 이야기가 떠올랐고, 그래도 역시 나는 당신을 받아들일 수 없을 거라고 생각했어. 그야 당연하잖아…… 아직 어린 여자아이를?"

다니 씨는 고개를 들고 후미에게 호소했다.

"내가 아홉 살이었을 때를 떠올리니까 너무 생생해서 화장실로 달려갔어. 취재로 훨씬 더 비참한 케이스도 알았지만, 당사자가 되니까 이렇게 괴로운 거구나. 변기를 잡고 구역질을 하며 깨달았어. 그건 내가 허용할 수 없는 범위라는 걸 미나미는 알고 있었구나 하고. 그래서 말 안 한 거지? 처음부터 날 안 믿은 거지?"

다니 씨의 목소리가 미묘하게 높아져갔다. 후미가 무언가 말하려고 입을 열었다. 하지만 말이 나오지 않는다. 하나만 대답해줘, 하고 다니 씨가 중얼거렸다.

"미나미는 소아성애자라서 나를 안지 않은 거야?"

그 질문은 비난처럼 들리지는 않았다.

이야기의 흐름과는 반대로, 기대는 것처럼도 들렸다.

―내 가슴이 한쪽밖에 없다는 게 이유가 아니었네?

―그저 성인 여자가 무리였던 거네?

다니 씨는 눈도 깜박하지 않고 후미를 응시했다.

적어도 성인 여자인 자신은 보호할 수 있었다는 자기방어, 소아성애자를 향한 혐오, 그래도 완전히 없애지 못하는 후미를 향한 감정. 긍정과 부정이 엉망진창으로 그녀 안에서 얽히고설키며, 단 하나의 출구인 후미를 향해 용솟음치고 있었다.

"어? 내 말이 맞지?"

그렇게 확인받고 싶은 것인지 그렇지 않은 것인지, 다니 씨는 허용치를 넘은 감정이 뒤섞여 웃음에 가까운 표정을 짓고 있었다. 조금만 더 있다가는 터져버릴 것만 같았다.

"음, 맞아."

대답한 후미의 목소리에 아무런 동요도 없었다. 하지만 바로 뒤에 서 있는 나에게는, 핏기가 사라질 정도로 꼭 쥐어서 어렴풋이 떨리고 있는 후미의 손이 보였다.

"나는 어린 여자아이를 좋아해. 그래서 다니의 신체에는 관심이 없었어. 혹시 가능할까 하는 실험적인 기분으로 사귀어본 거야. 이용해서 미안."

이 이상 냉담한 말은 없었다. 후미는 그런 사람이 아닌데.

하지만 후미가 그녀에게 해줄 수 있는 건, 이제 더는 없다.

이 남자는 애초에 인간 실격이라, 나의 신체적 결함 따위 아무 상관도 없었다, 내가 마음을 줄 자격 따위 눈곱만큼도 없는 남자였다, 그렇게 떨쳐낸다면 그녀의 마음은 부분적으로 구원을 받으리라. 그렇게 떨쳐내는 것으로 결국은 다른 무언가를 잃어버릴 테지만.

"날 상처 주지 않기 위한 거짓말이야?"

"아니, 진심이야."

숨이 막힐 듯했다. 한 걸음이라도 더 물러나면 절벽에서 떨어진다. 떨어지면 전신의 뼈가 다 부서진다. 그런 곳에 서서 두 사람은 대화를 나누었지만, 그들 중 누구에게도 잘못은 없었다.

"……."

숨을 크게 들이마신 다음 순간, 다니 씨는 들고 있던 종이봉투를 후미의 얼굴에 내팽개쳤다. 엄청난 소리를 내며 안에 들어 있던 물건이 밖으로 튀어나와 그녀의 발밑에 떨어졌다. 그 지역 이름이 적힌 쿠키 상자. 후미는 그대로 움직이지 않고 서 있었고, 다니 씨의 거친 숨소리만이 주변에 번졌다. 이윽고 그것도 조용해졌다.

끝을 내듯 큰 숨을 쉰 나음, 나니 씨는 밤하늘을 올려다보았다. 목이 아플 것만 같은 각도로, 무언가를 찾으려는 듯 천천히 시선을 돌렸다. 가장 눈에 띄는 여름의 대삼각형. 다니 씨의 시선은 거기서도 벗어났고, 나는 다니 씨의 시선을 좇았다. 다니 씨가 보고 있는 것은 아마도 북극성. 하지만 그것은 특별히 빛나지도 않고, 눈앞에 펼쳐지는 건 그저 어두운 하늘이다.

꽤 오랜 시간 다니 씨는 하늘을 올려다보았다.

"……미나미에 대해선, 결국 마지막까지 아무것도 모르고 끝나는구나."

한숨 섞인 목소리로 말하더니, 다니 씨는 나를 보았다.

"당신은, 그래도 괜찮아?"

막연한 질문이었다. 하지만 나와 다니 씨 사이의 공통점은 후미밖에 없어서, 후미가 그런 사람이라도 괜찮냐는 뜻이리라. 나의 답은 옛날부터 하나뿐이었다.

"안 된다고 생각한 적이 없습니다."

다니 씨가 눈을 부릅떴다.

"……그래."

다니 씨는 쿠키 상자를 집어 들었다.

"모서리가 조금 찌부러지긴 했지만 맛은 그대로일 거야."

다니 씨는 상자를 후미에게 넘기며, 시끄럽게 해서 미안했어, 하고 덧붙였다.

더는 흥분한 기색이 없었다. 그녀가 그녀 자신을 스스로 다시 세웠다는 걸 알 수 있었다.

그럼, 하고 다니 씨는 발길을 돌렸다. 짐이 가득 든 무거워 보이는 가방을 들고 한 손을 주머니에 찔러 넣은 채 큰 걸음으로, 역시나 밤하늘을 올려다보며 걸어갔다.

그녀가 무엇을 보았는지는 알 수 없다. 그녀의 속마음도 알 수 없다. 후미의 말을 믿었는지 어떤지도. 하지만 걸을 때마다 흔들리는 날카로운 단발머리가, 더는 칼처럼 보이지 않았다. 흔들흔들 불안정하게 흔들리는, 부드럽고 자유로운 그저 머리카락의 끝이었다.

"후미, 집에 가자."

한시라도 빨리 쉬게 하고 싶어서 가볍게 등에 손을 댔다. 단지 그 행동만으로도 후미는 비틀거렸다. 힘은 전혀 주지 않았는데. 나는 서둘러 허리를 잡았다.

"괜찮아?"

웩 하고 목구멍 안쪽이 비틀리는 소리를 내며 후미가 구토를 했다. 위액이 아주 조금 나왔다. 위가 텅 비었기 때문이리라. 멍하니 벌어진 입으로 타액을 흘리며 헛구역질을 반복했다. 새파랗게 질려 떨고 있었다. 보통 일이 아니다 싶어 병원에 가려고 휴대전화를 꺼냈다.

"됐어."

후미는 입가를 닦으며 불안한 발걸음으로 걸어 나갔다. 어디를 가도 답은 없다. 후미의 시선은 어디에도 머물지 않고 밤의 허공에 풀어져 있었다.

"나도 같이 가."

팔을 막아서자 이윽고 후미가 나를 보았다.

"후미하고 계속 같이 있고 싶으니까, 후미가 가는 곳에 나도 따라갈래."

"어째서 그런 말을 해. 나에 대해 아무것도 모르면서."

아아, 또.

"내가 후미에 대해 뭘 몰라?"

한 걸음 다가가자 후미는 한 걸음 물러났다. 나는 다시 한 걸음 다가섰다. 후미는 한 걸음 물러난다. 그러는 사이에 후미는 출입구 벽에 몸이 닿았다. 후미는 새파랗게 질려 있다.

"알려줘. 괜찮으니까."

후미는 어색하게 고개를 가로저었다.

"괜찮으니까. 부탁이야."

두 손으로 후미의 손을 잡았다. 여름인데도 차갑게 식어 있다.

"……물푸레나무가 ……성장을 하지 않아서."

짜내는 듯한 중얼거림이었다.

"……언제까지나 작은 채로 ……성장하지 않아서."

옛날에, 후미의 방에 있던 물푸레나무를 떠올렸다. 아주

328

작았다. 샀을 때부터 그랬다고 후미는 말했다. 후미는 벽에 등을 기댄 채 주르르 미끄러져 주저앉았다.

"그러다가 이건 잘못 고른 거라고 엄마가 뽑아 갔어. 곧바로 새로운 물푸레나무가 왔어. 두 번째 나무는 무럭무럭 잘 자라서, 엄마는 이번에는 제대로라고 좋아했지."

후미의 어조가 다소 미숙하여 혼란스러워하고 있다는 걸 알았다. 두 번째 새 물푸레나무는 점점 잘 자랐다는 것. 그걸 곁눈질하며 고등학교에 다녔다는 것. 가끔씩 그 물푸레나무를 잘라버리고 싶어서 미칠 지경이었다는 것. 후미는 고개를 숙이고 소곤소곤 이야기를 이어나갔다.

"시간이 아무리 흘러도, 나만 어른이 되지 못했어."

나는 그걸 소아성애라는 성향의 다른 말로 받아들였다.

하지만 후미의 말은, 거기서 조금씩 벗어나기 시작했다.

자기만 친구들과 달랐다. 자기만 가늘고 호리호리해서, 매년 여름이 오는 게 무서웠다. 몸이 안 좋은 척을 하며 수영 교습은 전부 쉬었다. 이건 무슨 말일까. 어렴풋이 보이기 시작한 후미의 비밀에, 머릿속이 탈색된 것처럼 새하얘졌다.

후미와 함께한 시간, 후미와 나눈 대화. 당연한 듯 보아오던 퍼즐이 부서져, 모든 조각이 흩어지고, 전혀 다른 그림이 되어간다.

—로리콘이 아니더라도 산다는 건 괴로운 일투성이야.

—밝힐 수 없으니까 비밀이지.

―나는 그 사람하고 이어질 수 없어.

그 말도, 후미의 표정도, 모든 것이 다른 의미를 띠기 시작했다.

"나는 하자가 있어. 뽑힌 물푸레나무는 나야."

후미는 고개를 푹 숙이고, 둑이 무너진 사람처럼 말을 쏟아냈다.

4장

그 남자 이야기 1

　나의 몸에 위화감을 느낀 계기는 무엇이었나.

　회사를 경영하던 아버지, 교육과 복지에 열심이던 어머니, 공부 못지않게 놀기도 잘 놀던 형. 여름과 겨울에는 가족 여행을 갔다. 다소 갑갑하긴 했지만 어디에나 있는 평범한 가정이라고 생각했다. 별다를 것 없이 죽 이어진 레일에서, 조금씩, 소리도 없이, 나 혼자 떨어져 나오기까지는.

　중학생이 되면서 친구들의 외모와 체격에 격차가 생겼다. 목소리가 점점 낮아졌다. 수염이 나기 시작했다. 어깨가 벌어지고, 가슴이 두꺼워졌다. 나에게 그런 징조는 없었지만, 여전히 소년처럼 마른 친구들도 많아서 개인차라고 생각했다.

　그 무렵 할머니가 돌아가셔서, 오래된 일본 가옥을 부수고 집을 신축했다. 그림자가 아름다웠던 복도도 무너지고, 마룻바닥에는 어머니가 좋아하던 베이지색 테라코타가 쌀려서 여기저기가 무척 밝고 통풍이 잘되었다. 나는 옛날 일본 가옥이 좋았다.

그런 생각을 입 밖으로 꺼내진 않았다. 할머니가 돌아가셔서 어머니는 드디어 어깨의 짐을 내려놓은 사람처럼 여유로워 보였기 때문이다. 할머니가 엄격한 시어머니는 아니었다. 하지만 어머니의 내면에는 스스로 쌓아 올린 이상향이 있었고, 그에 맞춰 이상적인 며느리와 아내와 어머니를 연기하느라 지친 듯했다. 나는 어머니의 기분을 이해했다. 주위의 막연한 기대에 지나치게 맞춰가려는 기질. 형은 아버지를, 나는 어머니를 닮았다는 말을 자주 들었다.

아들 둘을 낳아 기르고, 대를 잇고, 시부모를 돌보고, 기대에 부응하며 살았다. 할아버지와 할머니 각각의 장례식에서 상복을 입은 어머니는 슬퍼 보였지만, 그러나 얼룩 한 점 없이 아름다운 깃발을 흔들고 있는 사람처럼 보이기도 했다. 자기 의무를 다하고, 이윽고 손에 넣은 밝은 정원에 어머니는 물푸레나무를 심었다. 무럭무럭 잘 키워서 우리 집의 상징으로 만들겠다며 기뻐했다. 하지만 어머니의 기대를 등에 업은 물푸레나무는 클 생각을 하지 않았고, 하늘하늘한 바람에도 가지가 불안정하게 흔들렸다.

"이 나무는 틀렸네."

어머니는 업자를 불러 물푸레나무를 깨끗이 뽑아버렸다. 성장하는 것, 그것조차 하지 못하는 물푸레나무는 어머니에게 아무런 가치가 없었다. 기대에 못 미친 야윈 나무가 가차 없이 뿌리째 뽑혀 쓰레기처럼 트럭 짐칸에 실렸다. 그 나무를 배웅하는 나를 비웃듯 금세 새로운 물푸레나무가 심겼다.

두 번째 나무는 무럭무럭 잘 자랐고 어머니는 이번엔 제대로네, 하고 기뻐했다. 아직 키는 작지만 조만간 쑥쑥 자라서 내 방 창문에서도 보이리라. 아침저녁으로 나는 그 나무를 바라보며 살게 되리라. 그 순간, 어쩐지 등골이 서늘했다.

고등학생이 되어 거무레하게 체모가 자랐을 때는 안도했다. 목소리도 낮아진 기분이었다. 하지만 그게 다였다. 고3이 되자 더는 나를 속일 방법이 없었다. 중성적인 용모가 인기를 끄는 분위기도 있고 해서 학교에서 이상한 취급을 당하지는 않았지만, 나체를 본다면 나는 누가 봐도 이상했다.

나는 뽑혀버린 물푸레나무의 행방이 신경 쓰였다. 그 나무는 어디로 갔을까. 불안감만 커져갔다. 그 물푸레나무는 나다. 틀려먹은 나다. 내가 잘못되었다는 걸 알면 어머니는 나를 뽑아버리겠지.

나의 신체에 도대체 무슨 일이 벌어지고 있는 걸까. 도서관에서 책을 찾아 읽고 인터넷을 싹 뒤져서 증상이 가장 비슷한 병명을 찾았다. 제2차 성징이 오지 않는다. 변성기가 없고 체모가 옅다. 마른 몸, 큰 키, 팔다리가 길고, 아이 때 그네토 빌딜이 밈춘 싱기. 확증은 없나. 증상의 폭이 넓어서 내게 현저한 병증이 나타나지는 않았다. 그러니 아닐지도 모른다.

기대, 불안, 기대, 불안. 둘 사이를 오가며 옷을 갈아입고 욕조에서 멍하니 내 몸을 바라본 순간, 견딜 수 없는 굴욕감과 수치심이 나의 마음을 깔아뭉갰다. 끊임없이 흔들리며 가라앉는 지반처럼 천천히 깊은 곳으로 떨어져 내렸다.

가족들과 함께한 여행, 환복하는 체육 시간, 사람들 앞에 살갗을 드러낼 때는 언제나 긴장했다. 누구에게도 상담할 수가 없어서 혼자 병원 앞까지 갔다가 돌아오길 반복했다. 나는 정말로 그 병일까. 아니면 다른 병일까. 검사를 하면 금방 알 수 있다. 하지만 그것을 위해 나체를 드러내 보여야 한다. 그것은 수치심을 넘은, 공포였다. 분명한 것을 알지 못한 채, 불안으로 발효된 마음속에서 기포처럼 어머니의 말이 떠올랐다.

—이 나무는 틀렸네.

깨끗이 뽑혀서 버려진 물푸레나무. 그 말이 탁한 수면 위로 떠올라 팍 하고 터질 때마다 악취를 풍겼고, 나는 구토를 참아야만 했다.

할머니의 임종 후 어머니는 전보다 훨씬 더 집안일에 전력을 다했고, 두 아들의 교육에 열정을 쏟았다. 집 안은 항상 깨끗하게 정돈되어 있었고, 옷에서는 좋은 향기가 났으며, 식탁에 놓인 요리는 모두 직접 만든 것이라 칼로리나 영양분도 빠짐없이 계산되어 있었다.

그에 반해 어머니는 융통성이 없는 면이 있었다. 계획대로 일을 진행하는 끈기는 있었지만 갑작스럽게 닥친 일에는 나약했다. 사고가 생기면 가벼운 패닉 상태가 되어서 나중에 그런 자신에게 실망하는 모습을 종종 보였다. 그런 어머니에게 나의 고민을 털어놓으면 어떻게 될까. 아버지나 형은 뭐라고 할까. 가족들은 나를 어떤 시선을 바라볼까.

내 방 창문 너머로 크게 성장한 물푸레나무가 보인다. 성장이라고는 하지 않는 이상한 물푸레나무 대신, 우리 집에 뿌리를 내리고, 창문으로 나를 들여다보고 있다. 나뭇잎이 바람에 스치는 소리가 나를 비웃는 것만 같았다. 귀마개를 사서 밤에는 귀에 꽂고 잤다.

고등학교에서도 나는 조용히 있을 곳을 상실했다. 여자친구가 있는 친구들이 이런저런 경험을 하기 시작했다. 아무렇지 않은 척 들으면서도 초조함에 비명을 지를 것만 같았다. 나만 뒤에 남겨진 채 남자라는 성에서 따돌려지는 공포. 앞으로 어떻게 될 것인가 하는 공포.

수험 공부 같은 건 손에 잡히지 않았고, 지망하던 대학에는 떨어졌다. 아버지는 낙담과 실망을 노골적으로 드러냈고, 어머니는 세상 끝난 것 같은 표정을 지으며 이제 다른 엄마들 얼굴을 못 보겠다며 울었다.

"의사 친구라도 생겨서 중요한 때 반싯을 한 거 아니야?"

형이 농담처럼 물었다. 그랬다면 얼마나 좋을까. 말이 없는 나에게 그랬던 거냐, 같은 학교 여자애냐, 이름을 대라, 하고 엄마가 추궁했다. 아니야, 하고 부정할 때마다 심장을 도려내는 기분이었다. 어른이 되어가는 동급생 여자는 나에게 위협이 될 뿐이다.

그녀들의 부푼 가슴이나, 옅게 바른 립스틱이나, 고개를 갸웃하는 몸짓. 친구들의 눈길을 빼앗는 모든 것에서 나만 혼자 눈을 내리깔았다. 나날이 여성이 되어가는 그녀들을 보고 있으면 미발달한 신체라는 열등감이 더욱 두드러졌다.

혹시나 해서 안전하게 지원해둔 대학에 진학한 나는, 고향에서 멀리 떨어진 마을에서 혼자 살기 시작했다. 하자를 용인하지 않는 집에서 도망칠 수 있어서 조금은 기뻤지만, 나는 여전히 하자 있는 동물이었다.

대학생씩이나 되었으니 애인이 있는 건 당연한 일이었고, 고향에서는 아이가 생겨 결혼하는 친구까지 생겼다. 연애, 결혼, 출산. 많은 사람들이 지나가는 레일에서 나는 벗어나고 있었다. 이제 그 레일로 돌아갈 마음은 없다. 앞으로도 하염없이 벗어나게 되리라.

갈 곳 잃은 시선은 언제부터인가 어린 여자아이에게로 향하게 되었다. 성적인 향기와 무관한 여자아이들. 뛰어오를 때마다 흔들리는 포니테일 머리끝이 귀엽다고 생각했다. 사실상 그런 건 아무래도 좋았다. 그저 성애의 대상이 되지 않는 어린 여자아이가 귀엽다고 생각하는 동안에만, 나는 공포로부터 도망칠 수 있었다.

매일, 아파트 근처 공원에 다녔다. 항상 학교 갔다 돌아오는 아이들이 놀고 있었다. 깨끗한 검은 머리칼에 빛줄기가 반사되는 여자아이들을 멀리 떨어진 벤치에서 집중하며 바라보았다.

나는 성인 여성을 사랑할 수 없는 게 아니다.

나는 어린 여자아이가 좋은 것이다.

나는 레일에서 쫓겨난 것이 아니라 스스로 벗어난 것이다.

사고가 기묘하게 비틀어져갔다. 조금이라도 마음이 편해지고 싶어서, 자신을 속이는 일에 전력을 다했다. 아이러니하게도 그 덕분에 나는 한층 더 혼란에 빠졌다. 태연한 얼굴로 대학에 다녔지만, 미쳐 날뛰는 바다에 내던져진 듯한 하루하루였다.

매일매일 너무 진지하게 몰입하느라 여자아이들이 집으로 돌아가면 녹초가 되었다. 나 자신을 너무 오래 써서 낡아빠진 행주처럼 느끼고 있는데, 여자아이 하나가 돌아왔다.

옅은 색 머리칼에 흰 피부. 멀리서 보니 작은 외국 인형 같았다. 그 아이는 친구들과 신나게 공원을 뛰어다니면서 시끄럽게 웃다가 다 같이 집에 가는데, 나중에는 꼭 지친 발걸음으로 돌아와서 혼자 반대편 벤치에 앉아 책을 꺼냈다.

어제도 그저께도 그랬다. 페이지를 넘기는 여자아이의 손 끝에까지 피로감이 쌓여 있다. 공원의 이쪽 끝과 저쪽 끝 벤 치에서, 우리는 너덜너덜해진 두 장의 행주처럼, 그저 녹초 가 되어 쓸쓸한 시간을 보냈다.

그날도 언제나처럼 나와 아이는 공원의 이쪽과 저쪽에 있 었다. 도중에 비가 왔지만, 나는 우산을 가져왔다. 아이는? 하고 보니 비를 맞은 채 완고하게 책을 펼치고 있었다. 아이 에게 돌아갈 곳이 없다는 걸 알았다.

나는 일어서서 맞은편 벤치로 향했다.

처음으로 가까이서 본 아이는 볼에 소녀다운 혈색이나 통 통함도 없이, 전신이 구석구석 딱딱하게 굳어 파랗게 질려 있었다. 순수한 귀여움과는 거리가 먼 분위기. 의지가 강한 얼굴을 하고 있지만 인형처럼 눈에 빛이 없다. 당장이라도 부러질 듯한 막대기 같은 아이의 모습에, 무참히 뽑혀 나간 물푸레나무가 떠올랐다. 하자가 있는 물푸레나무는 나이기 도 했고, 그 애이기도 했다.

"우리 집에 올래?"

나의 분신과 같은 아이를, 빗속에 버려둘 수는 없었다.

아마도 나는 그때, 무의식적으로 각오를 다진 것이리라. 미성숙한 신체를 혐오하는 일에, 두려워하는 일에, 불안해 하는 일에, 앞으로 이 공포를 안고 살아가는 일에, 나는 너무도 지쳐 있었다. 하지만 내가 먼저 고백할 용기는 없다. 그러니 더 강제적으로 모든 걸 끝내버리고 싶었다. 어린 그녀를 데려간 나는, 마침내 경찰에 체포되리라. 수많은 어른에게 둘러싸여, 나의 비밀이 백일하에 드러나리라. 그때에야 비로소, 나는 이 고통에서 해방되리라.

머지않아 찾아올 구원의 날을 향해 카운트다운이 시작되었지만, 그건 내가 상상했던 무시무시한 날들이 아니었다. 낡은 행주 같았던 아이는 사실 사라사라는 아름다운 이국의 천 이름을 가진 왕녀였으며, 사라사는 내가 모르는 것들을 많이 알고 있었다. 다 정신이 하나도 없는 것들이었고, 그 정신없음에 나는 믿을 수 없을 만큼 구원받았다.

사라사는 방약무인할 만큼 자유로웠다.

그건 내가 모르는, 빛나는 세계였다.

나는 예상 밖의 희망을 사라사에게서 발견했다. 이 믿을 수 없을 만큼 자유롭고 제멋대로인 소녀를 여자로서 사랑하고 싶었다. 나의 육체적 불구를 숨기는 수단으로서가 아니라, 진짜 소아성애자가 되어버린다면, 나는 정말로 구원을 받을 수 있으리라는 기분이 들었다.

순진하게 잠든 사라사를 집중해서 응시했다.

케첩을 닦는 척하며 사라사의 입술에 손을 대었다.

그러면서 나는 내 안에 욕망이 끓어오르기만을 기다렸다.

하지만 쓸데없는 일이었다. 아무리 사라사의 방약무인함

에 위로를 받아도, 자유로움을 동경해도, 어린 소녀에게 성적 욕망은 사라지 않았나. 사라사만이 아니라, 나는 여성에게 연애 감정이나 성적 욕망을 가져본 적이 없다. 그보다 먼저 항상 스스로의 몸에 대한 혐오감과 수치심과 두려움이 이어졌다. 정상과 다른 이것을 신이 주신 선물이라느니, 훌륭한 개성이라느니 하는 의견을 봤지만, 나는 도무지 그런 생각이 들지 않았다. 그런 선물은 필요 없다. 나는 그저 평범하게 살고 싶었다. 그리고 나는 '이것'을 극복할 수 없으리라는 사실을 깨달았다.

소박한 희망이, 시커먼 절망으로 짓눌려간다.

그래도 사라사는 누구보다도 소중한, 나의 자유의 상징이었다. 저녁을 먹다가 아이스크림을 먹는 것도, 휴일에 늦잠을 자는 것도, 펴둔 이불 위를 뒹굴며 배달된 피자를 먹는 것도, 엄마가 보면 비명을 지를 법한 그런 모든 일들이 내게는 빛나는 자유였다. 너무 사소해서 다른 사람들은 비웃겠지만.

나는 사라사의 제안에 저항할 수 없었다. 스스로 내건 이상의 깃발에 얽매인 엄마와 달리, 사라사의 제안은 내 어깨를 짓누르는 이상이라는 짐을 하나씩 내던지는 난폭함으로 가득했다. 무거운 짐으로 가득했던 내 두 손을, 사라사가 해방해주었다. 난생처음 빈손으로 걷는 상쾌함을 나는 거부할 수 없었다.

그날도 그랬다. 사라사가 조르는 대로 우리는 판다를 보러 동물원에 갔다. 그것이 어떤 결과를 가져올지 분명히 알고 있었지만.

동물원에서 소란을 피우는 사라사를 어, 하고 주시하는 어른이 있다는 걸 금세 알아챘다. 자기들끼리 소곤거리며 어딘가로 전화를 걸었다. 신고하는 것이리라. 그때 사라사를 놔두고 도망쳤어야 했을까. 하지만 사라사의 그 작은 손만이 나에게는 구원이었다. 당장에 사라사 때문에 내 인생이 끝장날 위기였는데. 그때 나는 모순덩어리였다.

경찰관이 달려온다.

기절할 것만 같은 공포 속에서, 필사적으로 사라사의 손을 꼭 쥐었다.

사라사도 같은 세기로 내 손을 잡았다.

그 순간, 우리는 서로의 존재 전체를, 오직 둘이서 지지했다.

체포 후 신체검사에서 이상한 점이 발견되어 상상하던, 바로 그 병명을 들었을 때, 안도와 절망이 뒤섞인 감정 속에 눈물을 펑펑 쏟았다. 신체 상태를 감안하여 의료 소년원에 보내져 치료를 받았지만, 나의 병은 2차 성징이 시작되는 시기의 초기 치료가 중요했기에, 스무 살 언저리의 신체에는 변화가 거의 없었다.

신체적인 문제와 콤플렉스는 해소되지 않았지만, 확실하

지 않기에 찾아온 불안감, 누구에게도 털어놓을 수 없었던 괴로움에서는 해방되었나. 정기적으로 호르몬제를 투여했고, 사춘기 시절부터 쭉 이어지던 권태감도 사라졌다. 그걸로 충분했다. 그 후의 인생 전부와 바꾸어, 나는 이윽고 마음의 안정을 얻었다.

나에게는 이제 숨겨야 할 비밀이 무엇도 없다. 나는 아무것도 두려워하지 않고, 조사실에서 묻는 말마다 고개를 끄덕였다. 그렇습니다, 그렇습니다, 말 그대로입니다. 내가 어린 여자아이를 유괴한 성범죄자가 되어가는 것을, 나는 어쩐지 남의 일처럼 바라보고 있었다.

마치 태풍의 눈 속에 있는 것처럼, 나의 중심인 마음은 쥐 죽은 듯 고요했다. 이상하게 달관한 마음이었다. 하지만 태풍은 천천히 이동하기 마련이다.

병명은 물론 가족에게도 알려졌다. 아버지와 형은 면회를 와주었지만 어머니는 오지 않았다. 아들의 사건과 병을 알고 충격을 받아 입원했다고 했다.

말해주었으면 좋았을 거라고 아버지는 말했다.

형은 고개를 숙이고 눈가만 문질렀다.

이제 아무도 내가 레일을 따라갈 거라고 생각하지 않았다. 아무도 기대하지 않았다. 기분이 편해지니, 천천히 악몽에서 깨어나듯 현실이 보였다.

더 쉬운 방법도 있었을 텐데, 나는 완전히 정신이 나가 있었다. 나 때문에 가족이 사건에 휘말렸다. 고향에서 회사를 경영하던 아버지, 그 회사를 이어받을 형, 마음 약한 어머니. 죄송합니다, 죄송합니다, 나는 부모님에게 그 말만 반복했다.

의료 소년원을 나온 뒤로는 재활시설에서 일할 예정이었지만, 집으로 돌아오라는 가족의 말을 따랐다. 몇 년 만에 돌아온 집 정원에는 주사위처럼 생긴 별채가 새로 생겼다. 원래는 두 번째로 심은 물푸레나무가 있던 자리였지만, 애써 키운 나무를 뽑아내고 대신 내가 거기 심겨졌다. 세 번째 물푸레나무는 또 틀려먹었다.

이웃의 눈도 있고 해서 멀리 보낼 것도 고려했지만, 그래도 가족이니까, 하고 아버지가 말했다. 고맙습니다, 하고 고개를 숙이며 타인과 접촉하지 않고 극도로 외출을 자제했다. 별채의 창문은 본채로 향하게 지어져서, 바깥을 내다보는 것도, 누군가가 안을 들여다보는 것도 불가능했다.

그게 나를 위한 배려인지 아닌지는 생각하지 않았다. 나에게 배려 따위를 어찌 바랄 수 있겠는가. 엄마는 내 눈을 보려 하지 않았다. 혐오가 아니라 아들을 어떻게 대해야 할지 알 수 없는 두려움이 전해졌다. 그래도 옛날과 변함없이 영양분이 골고루 들어간 맛있는 식사를 차려주었다.

고마운 일이라고 감사하며 조용히 살아가면서도, 팔다리 끝부터 조금씩 괴사해가는 듯했다. 아무것도 품지 못하고 혼자서 말라간다. 마치 나의 신체 같다. 어느 누구와도 이어지지 못하고, 핏줄을 남기는 일도 없나. 그런 소동을 일으키며 나와 내 주변에 상처를 주고, 결국은 빙 돌아 원래 자리로 돌아온 것이다. 그렇게 깨닫자 울음과 웃음이 터져 나왔다.

사라사에 대해 자주 생각했다. 인터넷에서 검색하니 산더미처럼 많은 기사가 올라왔다. 피해자인데도 사라사의 사진이 돌아다닌다. 텔레비전에서 사진을 공개한 탓이다. 체포극이 벌어지고 울면서 나의 이름을 부르는 사라사의 영상을 보았을 때는, 현기증이 났다.

'후미이이이, 후미이이이.'

조악한 영상으로 그때 상황을 처음 알았다. 마지막까지 사라사는 나를 믿고 있었다. 두 팔에 끼여 끌려가면서 뒤를 돌아보았지만, 인파로 사라사의 모습은 보이지 않았다. 날뛰지 말라고 경찰관이 나의 후두부를 누르고 있어서, 내 발밖에 보이지 않았다.

기분 나쁜 일이 있는 날마다 사라사의 꿈을 꾸었다. 휴일 오후, 둘이서 이불 위를 뒹굴며 피자를 먹는다. 콜라를 먹고 사라사가 작게 트림을 한다. 해서는 안 되는 일 같은 건 없어. 그토록 자유로운 나날은 처음이었다. 계속 꿈속에 있고 싶었다.

하지만 매일, 반드시 잠에서 깬다.

사라사를 보고 싶다.

그런데, 그것만큼은 할 수 없다.

변태에게 유괴되어 피해 아동으로 얼굴과 실명이 알려졌다. 나는 그녀의 인생을 망쳐버렸다. 분명 지금도 괴로운 나날을 보내고 있으리라. 만약 다시 만나 사라사가 나를 원망의 눈초리로 노려보기라도 한다면, 나는 그 자리에서 숨이 멎고 말리라. 아까워할 가치도 없는 생명이지만.

나의 기억과 인터넷상에서만, 어린 사라사의 색이 짙어진다.

그녀는 어떻게 살고 있을까. 부디 행복하기를.

내 몫까지 행복하기를. 내 멋대로 바랐다.

별채에서 산 지 몇 년 후에 어머니가 쓰러져 오른팔에 마비가 왔다. 결혼한 형 가족과 함께 살게 되었지만, 형의 아내가 나와 함께 살기 싫어했다. 형 부부에게는 어린 딸이 있었다.

부모님 생전에 증여받은 유산을 가지고 나는 고향을 떠나게 되었다. 무슨 일이 생기면 연락하라는 말은, 일이 없으면 전화하지 말라는 뜻이리라.

처음 1년은 고향 근처 도시에서 아파트를 빌려 살았다. 집에 쭉 틀어박혀 살아서 오랜만의 외출에 긴장했지만, 모르는 땅에서는 아무도 나를 주목하지 않았다. 여름 오후 맑게 갠 하늘 아래, 슈퍼에서 수박을 사서 느릿느릿 집으로 걸어가는 길이었다.

이것이 자유인가. 문득 그런 의문이 뇌리를 스쳤다.

내가 여기 있든 없든, 아무 의미가 없다.

어디를 가든, 어디에 살든, 아무도 신경 쓰지 않는다.

나는 '그 사에키 후미'인데, 지금은 아무도 나를 보지 않는다. 하지만 나는 내가 여기 있다고 외칠 수도 없다. 외치는 순간 모두가 기억을 떠올릴 것이고, 나는 '그 사에키 후미'로 되돌아간다.

내가 그토록 고뇌하여 인생을 건 범죄의 결과가 이것이다. 내가 그 괴로움으로부터 벗어나기 위해 저지른 바보 같은 행위의 보상이 이것이다. 이 벌은 평생 계속되리라.

그 시절 나는, 얼마나 우둔했는가.

앞으로도 나는, 언제까지나 혼자일까.

길을 걷다 서서 울고 있는 나를, 오가는 사람들이 기분 나쁜 듯이 보고 있었다.

집으로 와서 나는 정신 나간 사람처럼 인터넷에서 내 이름을 검색했다. 누군가가 부디, 나라는 존재에 의미를 부여해주기를. 내가 여기 있다는 것을 확인시켜주기를. 그것이 규탄이든 욕설이든 야유든 상관없으니.

하지만 올라오는 건 과거 기사뿐이다. 나는 지푸라기라도 잡고 싶은 심정으로 유명 범죄를 모은 사이트에 접속했다. 나의 실명, 고향 주소와 가족 구성, 고교 시절 앨범까지 빠짐없이 기록된 사이트다. 처음 봤을 때 공포로 몸이 얼어붙어서 그 뒤로 두 번 다시 들어가지 않았다. 그곳이라면 지금도 나를 기억하는 사람이 있을지도 모른다. 클릭해서 기사를 열었다.

예전에 본 것과 같이 산더미처럼 많은, 나와 사라사의 개인정보. 그 후로 열이 식은 것처럼 내용이 줄었고, 내가 못 본 사이에 올라온 글은 두 건뿐이었다.

내가 출소했다는 기사와, 또 하나.

'피해 아동은 사건 후 이모 댁에서 조금 떨어진 K시의 한 보육시설에 맡겨졌다. 고교 졸업 후에는 K시 내에서 취업을 했고 지금은 평온한 삶을 살고 있는 듯하다.'

나는 한동안 멍해져 있다가 맹렬한 기세로 K시에 대해 조사하기 시작했다. 2년 전쯤 올라온 글이니 지금도 K시에 있을지도 모른다. 애초에 이 내용이 맞는지 어쩐지도 모른다.

그래도 좋다. 내게 사라사는 단 하나 남은 희망이었다.

그것이 일그러진 과거의 잔상이라 해도.

K시 내에서 대학 시절 살던 방과 비슷한 매물을 발견했고, 그다음 달에 이사를 했다. 취직할 곳을 찾아봤지만 사에키 후미라는 이름이 길을 막았다. 지나쳐도 모를 거면서 인터넷에서 검색만 하면 다 알 수 있었다.

쌓여만 가는 불채용 통지서를 바라보며 야유가 깃든 체념이 번져갔다. 실체는 잊혀가고 있지만 과거의 정보로서 사에키 후미는 이 세상에 계속 남아 있었다.

나는 미나미 후미라는 가명을 쓰며 부모로부터 받은 유산으로 카페를 열었다. 고향 집에 있는 동안 남아도는 시간을 때우기 위해 여러 가지 취미를 만들었다. 커피도 그중 하나였다. 원두를 볶는 일이나 물을 따르는 방법을 집요하게 연습해서 결과를 노트에 기록했다. 가끔씩 참을 수 없어지면 노트를 북북 찢어버렸고, 다시 정성스럽게 이어 붙이기를 반복했다. 무슨 짓을 아무리 해도 시간만큼은 대량으로 남아 있었다.

가게 이름은 calico로 했다. 일본어로 사라사. 아름다운 이국의 천. 이 마을에 사라사가 있는지는 알 수 없다. 있다고 해도 만날 수 있는 가능성은 거의 없다. 만나도 나를 원망의 눈초리로 볼지도 모른다. 견딜 수 없이 만나고 싶지만, 비슷한 크기로 만나는 것이 무섭다.

사라사를 생각하면 마음이 격렬하게 흔들렸다. 불면증이 생겼고 정신과에 다니기 시작했다. 다니 씨는 거기서 만났다. 신체의 일부가 결여된 그녀가 나와 닮아서, 그녀의 구애를 거절할 수 없었다. 그녀를 동정해서도 아니고, 내가 상냥해서도 아니다.

나 자신이 사랑에 굶주려 있었기 때문이다.

누군가가 내 이름을 다정하게 불러주길 바랐다.

오늘이나 내일의 날씨 같은, 아무래도 좋은 이야기를 하고 싶었다.

다니 씨가 진심으로 고마웠지만, 그런 내가 너무도 비열하게 느껴졌다.

묵묵히 커피 내리기를 4년, 기다리고 기다리던, 두려워하던 순간이 찾아왔다.

그날 밤 calico의 문을 열고, 다시금 사라사가 내 앞에 나타났다.

5장
그 여자 이야기 3

주간지 기사 탓인지 그 사이트에 새로운 투고가 이어졌다. 료는 아닐 것이다. 전부 다 무리한 억측이 낳은 글이라는 점에서 나는 안도했다.

다음 날, 료의 병문안을 위해 병원으로 갔다.

"몸은 좀 어때?"

료가 침대에 누워 나를 흘끗 보았다. 머리에는 커다란 붕대를 감고 있었다. 안색이 나쁘고 흰자 부위가 혼탁하다. 나는 가져온 꽃바구니를 협탁에 올렸다. 흰색과 하늘색이 조화로운 은은한 작은 꽃을 골랐다.

"여러모로 미안해."

툭 내뱉은 료의 목소리는 완전히 탈진해 있었다.

"이젠 따라다니지 않을게. 주간지 인터뷰도 안 할 거야."

료가 아직 무슨 말인가 더 하고 싶은지 입을 작게 벌렸다. 나는 다음 말을 기다렸지만 한숨만이 흘렀다. 료는 지친 듯 내게서 돌아누웠다.

"잠이 오네."

"료."

"미안, 돌아가줘."

"하지만."

"부탁이야."

나는 수긍하는 수밖에 없었다.

"……어째서, 늘 이럴까."

어찌할 바 모르는 어린아이처럼 중얼거리는데 료의 아버지가 들어왔다. 나를 보고 깜짝 놀라며 병문안 꽃바구니에 눈길을 준 뒤 깊숙이 고개를 숙였다.

"이번에 제 아들이 큰 폐를 끼쳤습니다."

사정을 아는 듯했다. 나도 말없이 고개를 숙이고 병실을 나섰다.

희고 무미건조한 복도를 걸으며, 눈에 보이지 않아서 어디 있는지도 모르고, 자기도 어찌할 바를 모르는 사이에 생긴 상처를 치유하는 법에 대해 생각했다. 전혀 아프지 않은 날이 있는가 하면, 웅크리고 싶을 만큼 아픈 날도 있다. 한번 아픔에 휘둘리면 잘 지내던 날까지 엉망이 된다.

유일한 구원은 그런 인간이 제법 있다는 점이다. 말이나 태도에 드러내지는 않지만, 비와 바람과 햇살을 있는 그대로 온몸에 받아들이며, 그래도 아직 한동안은 괜찮을 거라고 확증도 없이 멍하니 자신을 격려하며 살아가는, 그런 인간이 여기저기 숨어 있으리라고 생각한다.

복도의 창으로 하늘이 보인다. 온통 파란 하늘에 장난감 같은 비행기가 날아갔다. 원래는 상당히 멀리서 날고 있겠지만 여기서는 멈춰 있는 것처럼 보이는 그것을 눈으로 좇았다.

주간지 기사는 현실의 삶에 영향을 미쳤다. 자택이 알려져서 입구에 짓궂은 낙서가 붙었다. 다른 주민들이 고충을 털어놓아서 관리회사로부터 슬며시 퇴거해달라는 이야기가 들어왔다. 나와 후미는 이사하게 되었다.

비슷한 이유로 calico도 문을 닫았다.

'서양처럼 성범죄자는 출소 후에도 GPS 채워야' '이런 미친놈이 멋들어진 카페 오너, 일본도 끝났다' '범죄 저지르고도 멀쩡한 인생. 일반 시민은 세금 낼 맛이 안 나'.

음식점 전문 리뷰 사이트인데 calico 페이지는 과거 사건에 대한 댓글로 넘쳐났다. 죄의 대가를 치른 사람을 공격하는 게 정의로운가 하는 옹호의 댓글도 조금 비쳤지만, 그에 대한 반론으로 리뷰 페이지가 찬반 논란의 장이 되어 있었다.

주간지 기사로 이 사건을 알게 된 사람도 적지 않아서, 체포 후 15년이라는 시간은 허사가 되었다. 맨 처음으로 다시 돌아간 후미를 향한 욕설, 야유. 피해 아동인 나를 향한 동정심, 호기심.

그 가운데 단 한 줄, 성격이 다른 글이 있었다.

'그 남자가 정말로 나쁜 사람인지 아닌지는, 그 남자와 그 여자밖에 모른다.'

짧은 한 문장. 어쩐지 다니 씨가 떠올랐다.

'북극성'이라는 닉네임이, 그날 밤하늘을 올려다보던 다니 씨와 겹쳐졌다. 하늘의 최북단에 위치하며, 모든 여행자들에게 길을 제시하는 북극성. 특별히 빛나지도 반짝이지도 않는다고 나는 생각했지만, 다니 씨는 나와 다른 무언가를 그 어두운 밤하늘에서 찾고 있었는지도 모른다.

아마도 이 댓글은 다니 씨와 아무 상관도 없으리라. 다만 다니 씨였다면 후미가 마음의 짐을 조금 덜 거라고, 나 혼자 생각했을 뿐이다. 용서받고 싶다, 구원받고 싶다는 연약하고 제멋대로인 나의 바람.

그날 다니 씨를 혼란스럽게 만든 연약함이 내게도, 후미에게도, 이 리뷰를 쓴 모든 사람에게도 있다. 누군가를 손가락질하며, 다들 무언가를 두려워하며, 면죄부를 받고 싶다고 바라는 듯하다. 대체 누구에게, 무엇을 용서받아야 하는지도 알지 못한 채.

그걸 바라는 나의 마음도, 다시 조금씩 변화해간다.

어제는 업자를 불러 calico를 정리했다. 다시 카페를 할지

는 모르겠지만, 결정을 할 때까지 카페의 물건을 대여 창고
에 맡겨누기로 했다. 텅 빈 카페 안을 후미와 둘이서 청소하
는데 노크 소리가 들렸다.

"미나미 군, 고생 많았어."

건물주인 아가타 씨였다. 예전에 앤티크 가게에서 만났을
때보다 말라 있었지만, 부드러운 감촉의 재킷에 루프타이를
맨 복장은 변함이 없다.

"걸어 다니셔도 됩니까?"

후미가 묻는다. 괜찮아, 하고 아가타 씨가 안으로 들어왔다.

"안정을 하건 안 하건 남은 시간에 큰 차이는 없어."

아가타 씨는 뒷짐을 지고서 텅 비어버렸네, 하고 카페를
둘러보았다.

"이 건물도 내년에 철거될 거야."

"그렇습니까?"

"내가 죽으면 아들들이 곧장 빌딩을 부수고 새로 짓든가,
토지 자체를 팔 계획을 세우고 있어. 뭐, 이제 낡았으니까 됐
어. 재미로 앤티크 가게 같은 걸 내기엔 딱 좋았고, 애초에
마음에 드는 사람이 아니면 세를 안 줬으니까."

아가타 씨는 후미를 보며 눈웃음을 지었다. 후미의 과거
를 아는지 모르는지, 알면서 모르는 척하는지 아니면 그런
건 아무래도 좋은지. 우리보다 배는 더 산 아가타 씨의 눈에
서 그걸 알아차리기는 힘들었다.

"어디로 이사 가?"

"아직 결정 안 했지만 따뜻한 곳이 좋겠다고, 여자 친구와 이야기했습니다."

"결혼해?"

"아니요. 하지만 같이 살 생각입니다."

후미의 대답에 아가타 씨는 좋군, 하고 내 쪽을 보았다.

"당신, 와인글라스 그 아가씨?"

네, 그때는 감사했습니다, 하고 내가 인사했다. 그날 이후 위스키를 자주 마시게 되었다고 말하자, 아가타 씨는 기쁜 듯이 고개를 끄덕였다.

"행복하게 살아요."

미소 짓는 아가타 씨에게 나와 후미도 미소로 답했다.

처음에 후미는 나와 함께 살기를 거절했다. 자신에게 쏠리는 곱지 않은 시선에 나까지 끌어들이는 꼴이 된다. 세상 사람들에게는 여전히 후미가 유괴사건을 일으킨 소아성애 자였고, 나는 구속에서 벗어나지 못한 불쌍한 피해자다. 그 건 평생 따라붙는 꼬리표였다.

하지만 이제 그런 건 아무래도 좋았다.

그날 밤, 후미의 고백을 마지막까지 듣고, 나는 몸을 떨며 후미의 가는 손을 15년 전처럼 꼭 쥐었다.

이윽고 집으로 돌아온 나는 아이처럼 소리 내 울었다.

나는 후미와 사랑을 하지 않는다. 키스도 하지 않는다. 끝어안는 것도 바라지 않는다.

하지만 이제껏 봄을 부대낀 그 누구보다도, 후미와 함께 있고 싶다.

뜨거운 눈물이 멈추지 않고 흘러, 후미와 처음으로 말을 주고받았을 때 내린 비처럼, 나의 모든 것을 촉촉이 적시며 나를 안심시켰다.

나와 후미의 관계를 표현할 적당한 말, 세상이 납득할 말은 없다.

거꾸로 같이 있어서는 안 되는 이유는 산더미처럼 많다.

우리가 이상한 걸까.

그 판단은, 부디 우리 말고 다른 사람들이 하기 바란다.

우리는, 이미 거기 없으니.

마지막 장

그 남자 이야기 2

여름방학의 패밀리 레스토랑은 붐비고 있다. 점심을 다 먹고 진하지는 않지만 오래 졸아 탄내가 나는 커피를 마시며, 나와 사라사는 리카가 돌아오기를 기다리고 있었다.

'후미이이이, 후미이이이.'

옆 테이블에서 어린 여자아이 목소리가 흘러나온다. 주변 손님들이 불쾌한 듯 시선을 돌렸지만, 화면에 푹 빠진 고등학생들은 눈치채지 못한다.

"로리콘은 병이야. 전부 사형시키면 좋을 텐데."

한 고교생이 중얼거린다. 나와 사라사는 안 들리는 척했다. 우리는 들리지 않는 척, 보이지 않는 척, 눈치채지 못한 척하는 데는 프로다. 자극 하나하나에 민감하게 반응한다면 우리의 일상이 힘들어진다.

"다녀왔어."

휴대진화를 손에 든 **리카**가 돌아왔다. 의자에 앉으려다가 듣기 싫은 음성이 들리는 쪽으로 시선을 돌렸다. 고등학생들이 무슨 영상을 보는지 알고 리카가 노려보았지만, 영상에 푹 빠진 고등학생들에게 무언의 항의는 통하지 않았다.

"나, 고등학생 되면 나가사키로 놀러 갈게."

리카가 불쾌한 소리를 지우려는 듯 큰 소리로 말했다.

"그러니까 여름방학에 두 사람 카페에서 아르바이트하게 해줘."

"좋아. 하지만 그렇게 오랫동안 안자이 씨가 허락해줄까?"

사라사의 질문에 리카는 어깨를 으쓱했다.

"내가 어디 가서 뭘 하든 엄마는 아무 소리 안 해. 대체로 '뭐, 괜찮지 않아?' 하고 결정짓는 사람이니까. 믿을 수 없을 만큼 엉성한 거 알잖아."

"그렇긴 해."

사라사는 옛일을 떠올리며 웃었다.

"그때도 날 버려두고 남자 친구랑 오키나와 여행 가서 실컷 놀고, 두 사람한테 그렇게 피해를 줬으면서 '미안해' 한마디가 끝이었지. 말이 돼?"

"생각이 깊진 않지만 속마음이 나쁜 사람은 아니니까."

"사람이 너무 좋은 거 아니야?"

"그렇게 엉성하게 사는 게 그때는 마음 편했어."

"그랬어?"

"사람들이 너무 심각한 눈으로 나를 보는 데 지쳐 있었거든. 게다가 안자이 씨 같은 성격이었기에, 우리가 지금처럼 널 만날 수 있는 거고."

"당연하지. 만나면 안 되는 이유 같은 거 없으니까."

리카는 화가 난 사람처럼 녹기 시작한 얼음을 난폭하게 휘저었다.

"나, 고등학교 졸업하면 반드시 집을 나올 거야. 그리고 장래에는 두 사람처럼 카페를 하고 싶어. 가게 이름으로 검색했더니 그 동네에서 인기 있다는 블로그 글을 봤어. 끝내주는 커피랑 조식이라고. 대단해. 지점 같은 거 안 내? 나 거기 점장 하고 싶어."

리카는 올해로 열세 살이다. 고등학생이라고 해도 믿을 정도로 어른스러운 외모를 지녔지만 내면은 아이 같은 순수함이 많이 남아 있다. 만날 때마다 성장해나가는 리카를, 사라사는 언니나 엄마 같은 마음으로 지켜본다.

나는 조금 무섭다. 내가 가진 병을 받아들이고는 있지만, 이토록 여실히 변화하는 여자라는 성을 두려워하는 기분에서는 벗어날 수 없다. 아마도 평생 안고 살아야 하는 감정이리라.

그 소동으로부터 5년, 처음 2년은 주간지의 영향으로 마음이 놓이지 않았다. 우리가 누구인지 폭로하는 일은 이직을 하고 이사를 해도 계속됐다. 헤어지자고 사라사에게 몇 번이나 말했는지 모른다. 그때마다 사라사는 싫어, 하고 내연히 이사 준비를 했다.

그사이 기억은 다시 흐릿해져서, 지금 나와 사라사는 나가사키에서 카페를 운영한다. 아침 7시에 문을 열고 저녁 7시에 문을 닫는, 특별할 것 없이 동네 사람들을 대상으로 하는 카페. 사라사와 둘이서 조리사 면허를 따서 조식과 런치를 내놓고 있다.

1년에 한 번 정도 둘이서 리카를 만나러 나가사키 밖으로 나온다. 리카의 엄마를 만난 적은 없다. 그때 오키나와에서 돌아온 후 여러모로 미안하다고 사라사에게 사과를 한 모양이다.

—나쁜 사람은 아니야.

그렇게 말하는 사라사는 역시 그런 과거를 짊어진 사람치고는 무방비하다.

"그런데 이거 말이야, '후미'는 범인 이름 아니야?"

옆 테이블에서는 아직도 우리 유괴사건 이야기가 한창이다.

"유괴된 애가 왜 범인 이름을 부르겠어."

"하지만 범인 이름, 사에키 후미잖아."

한 아이가 사건을 검색하며 말했다.

"근데 그 사건, 끔찍한 후속탄도 있었어. 범인은 당시 열아홉 살 사에키 후미고, 유괴된 애는 아홉 살 가나이 사라사. 두 달 동안 감금되었다가 체포됐을 때, 여자애가 범인을 엄청 따랐대. 그리고 10년 이상 흐른 뒤에 형무소에서 나온 사에키하고 같이 산대."

"어? 왜?"

"어릴 때 완전히 세뇌가 돼서 벗어나지 못했다고 쓰여 있어."

완전 소름, 하고 고등학생들이 소란을 피운다.

"이 여자애 인생, 엉망진창이네."

"유괴한 범인이나 유괴당한 여자나 둘 다 병이다."

'후미이이이, 후미이이이.'

반복되는 여자아이 울음소리를 고등학생들은 기분 나빠하면서도 계속 듣고 있다. 병이라는 그 범인과 여자가, 자기들 옆에서 태연히 커피를 마시고 있다는 걸 꿈에도 모른 채.

"시끄러워 죽겠네. 왜 카페에서 영상을 틀고 난리야."

리카가 이번에는 다 들리게 큰 소리로 말했다.

고등학생들이 헉하는 표정으로 이쪽을 본다. 그러고는 주위를 둘러보며 그제야 자기들이 남에게 피해를 주고 있었다는 사실을 깨닫고 서둘러 영상을 껐다. 어색하게 자기들끼리 얼굴을 마주하며 그만 나갈까, 하고 일어선다. 리카는 끝까지 고등학생들을 노려보았다.

"……아무것도 모르는 주제에."

고등학생들이 가게를 나간 뒤 리카가 나직이 중얼거렸다.

작년 겨울방학, 셋이서 식사를 하고 있을 때 리카가 갑자기 울음을 터뜨린 일이 있다. 무슨 일이냐고 물어도 대답하지 않다가 헤어질 때가 되어서야 인터넷을 봤다고 고백했다. 나와 사라사의 과거를 알게 된 것이다. 이제 더는 만나지 않겠다는 말을 각오했지만.

—후미는 그런 사람이 아닌데.

—후미와 사라사 언니는 무지무지 좋은 사람인데.

눈물을 뚝뚝 흘리는 리카를, 사라사는 말없이 껴안았다.

두 사람을 보며, 나는 말로 다 할 수 없는 기분에 사로잡혔다.

괴로움으로부터 달아나기 위해, 허공에 작게 한숨을 내뱉었다.

이렇게 인터넷이 발달한 세상에서, 나와 사라사가 완전히 잊힐 수는 없으리라. 살아 있는 한, 우리는 과거의 망령으로부터 벗어날 수 없으리라. 그것은 이미 포기했다. 괴로워도 포기하는 일에는 이미 이력이 났다.

하지만 분해서 우는 리카와, 그런 리카를 껴안는 사라사를 보았을 때는 그 고통도, 내뿜는 한숨과 함께 하늘로 날아가는 것처럼 느껴졌다.

사실과 진실은 다르다. 그 사실을 나라는 당사자 이외에 알아주는 사람이 둘이나 있다. 처음에 사라사, 다음에 리카.

내가 한때 알게 된 두 여자아이의, 지금은 각기 어른스러운 옆얼굴을, 나는 말로 표현할 수 없는 기분으로 응시했다.

—이제 됐잖아?

—더 이상 뭘 바라겠어?

가슴 깊은 곳으로부터 나는 그렇게 생각했다.

"지점은 안 낼 거야."

내가 말하자, 리카가 나를 보았다.

"언제까지 나가사키에 있을 수 있을지도 모르고."

"또 들켰어?"

리카의 검은 눈이 불안하게 수축된다.

"그건 아니지만, 이젠 들켜도 상관없어."

"어째서? 사람들 진짜 너무해."

리카의 얼굴에 분노가 번졌다.

"나가사키를 떠나야 한다면, 다음엔 어디로 갈까 상의하는 중이었어."

사라사가 즐거운 듯 몸을 내밀었다.

"이번에는 더 남쪽으로 가볼까. 오키나와 외딴섬이나. 아니면 북쪽. 홋카이도는 맛있는 게 많잖아. 해외로 가는 것도 좋겠지. 대만이나 인도네시아도 멋져."

사라사는 여행이라도 가는 사람처럼 가볍게 들떠서, 어때, 후미? 하고 내 의견을 묻는다. 나의 자유의 상징은 지금도 변함없다. 나는 고개를 끄덕였다.

"사라사가 가고 싶은 곳으로 가자. 어디든 따라갈게."

그렇게 말하자 리카는 질렸다는 표정을 지었다.

"둘 다 진짜 태평하네. 아님 찐 사랑인가?"

미간을 찡그리며 토라진 듯 입술을 뾰족 세운다.

생각지도 못한 말에 나와 사라사는 멍해졌다.

나와는 평생 어울리지 않을 거라고 생각했던 단어가 부끄러워 견딜 수가 없다. 하지만 불쾌하지는 않고 그저 얼빠진 기분이 들어서 어쩔 줄을 몰랐다.

"후미, 부끄러워?"

"그런 거 아니야."

"사라사 언니는?"

"나도 그런 거 아니야."

"하지만 찐 사랑 맞잖아?"

"그런 거 아니야."

나와 사라사가 타이밍 좋게 동시에 대답해서 리카가 웃음을 터뜨렸다.

"이상해. 계속 같이 살면서."

나와 사라사는 웃고, 그렇게 셋이서 괜히 창밖을 보았다.

길에는 눈부신 여름 햇살이 넘쳐나고 강이 흐르듯 사람이 오간다. 아까 그 고등학생들이 걸어가는 것도 보인다. 선의나 악의가 모두 뒤섞여 흐르는 강의 끝, 우리는 거대한 수조와 같은 휴일의 패밀리 레스토랑 안에서 바라보고 있었다.

리카와는 항상 저녁에 헤어진다. 건강해, 무슨 일 있으면 연락하고. 사라사가 하는 말은 늘 똑같다. 제일 소중한 말을 아끼듯 말한다.

역으로 가는 길에 사라사는 도시락, 안주, 맥주, 디저트를 대량으로 샀다. 그걸 신칸센의 작은 테이블에 올려놓고 둘이서 이어폰을 끼고 태블릿으로 영화를 보았다. 언제나 그랬다. 느긋하게 안주를 먹으며 영화를 보는데 사라사가 뭐라고 중얼거렸다. 나는 이어폰을 빼고 뭐라고 했느냐고 물었다.

"리카, 많이 컸네."

사라사가 다시 말을 해서 그렇지, 하고 끄덕였다.

"조만간 데이트가 있어서 못 만난다고 할 거야."

"그것도 좋지."

"응, 변하지 않는 건 없으니까."

사라사는 휘핑이 가득 든 롤케이크 포장을 뜯었다. 이미 배가 부른데도 외로움을 잊으려는 듯 먹고 또 먹는다. 자, 하고 롤케이크 한쪽을 내 입에 넣어준다.

"필요 없는데."

"그럼 입을 벌리지 말지."

그 말은 맞지만, 나는 사라사가 하는 행동에 저항하지 못한다.

"있지, 후미."

"응?"

"이번에 있는 곳이 틀어지면 다음엔 어디로 가고 싶어?"

훤재 나가사키는 조용하다. 하지만 언제 다시 시끄러워질지 모른다. 그렇게 되면 어떻게 하겠느냐는 이야기를, 사라사는 어째서인지 늘 신이 나서 이야기한다.

비참함이라고는 조금도 없이, 부드럽고 아름다운 음악처럼 묻는다.

동서남북, 계속해서 나오는 도시와 나라 이름.

여행이라도 떠나듯, 가벼운 기분으로 사라사는 이야기한다.

우리가 안주할 수 있는 땅이, 과연 있을까.

설령 그런 곳이 없다 해도, 어디든 가자고 나는 생각한다.

창밖은 벌써 밤이다. 어둠이 내려 경치가 보이지 않는다. 엄청난 속도로 달려 나가서 달의 위치조차 눈 깜짝할 사이에 변해간다. 사라사는 나의 어깨에 기대 벌써 꾸벅꾸벅 졸고 있다.

입가에 미소를 지으며, 나도 눈을 감았다.

—있지, 후미, 다음엔 어디로 갈래?

—어디든 좋아.

어디로 흘러가든, 나는 이제 혼자가 아니니까.

옮긴이의 말

사랑은 저마다의 색깔을 띤다. 모든 사랑의 빛은 어느 것 하나도 같지 않으며, 어떤 사랑은 세상이 규정하는 틀을 완전히 뛰어넘기도 한다. 모두가 사랑이 아니라고 말하고 후회할 거라고 충고하지만 그래도 단 하나, 다른 누구도 아닌 나의 마음이 움직인다면, 내가 그 사람 곁에서 어디에서도 맛보지 못하는 단비 같은 위안을 얻는다면, 타인의 시선과 사랑의 정의 따위가 다 무슨 소용일까.

나 역시 조금은 보통을 벗어난 사랑을 했고, 하고 있고, 그래서 종종 힘들고 외로웠다. 하지만 긴 세월이 지나도 안심하고 머물 수 있는 곳은 여기뿐이라는 믿음은 변함이 없기에 이 소설이 더 애틋했다. 세상의 틀을 벗어난, 규정할 수 없는 관계들과 마음들. 이 책을 번역하며 쭉 그런 것들을 생각했다. 우리가 알지 못하는 세상 구석구석에 숨어 있을 사랑이 아닌 사랑, 혹은 남들과 조금은 다른 사랑. 세상에는 오직 우리 둘밖에 없어. 그렇게 중얼거리며 서로의 눈을 지그시 들여다보고 손을 맞잡을 슬프고도 아름다운 커플을 떠올리면, 이상하게 아이스크림이 먹고 싶어진다. 세상에 하나뿐인 아주 특별한 맛의 아이스크림을.

부드러운 아이스크림이 간절해지는 이 소설은 2020년 서점대상을 수상했다. 일본에서 서점대상은 2004년도에 처음 생겼고 지금은 꽤 유명해졌다. 매년 4월 수상작이 기다려질 정도다. 일본의 양대 문학상인 아쿠타가와상과 나오키상은 한 세기 가까운 전통과 역사가 있지만, 심사 위원은 보통 중년이 넘은 연배의 작가와 평론가들이다. 아무래도 그들의 감식안에 맞는 작품이 나올 수밖에 없다. 서점대상은 서점에서 일하는 직원들이 뽑는다. 책을 판매하는 현장에서 매일 독자들을 만나는 사람들의 투표로 결정된다. 나이, 학력, 취향이 제각각이고 언제든 동네 서점에서 친근하게 만날 수 있는 사람들이 고른 소설이다. 이런 신간은 나 혼자만 알고 있기 아깝다, 소설이 정말 좋은데 사람들에게 널리 알리고 싶다, 그런 마음이 자연스레 끓어오른 서점 사람들이 그해 가장 좋았던 소설에 소중한 한 표를 던지는 것이다. 올해로 17년 차를 맞은 이 상은 나기라 유의《유랑의 달》에게 돌아갔다. 1차 투표에서는 전국 477개 서점에서 직원 586명이 책을 골랐고, 2차 투표에서는 300개 서점에서 직원 358명이 후보에 오른 작품을 읽은 뒤 가장 좋은 작품 세 편을 선정해, 그중 최고 점수를 얻은 작품이 수상작으로 결정되었다.

무심코 나의 서재를 돌아보니 역대 서점대상을 수상한 책 열일곱 권 가운데 열한 권을 가지고 있다. 나도 신경 써서 세어본 적은 처음이라 새삼 이 상의 위력에 놀랐다. 심지어 지난 5년간의 수상작은 모두 꽂혀 있었다. 우연히 서점을 돌다가 눈에 띄어 사 온 책들인데 아직 펼쳐보지도 않은 책도 있었다. 언젠가는 읽겠지 싶어서 샀을 것이다. 이 책은 서점대상 수상작이니 꼭 소장하자, 이런 마음가짐은 없었다. 그저 자연스럽게 끌렸던 것인데, 어쩌면 서점에서 직원들의 귀여운 손 글씨 메모를 보았기 때문인지도 모른다. '이 책은 꼭 읽어야 합니다! 당신의 메마른 마음에 불을 지필 소설' '저는 지난밤에 이 책을 읽다가 눈물을 펑펑 쏟았습니다' '모두가 이 소설을 놓치지 않고 손에 쥘 수 있기를……' 과 같은 메모다. 서점 서가에서 그런 메모들을 보면 은근히 꼼꼼히 읽게 된다.

매해 수많은 책이 쏟아져 나온다. 한번 놓치면 언제 다시 눈에 띨지 모른다. 재미있는 소설은 정말이지 소중하니까, 그런 생각으로 서점 직원이 권하는 신간을 사게 된다. 역대 수상작을 살펴보면 대부분 긴 생명력을 지닌 소설들이다. 오가와 요코의 《박사가 사랑한 수식》, 온다 리쿠의 《밤의 피크닉》《꿀벌과 천둥》, 미나토 가나에의 《고백》, 미우라 시온의 《배를 엮다》, 츠지무라 미즈키의 《거울 속 외딴성》……. 약 1000명에 달하는 책방지기들이 고르고 골랐으니 분명 탁월한 무언가를 지닌 책이 가장 마지막에 남았으리라. 나기라 유는 남성끼리의 사랑을 그린 BL(Boys Love)소설을 10년 넘게 써온 작가다. 그래서인지 외로운 사랑을 하는 사람들의 심리묘사에 탁월한 부분이 있다. 일본 서점 직원들이 뽑은 2020년 최고의 소설 《유랑의 달》이 당신의 서재에서 깊고 슬픈 울림으로 오래오래 특별한 한 칸을 차지할 수 있기를 바라며, 나는 오늘 조금 쌉싸래한 바질 아이스크림을 먹어야겠다.

정수윤

나기라 유 凪良 ゆう

시가현에서 태어났다. 2007년 《신부는 메리지 블루(花嫁はマリッジブルー)》로 본격적으로 데뷔하였다. 이후 꾸준히 BL소설을 출간하였으며, 데뷔 10주년을 맞이한 2017년에는 대중소설인 《신의 비오톱(神さまのビオトープ)》을 발표하며 창작의 범위를 넓혔다. 2020년에는 첫 문예 장편소설 《유랑의 달》로 제41회 요시카와에이지 문학신인상 최종 후보에 오르고, 일본 서점대상을 수상하며 그 문학성을 입증했다. 《유랑의 달》은 정교하고 섬세한 인물 구성과 감정 묘사로 서점 직원과 독자들의 전폭적인 지지를 받으며 출간 1년 만에 37만 부를 기록하는 기염을 토했다. 그 외의 작품으로는 《나의 아름다운 정원(わたしの美しい庭)》이 있다.

옮긴이 정수윤

경희대학교를 졸업하고 와세다대학교 문학연구과에서 석사학위를 받았다. 옮긴 책으로 《지니의 퍼즐》, 다자이 오사무 전집 《만년》 《신햄릿》 《판도라의 상자》 《인간 실격》, 미야자와 겐지 《봄과 아수라》, 오에 겐자부로 《읽는 인간》 등이 있다.

유랑의 달

1판 1쇄 발행 2020년 10월 28일
1판 4쇄 발행 2023년 7월 14일

지은이 · 나기라 유
옮긴이 · 정수윤
펴낸이 · 주연선

총괄이사 · 이진희
책임편집 · 허유민
표지 및 본문 디자인 · 손주영
마케팅 · 장병수 김진겸 이선행 강원모
관리 · 김두만 유효정 박초희

(주)은행나무
04035 서울특별시 마포구 양화로11길 54
전화 · 02)3143-0651~3 | 팩스 · 02)3143-0654
신고번호 · 제 1997—000168호(1997. 12. 12)
www.ehbook.co.kr
ehbook@ehbook.co.kr

ISBN 979-11-91071-11-5 03830